dtv

Es ist der aufwühlendste Fall, mit dem es die Literaturprofessorin Kate Fansler je zu tun hatte: Ihr Mann ist entführt worden. Die Entführer fordern, daß Kate in einem Zeitungsartikel öffentlich von ihrer bekannt feministischen Position abrücken und sich zu einem reaktionären Weltbild bekennen soll. Das Ziel kann nur sein, ihren Ruf zu zerstören, ihre Glaubwürdigkeit zu vernichten. Von Angst gepeinigt, beginnt Kate ihr Leben zu durchleuchten: Wo kann sie sich Feinde gemacht haben? Wer kann sie so sehr hassen? Ist es ein mißgünstiger Kollege, eine feindselige Studentin, vielleicht eine terroristische Sekte? Ein Wettlauf mit der Zeit beginnt …
Ein Kriminalroman der besonderen Art: elegant, spannend und voll kluger Gedanken. »Eine interessante Jagd für kluge Köpfe. Besonders faszinierend deshalb, weil die Personen, ihre Ängste und Überlegungen mit sehr viel Einfühlungsvermögen beschrieben werden – als wären es die Nachbarn von nebenan.« (Dieter Hilla in der ›Rheinischen Post‹)

Amanda Cross (eigentlich Carolyn G. Heilbrun), geboren 1926, lebt in New York. Sie machte als feministische Literaturwissenschaftlerin Karriere an der Columbia University. Ihre Krimis mit der Literaturprofessorin Kate Fansler sind zu Klassikern des Genres geworden.

Amanda Cross

Das zitternde Herz

Roman

Deutsch von Patricia Reimann

Deutscher Taschenbuch Verlag

Für Penelope und Matteo – Cousine und Cousin,
die sehr jung und aufs glücklichste verwirrt
von fast allem sind

Ungekürzte Ausgabe
April 2002
Deutscher Taschenbuch Verlag GmbH & Co. KG,
München
www.dtv.de

Titel der amerikanischen Originalausgabe:
›The Puzzled Heart‹ (Ballantine, New York)

Umschlagkonzept: Balk & Brumshagen
Umschlagfoto: © photonica/Mel Curtis
Satz: KCS GmbH, Buchholz/Hamburg
Druck und Bindung: Druckerei C. H. Beck,
Nördlingen
Gedruckt auf säurefreiem, chlorfrei gebleichtem Papier
Printed in Germany · ISBN 3-423-20507-5

Could go from scene familiar
To an untraversed spot –
Could contemplate the journey
With an unpuzzled heart –

Emily Dickinson
Aus dem Gedicht Nr. 43

I

Kate Fanslers Ankunft auf Leslie Stewarts Türschwelle entsprach ganz und gar nicht ihrer Art. Als die Türglocke schellte, versuchte Leslie gerade, den einen ihrer Enkel dazu zu überreden, der Katze nicht büschelweise Haare auszureißen, und den anderen, der zufrieden und bequem in einem Hochstühlchen saß, sein Apfelmus doch eher internem als externem Gebrauch zuzuführen.

»Würdest du mal an die Tür gehen, Jane?« rief sie, in einem Ton, der wie sie hoffte, eher klagend denn gereizt klang. »Ich bin hier gerade angebunden.«

Weiß Gott, dachte Leslie, ich wäre lieber buchstäblich angebunden oder in fast jeder anderen Situation, bloß nicht in dieser. Sie vergötterte ihre Enkel, aber nur – das wurde ihr mit plötzlicher Klarheit bewußt – in deren hinreißenderen Momenten oder wenn eine Abfahrt unmittelbar bevorstand, entweder die der beiden oder ihre eigene, wie es sich gerade ergab. Heute ergab sich leider weder das eine noch das andere. »Jane«, rief sie noch einmal. Dann hörte sie ein zustimmendes Brummen und Janes Schritte, als diese durch das Loft zur Haustür ging, an der es abermals geklingelt hatte, diesmal Sturm.

Jane Berlin hatte immer betont, daß sie aus guten Gründen kinderlos geblieben war, und sie hatte sich in Leslie verliebt, als diese jenseits des gebärfähigen Alters war. Was sie versäumt hatte in Betracht zu ziehen, war die Wahrscheinlichkeit von Enkelkindern. Offenbar fühlt man sich genötigt – wenn man seine Gene erst mal von einer Generation zur nächsten weitergegeben hat –, das Aufleben dieser Gene in einer weiteren Generation nicht nur gutzuheißen, sondern sogar zu unterstützen. Mit einem Wort, Jane fühlte sich verraten. *Erbittert* war ein anderes Wort, das man vielleicht, ohne zu übertreiben, gebrauchen konnte. Die Heftigkeit ihrer Gefühle wurde keineswegs durch Leslies Versicherung gemildert, sie sei ja mit ihr völlig einig, aber diese spezifische Situation sei unvermeidbar gewesen und werde sich wahrscheinlich nicht wiederholen. Janes alles andere als schnelle Schritte beschleunigten sich, als die Glocke zum zweitenmal ertönte, aufgrund des freudigen Gedankens, dies könnten die zurückkehrenden Eltern der Jungen sein. Fast lächelte sie, als sie die Tür aufriß.

Kate Fansler stand auf der Schwelle und sah so gequält aus, daß Jane nicht mal auf die Idee kam, ihre Enttäuschung darüber zu äußern, daß Kate nicht kam, um die Kinder abzuholen.

»Geht's dir nicht gut?« fragte Jane, gewissermaßen rhetorisch, da es Kate ganz offensichtlich nicht gut ging. »Leslie ist in der Küche und verhindert – von Babynahrung zugekleistert – Tierquälerei.« Beunruhigt folgte Jane Kate in die Küche.

Leslie blickte überrascht auf. »Was ist los?« fragte sie, offenbar auf das Schlimmste gefaßt. Leslie, Kates beste Freundin, wußte, daß diese erstens niemals einfach so hereinplätzte, ohne sich vorher anzukündigen, denn solches

Benehmen hielt sie für unzivilisiert; und zweitens, daß sie gewiß nicht diesen Nachmittag gewählt hätte, um sich diesbezüglich zu ändern, denn Leslie hatte Kate von ihrer, Leslies, Verpflichtung, ihre Enkelsöhne zu hüten, erzählt. Kate war für ihren Mangel an Kinderliebe mehr als bekannt.

Diese Gedanken waren Sache von ein paar Sekunden. Sie wandte sich von den Kindern ab, ging zu Kate und schob sie auf einen Stuhl. »Ich mache uns Tee«, sagte sie. »Stark und süß, gegen Schock.«

»Ich mach das schon«, sagte Jane. »Es sei denn, ihr beide wollt lieber unter euch sein.«

»Reed ist weg«, sagte Kate.

»Hat er dich verlassen?« fragte Jane. Leslie starrte sie wütend an.

»Nicht mich verlassen. Er ist weg, verschwunden – entführt, wenn du es ganz präzise haben willst.«

Sogar die Jungen waren still, als spürten sie die Spannung. Dann begann das Baby zu weinen, die Mundwinkel zogen sich nach unten, die Augen verdrehten sich, ein Bild des Jammers. Die Augen des älteren Jungen weiteten sich wie aus Mitgefühl, eine Träne rollte langsam über seine Wange. Die Katze ging hinaus, ihr war die Stimmung gleichgültig.

Jane setzte den Kessel auf und wartete, bis das Wasser kochte. Sie persönlich hätte Brandy empfohlen, aber vielleicht hatte Leslie recht. Leslie, die älter und von häufigeren familiären Katastrophen betroffen war, hatte mehr Krisenerfahrung als Jane.

»Erzähl der Reihe nach«, sagte Leslie. Sie und Kate hatten so manche Prüfung zusammen durchgestanden, auch wenn Leslie den Eindruck hatte, daß das Lachen in ihren Gesprächen überwog. Anfangs verzweifelt, lachten sie am Ende meistens – nichts jedoch, nicht einmal, als Leslie ihren

Mann verlor und sich mit einer Frau zusammentat, schien so schlimm wie dies. Gott bewahre, daß Reed, der ganz und gar nicht der Typ für so etwas war, eine dieser Männer-Lebenskrisen hatte und mit einer jüngeren Frau davongelaufen war, oder, dachte sie plötzlich, mit einem Mann. Lieber Himmel!

»Wir wollten uns um halb sieben in einem Restaurant treffen und in ein Konzert ins Lincoln Center gehen. Reed kommt nie zu spät, jedenfalls nie sehr, also habe ich nach einer Weile den Portier in unserem Haus angerufen, um herauszufinden, ob Reed es vielleicht vergessen hatte und mich direkt dort treffen wollte. Der Portier sagte, er habe Mr. Amhearst den ganzen Tag nicht gesehen.«

Der Tee war jetzt fertig, doch Kate war kaum zu überreden, auch nur einen Schluck zu trinken. »Er ist heiß«, sagte sie.

»Eben«, erwiderte Leslie. »Nimm wenigstens einen kleinen Schluck.« Kate gehorchte und nippte.

Unterdessen gaben die Jungen ihren Kümmernissen stimmhafteren Ausdruck. Jane sammelte sie ein; das Baby auf dem Arm, den älteren Jungen an der Hand, verließ sie das Zimmer.

Leslie war dankbar und schrecklich besorgt um Kate, doch nichtsdestotrotz kam ihr der fürchterliche Gedanke, daß sie hierfür würde bezahlen müssen. Ich werde zum Monster, dachte sie bei sich. »Erzähl weiter«, sagte sie zu Kate.

»Dann rief ich im Juristischen Institut an. Sein Assistent Nick, ein sympathischer junger Mann, den ich einmal kennengelernt habe, schien überrascht, daß ich anrief. ›Nein‹, sagte er, ›ich habe Reed vom Fenster aus gehen sehen, er sagte, er ginge mit Ihnen in ein Konzert, und ich dachte, wie nett, während ich den Abend mit Büffeln verbringen muß. Dann stieg er in die Limousine und fuhr davon.‹

›Was für eine Limousine?‹ fragte ich natürlich. Reed bestellt Limousinen nur, um zum Flughafen zu fahren. Nick sagte, er dachte, die Männer in dem Wagen hätten auf Reed gewartet und ihn einer Verabredung entsprechend mitgenommen. Er kannte die Männer nicht, und als ich ihm sagte, daß Reed mich in dem Restaurant treffen sollte, wurde er still. ›Sie sollten das nicht überbewerten, Kate‹, sagte er, ›aber jetzt, wo wir darüber sprechen, fällt mir auf, daß die Männer rechts und links von ihm in das Auto gestiegen sind und ihm – na ja, sozusagen in die Limousine hineinhalfen. Es war nicht sonderlich auffallend, sonst hätte ich etwas unternommen. Ich denke nur, wenn ich mich jetzt daran erinnere, daß es irgendwie – irgendwie komisch war. Kann ich irgend etwas tun, Kate?‹ Ich bat ihn, fürs erste gar nichts zu tun und niemandem das Geringste zu erzählen. Netterweise sagte er, daß er die ganze Nacht zu Hause sei, falls ich ihn bräuchte, er würde statt in die Bibliothek nach Hause gehen.«

Kate nippte fast mechanisch noch mal an ihrem Tee. »Nach diesem Telephonat ging ich nach Hause. Es war ungefähr halb acht. Ich wußte nicht, was ich tun sollte. Jeder Gedanke, der mir kam, schien noch weniger durchführbar als der vorige. Gegen neun Uhr, ich war gerade im Begriff, noch ein paar Anrufe zu machen, wurde eine Nachricht abgegeben. Das war vor ganzen zwölf Stunden; ich weiß noch immer nicht, was ich tun soll. In diesem Brief hieß es, ich solle heute um sieben Uhr abends zu Hause sein. Statt dessen«, schloß Kate, »bin ich hier. Ich wußte nicht, wo ich sonst hin sollte. Ich hatte Angst, die Polizei zu verständigen oder mich hinreißen zu lassen, irgend etwas zu tun, was auch immer, wenn ich zu Hause blieb, und ich dachte, besser spreche ich erst mal darüber. Aber vielleicht sollte ich zurückgehen.«

Leslie hatte Kate noch nie so in Sorge gesehen, so unentschlossen und kopflos. »Ich gehe besser«, sagte Kate. »Ich sollte erreichbar sein. Es war dumm von mir zu kommen, aber wenn ich schon irgendwas Spontanes, Idiotisches tun mußte, dann schien dies doch das Beste.«

»Das war es auch«, antwortete Leslie. «Wir werden zusammen gehen. Ich muß nur meine Tochter und ihren Mann erreichen, damit sie die Kinder holen.«

»Ist schon in Ordnung«, sagte Jane, die gerade in der Küchentür erschienen war. »Sie sind gewickelt und angezogen und können bei der weniger erfahrenen ihrer beiden Großmütter bleiben – wie Leslies Tochter uns nennt.« Sie grinste. »Während ich sie wickelte und anzog, kam mir in den Sinn, daß Leslies Tochter, wenn sie etwas gegen Homosexuelle hätte, nicht mal im Traum daran denken würde, uns ihre beiden Kleinen zu überlassen. Das ist doch wirklich zum Lachen, oder? Ihr beide geht jetzt zu Kate nach Hause, wenn Leslie die Eltern angerufen hat. Ich bleibe hier, bis sie kommen, und versuche, gewaltsame Übergriffe auf Tiere und Kinder zu verhindern.«

»Jane«, fing Leslie an.

»Vergiß es«, sagte Jane. »Ruf einfach die Eltern an und sag ihnen, sie sollen sich aufs Rad schwingen und rüberradeln.«

»Wart einen Moment«, unterbrach Kate. »Du mußt die Kinder aus gutem Grund übernommen haben. Laß sie nicht –«

»Und ich habe gute Gründe, sie wieder abzugeben«, erwiderte Leslie. »Großmut hat ihre Grenzen, und die sind jetzt erreicht. Hör mal«, fügte sie hinzu, weil Kate zweifelnd und besorgt dreinsah, »ab einem bestimmten Zeitpunkt im Leben stehen die Freunde an erster Stelle. Vielleicht sollten sie immer an erster Stelle stehen. Ich wollte einfach den gestreßten Eltern eine Atempause gönnen, in Erinnerung an meine Jahre mit kleinen Kindern. Aber Jane war von meinem Angebot nicht gerade begeistert, um es milde auszudrücken, so daß Tony und Sarah ebensogut gleich herausfinden können, wie die Dinge liegen. Du tust mir gewissermaßen einen Gefallen, indem du mir einen guten Grund lieferst, aus der Sache wieder rauszukommen. Auch Jane kommt vor den Enkelkindern, und zwar grundsätzlich. Ich will nur kurz mit ihr sprechen. Trink noch ein bißchen von deinem Tee.«

Gehorsam ließ sich Kate zurück in ihren Sessel sinken und versuchte, den Tee in kleinen Schlucken zu trinken, er war jetzt weniger heiß, aber noch immer unerträglich süß. Auch sie erinnerte sich von irgendwoher, vielleicht aus englischen Romanen, daß gesüßter schwarzer Tee gut gegen Schock war.

»War das alles, was in dem Brief stand?« fragte Leslie, als sie auf dem Weg zu Kates Wohnung im Taxi saßen. »Nur, daß du um sieben zu Hause sein sollst?«

»Für die nächste Nachricht«, vermutete Kate. »Per Brief oder Telephon. Der erste Brief wurde persönlich überbracht. Ich fragte den Portier, der mir sagte, ein Junge habe ihn abgegeben – wahrscheinlich extra dafür angeheuert, Verbindung zu den Kidnappern unwahrscheinlich.«

Leslie bezahlte das Taxi und eilte hinter Kate her ins Haus. Kate befragte den Portier, aber nichts außer der üblichen Post war für sie abgegeben worden. Sie liefen die Treppen hinauf und fanden »die übliche Post« auf der Türschwelle. Kate sah sie durch; es war nichts Unerwartetes oder Sachdienliches dabei.

»Setzen wir uns«, sagte Leslie. »Ich denke, du solltest noch einmal von vorn anfangen. Hast du die leiseste Ahnung, warum jemand Reed würde entführen wollen? Irgendein verärgerter Krimineller aus Reeds Bezirksstaatsanwalt-Tagen, der jetzt aus dem Knast ist und auf Rache sinnt? Ein wütender Student; ein enttäuschter Klient des Rechtsberatungsprojekts für Strafgefangene; irgendwas?«

»Ich bin es«, sagte Kate. »Es ist meinetwegen.«

Leslie blickte zweifelnd drein.

»Ich wurde gewarnt«, fügte Kate hinzu. »Vermutlich könnte man sagen, ich wurde rausgepickt als die Feministin, die man lehren wird, daß sich Feminismus nicht auszahlt. Ich bekam Warnungen von so einer rechten Gruppe, mit einem dieser seltsamen Namen, du weißt schon – Institut für Familien-Werte, Liga zum Schutz der Männer, so was. Ich weiß nicht mehr, wie sie hießen. Wie auch immer, sie klangen verrückt, ich hab sie nicht ernst genommen.«

»Diese Leute erschießen Ärzte, die Abtreibungen vornehmen«, sagte Leslie. »Sie behaupten, im Auftrag Gottes zu handeln.«

»Ich weiß. Ich bezog die Warnungen auf mich, ich dachte, sie würden mir irgendwas tun. Ich wußte nicht, was sie mir antun könnten, außer mich umzubringen, und das hätte ich kaum verhindern können. Wegen irgendwelcher Flüsterkampagnen und Falschinformationen an die Medien oder so – also deswegen hatte ich nicht vor, mein Leben umzukrempeln. Ich hätte nicht im Traum gedacht …«

»Natürlich nicht. Wie viele Warnungen hast du bekommen?«

»Mehrere. Ich habe nicht genau drauf geachtet. Eine sogenannte Liga Rechter Frauen schrieb Schmähschriften gegen alles, wofür ich eintrete. Sie schienen besonders viel übrig zu haben für sexuelle Übergriffe, Männer, die Frauen schlagen,

Vergewaltigungen und Kindesmißbrauch. Vielleicht übertreibe ich ein bißchen. Aber sie glauben zweifellos nicht, daß all diese Dinge weit verbreitet sind, und das zu behaupten ist in ihren Augen eine Verschwörung zur Vernichtung der Männer. Leslie, ich dachte einfach, die sind übergeschnappt. Außerdem glaubte ich, daß sie solche Warnungen wahrscheinlich an viele Frauen verschicken. Ich hab das alles gar nicht so persönlich genommen. Erst der Brief gestern abend machte es plötzlich sehr persönlich.«

»Zeig ihn mir mal«, sagte Leslie.

Kate, die ihre Tasche die ganze Zeit umklammert hatte, zog den Brief heraus und gab ihn Leslie, die ihn laut las:

Wir haben Ihren Mann. Wenn Sie Ihre wahnwitzigen feministischen Positionen nicht öffentlich widerrufen, könnte ihm das schaden. Seien Sie heute abend um sieben zu Hause, dann erhalten Sie weitere und genauere Anweisungen. Verständigen Sie weder die Polizei noch irgend jemanden sonst, wenn Sie Ihren Mann lebend wiedersehen wollen.

Leslie ließ den Brief in ihren Schoß fallen. »Kate, erwürg mich nicht, aber gibt es irgendeine Chance, daß das ein Witz ist? Ein dämlicher und scheußlich geschmackloser Witz, aber ein Witz? Irgendeiner von deinen Akademikerkollegen findet so was womöglich komisch; du weißt schon, diese Typen, die in den Wald gehen, an Bäume pinkeln und so tun, als würden sie sich gegenseitig erschießen.«

»Es gibt nichts, was ich letzte Nacht nicht in Betracht gezogen hätte«, sagte Kate. »Ich glaube nicht an einen Witz, und zwar wegen der beiden Männer, die Nick beobachtete, wie sie Reed in die Limousine komplimentierten. Einige meiner Kollegen würden mich vielleicht gern einschüchtern, aber sie würden einen Zeitpunkt wählen, wenn Reed nicht da ist, oder sie würden sich irgendeinen anderen Streich ausdenken. Ich kann mir nicht vorstellen, daß sie ihn tatsächlich in ein Auto nötigen – daß sie so weit gehen und dann diesen Brief schicken würden.«

»Es dürfte dennoch die Art Brief sein, wie sie ihn vielleicht schreiben würden. Er ist einfach kindisch.«

»Leslie, die Rechten in diesem Land, die sich so gerne Christen nennen, sind besessen von ihrer Botschaft. Sie sind wie die Fundamentalisten überall auf der Welt, absolut überzeugt, im Recht zu sein und von Gott ausersehen, jene zu vernichten, die diese Überzeugung nicht teilen. Ich glaube, wir sollten aufhören, uns, was diese Leute angeht, etwas vorzumachen.«

»Ich mache mir nichts vor. Ich sage nur, daß es nicht so einfach ist, diesen Brief von einem Witz-Brief zu unterscheiden, diesen anonymen Briefen, die von irgendwelchen Irren verschickt werden.«

»Wenn Reed hier wäre, würde ich dir vielleicht zustimmen. Wenn ich etwas von ihm gehört oder die leiseste Ahnung hätte, wo er ist. Ich glaube, ich konnte nur deshalb zu dir kommen, weil ich mir sicher war, daß ich nichts von ihm hören würde. Ich habe solche Angst. Und ich fühle mich so hilflos.«

»Weshalb wir«, sagte Leslie, »Hilfe brauchen. Die Frage ist, von wem und wie. Laß uns ein paar Möglichkeiten durchspielen, während wir darauf warten, daß es sieben wird und ihre nächste Nachricht kommt.«

Jetzt, da sie diesen Punkt erreicht hatten, war Kate etwas ruhiger, ein bißchen gefaßter, obgleich sie noch immer – da war sich Leslie sicher – beim kleinsten Anlaß in Verzweiflung versinken konnte. Am bedenklichsten war, daß Kate jeden Drink verweigerte, gerade so, mutmaßte Leslie, als wäre Reed verloren, wenn sie ohne ihn etwas trinken würde. Als es sieben wurde und das Klingeln der Türglocke die Ablieferung der nächsten Nachricht ankündigte, hatte Leslie begriffen, daß der Umgang mit dieser Art Ungewißheit ihr eine ganze neue und für sie ungewohnte Unterstützung abverlangte. Während Leslie an ihre Enkelkinder dachte – für die unterdessen hoffentlich wieder die Eltern die Verantwortung übernommen hatten –, kam sie zu dem Schluß, daß das Leben immer neue Herausforderungen bereithielt, man mit dem Alter aber vielleicht eher die Stärke hatte, ihnen zu widerstehen beziehungsweise sie anzunehmen. Nachdem sie, als es am Ende keinen anderen Ausweg mehr gab, den Enkeln widerstanden hatte, hoffte sie jetzt, da sie bei Kate saß, auf die nötige Stärke.

Die Sieben-Uhr-Nachricht verlangte, daß Kate – in Annoncen oder Artikeln oder kleinen signierten Kommentaren in der jeweils nächsten Ausgabe bestimmter Zeitungen und Zeitschriften – erklärte, warum sie sich vom Feminismus abwandte und die Rechte in ihren Anstrengungen, die wahren Familienwerte wiederherzustellen, unterstützte. Eine Liste der Publikationsorgane und eine ebenso präzise wie erschreckende Definition der »wahren Familienwerte« lag bei. Falls Kate diesen Forderungen nicht nachkam, würde Reed getötet werden. Die Nachricht schloß mit: *Weder die Polizei noch irgendeine staatliche Behörde darf kontaktiert werden.*

»Ich hasse Leute, die das Wort Kontakt als Verb benutzen«, sagte Kate. Das war, wie Leslie feststellte, ein erstes Zeichen, daß Kates Verstand wieder normal funktionierte.

»Ich dachte, diese Leute glauben an die Polizei«, sagte

Leslie in der Hoffnung, diese Tendenz zum rationalen Denken zu unterstützen. »Oder gilt das nur für Innenstädte und schwarze Jungs?«

»Wir müssen etwas tun«, sagte Kate.

»Du glaubst doch nicht, daß sie Reed wirklich töten würden?« fragte Leslie. Sie merkte plötzlich, daß diese Konversation abscheuliche Ähnlichkeit mit einem dieser Vorabend-Programme hatte, die sie sich gelegentlich ansah, wenn sie zu Tode erschöpft war.

»Die haben auch Ärzte umgebracht, die Abtreibungen durchgeführt haben; das sind Fanatiker. Aber eine besonders vernünftige Forderung ist es nicht. Was sollte mich daran hindern, das Ganze zu widerrufen, sobald Reed frei ist?«

»Ganz einfach. Erstens bist du durch das, was du gesagt hast, gebrandmarkt, egal welche Erklärung du danach abgibst. So funktionieren die Medien. Du kannst die falschen Darstellungen von Reportern nie korrigieren, sie machen sowieso damit weiter. Zweitens wird dich die Angst um Reed davon abhalten. Und falls nicht, dann, weil Reed darauf besteht, und das wird zu weiteren Komplikationen, und zwar von der ehelichen Sorte, führen. Nein, sie sind zweifelsohne clever. Es ist immer leicht, clever zu sein, wenn das Ziel sich um Mitgefühl nicht schert. Du mußt dir nur mal die Denkweise von Pat Buchanan oder von Rush Limbaugh klarmachen, dann weißt du, womit du es hier zu tun hast, auch wenn keiner der beiden mit dieser Sache was zu tun hat. Kate, hörst du zu?«

»Ich höre zu und denke in dieselbe Richtung. Vielen Dank, daß du mit mir nach Hause gekommen bist, Les. Mir ist gerade eine Idee gekommen.«

»Gott sei Dank, willst du darüber reden?«

»Ich glaube, ich weiß jetzt, wen ich um Hilfe bitten werde,

beziehungsweise um eine erste Unterredung. Ich habe letztes Jahr eine Frau namens Harriet kennengelernt. Ich werde sie anrufen.«

»Telephonier nicht. Gib mir eine Nachricht mit, und ich überbringe sie. In diesen Cyberspace-Zeiten ist keinem einzigen Telephon zu trauen. Wenn ich paranoid bin, bitte, Vorsicht ist die Mutter der Porzellankiste, wie meine Mutter zu sagen pflegte.«

Kate schrieb die Nachricht auf.

2

Als Harriet Furst eintraf, merkte Kate, daß sie sie viel zu lange – Monate – nicht gesehen hatte. Sie hatten sich kennengelernt, als beide zeitweilig an der Schuyler Law School beschäftigt waren, Kate in ungewohnter Rolle und ungewohnter Umgebung, Harriet mit neuer Identität und in einem neuen Leben, was sie augenscheinlich auf wunderbare Weise in die späteren Dekaden des Lebens katapultiert hatte. Die Freundschaft, die beide geschlossen hatten, war dauerhaft, aber sie waren beide sehr beschäftigt, und keine hatte, wie Kate bedauernd realisierte, in letzter Zeit die andere angerufen. Sie erwähnte das Harriet gegenüber.

»Also, hier bin ich, als Antwort auf einen Liebesbrief. Eigentlich viel besser als ein Anruf. Was gibt's, meine Liebe, was kann ich tun?«

»Ich dachte, vielleicht könntet ihr, du und deine Privatdetektiv-Kollegin, mir helfen. Harriet, ich weiß wirklich nicht, was ich tun soll.«

»Erzähl von Anfang an – was geschah wann?« fragte Harriet.

»Letzte Nacht. Und es scheint, als hätte jede Stunde eine Woche gedauert.« Kate zwang sich, ruhiger zu erscheinen und zu sprechen, als sie sich fühlte, und erzählte Harriet die ganze Geschichte, was kaum sechs Sätze beanspruchte. Harriet hörte aufmerksam zu.

»Jetzt erzähl du mir, wie du dazu kamst, in eine Detektivkanzlei einzusteigen«, fügte Kate hinzu. Sie überlegte nicht groß, was sie mit dieser Frage bezweckte – wollte sie Harriet hinhalten (Handeln war gefährlich) oder wollte sie entscheiden, ob sie Harriet in ihrem neuen Beruf vertrauen sollte oder nicht.

»Meinst du nicht, wir sollten Toni, meine Kollegin, anrufen und sie herbeordern?«

»Ja. Und in der Zwischenzeit erzähl mir, wie das alles zustandekam. Du bist natürlich die perfekte Privatdetektivin.«

»Das hat Toni auch gesagt. ›Du bist imstande, dich unbemerkt in der Welt zu bewegen, mit jener Unsichtbarkeit, die das Alter in unserer Gesellschaft umgibt‹, sagte sie. Ich fand das ziemlich pfiffig von ihr.«

»Wie hast du sie kennengelernt? Auf eine Annonce geantwortet?«

»Wohl kaum.« Harriet musterte Kate intensiv und kam zu dem Schluß, daß Reden das Hilfreichste war, was sie tun konnte, während sie warteten. »Toni (ihr richtiger Name ist Antonia – ich hatte gehofft, nach dem Roman von Willa Cather, aber Toni sagte nein) arbeitete in dem PC- und Kopierraum, den ich, wie du dich lebhaft erinnern wirst, in dieser elenden Schuyler Law School betrieb. Ich hatte sie nicht mehr gesehen, seit ich dort weg war, aber plötzlich meldete sie sich wieder und bot mir einen Job in ihrer Detektivkanzlei an. Die Kanzlei sollte aus Toni und mir bestehen, und falls sich das bewährte, nach einem Jahr oder so, sollte ich ihre Partnerin werden. Natürlich war ich einigermaßen perplex, als sie mir ihren Vorschlag unterbreitete. Wir trafen uns in dem Büro, das Toni für ihr neues Unternehmen angemietet hatte. Es war klein und sah genau wie eine Privatdetektivkanzlei aus, das heißt, es entsprach meiner Vorstellung, die, wie vielleicht auch bei Toni, von Filmen über männliche Detektive herrührte. Es gab zwei Schreibtische, zwei Besucherstühle, ein ziemlich eingeschmutztes Fenster und einen Aktenschrank. Auf einem der Schreibtische thronten ein Laptop, ein Telephon und ein Faxgerät. Der andere schien hoffnungsvoll auf die Ankunft seines Benutzers zu warten.« Harriet hielt inne, um Kate mitfühlend anzulächeln, bevor sie fortfuhr.

»Was mich an der ganzen Sache wirklich erstaunte, war Tonis Aussehen – nein, nicht so sehr ihr Aussehen, vielmehr ihre Kleidung und ihr Make-up. Als ich sie an der Schuyler kennenlernte, war sie dünn und ziemlich ungelenk, sie trug immer Jeans und je nach Witterung viel zu große T-Shirts oder Sweatshirts. Jetzt sah sie aus wie jemand, den man vielleicht in einer dieser Frauenzeitschriften porträtieren würde, in denen es vor allem um Mode und um *Wie-mache-ich-das-Beste-aus-meinem-Typ* geht, wenn man will, daß einen jeder entweder bewundernd oder entsetzt anstarrt. Also, ich starrte Toni zweifellos an. Statt dünn war sie jetzt elegant. Ihre Kleider waren, selbst für mein ungeübtes Auge, in ihrer teuren Schlichtheit umwerfend; zusammen mit ihrer Frisur und ihrem Make-up signalisierten sie gleichzeitig *Nun-komm-schon* und *Versuch-nicht-mich-zum-Narren-zu-halten.* Der ganze Auftritt war überwältigend.

›Wie findest du's?‹ fragte Toni. ›Ich hab mich ein bißchen aufgemotzt. Das ist ein Power-outfit, falls du das nicht wußtest.‹ ›Wußte ich nicht‹, sagte ich.

›Mach du dir deswegen mal keine Sorgen‹, sagte Toni, die sah, daß ich etwas bestürzt war, da ich mich kein Jota verändert hatte. ›Ich möchte, daß du genauso aussiehst wie du aussiehst. Das ist mit ein Grund für mein Angebot – dein Aussehen, dein Alter, deine Tüchtigkeit, die Art, wie du mit all diesen schrecklichen Juristenprofs fertiggeworden bist, die Tatsache, daß man, wie du so oft betonst, ältere Frauen überhaupt nicht wahrnimmt, geschweige denn imstande wäre, sie zu beschreiben. All dies ist ganz genau das, was ich will. Was sagst du dazu?‹

Na ja, was hatte ich zu verlieren? Ein Abenteuer ist ein Abenteuer. Ich rezitierte ihr sogar ein Gedicht von Kate Ellis, *Herkunft, mütterlicherseits,* das mir kürzlich untergekommen war:

Bis sie auftaucht wie aus dem Meer
nicht in der Muschel, diesmal
kein Grund zu lachen
und weniger lieblich, als er dachte
eine Frau, breithüftig, schön und stark.

Ich hätte in der letzten Zeile gern *alt* hinzugefügt, aber schließlich ist es nicht mein Gedicht. Trotzdem – das war ich: breithüftig, alt und stark.

So machten wir also unsere Detektivkanzlei auf. Von Anfang an gaben wir ein perfektes Team ab. Toni zog die Aufmerksamkeit auf sich, und ich agierte da, wo diese Aufmerksamkeit nicht war. Wir beschatteten ehebrecherische Frauen, Gatten und Liebhaber und spürten vermißte Kinder auf. Dieser Teil war ziemlich schauerlich; meistens waren es Teenager, die nicht zurück nach Hause wollten, wenn man sie fand, aber zumindest wurden die Eltern und das Kind gezwungen, miteinander zu reden, was davor im allgemeinen nur selten der Fall gewesen war.« Hier unterbrach sich

Harriet und sah abermals Kate an, die schwach lächelte und versuchte, zuversichtlich zu wirken.

Harriet fuhr fort: »Toni bestand darauf, daß wir beide eine zugelassene Pistole bräuchten. Ich hasse Waffen und weigerte mich, aber am Ende stimmte ich zu, in der Vorstellung, ich könnte das Ding einfach in meiner riesigen Handtasche versenken und niemals benutzen. Hier irrte ich mich. Wir wurden von einem Kerl angeheuert, um, natürlich unauffällig, seiner joggenden Freundin hinterherzurennen, die darauf bestand, immer in der Dämmerung zu laufen. Ich sagte, daß wir eigentlich keine Bodyguards wären, aber Toni meinte, sie jogge ohnehin, und wenn der Typ unsere Honorarsätze zahle, warum nicht. Also rannte Toni, wenn das Mädchen rannte, und höchstwahrscheinlich wurde der eine oder andere Vergewaltiger dadurch entmutigt, daß sie in Sichtweite war und aussah, als könnte sie eine Waffe bei sich haben. Wie dem auch sei, eines Tages war Toni wegen eines anderen Falles verhindert und bat mich, für sie einzuspringen.

›Bist du von Sinnen?‹ fragte ich, taktvoll und höflich, wie ich war.

›Nimm ein Rad‹, sagte Toni. ›Du kannst doch radfahren, oder?‹ Ich gab zu, daß ich konnte.

›Na also‹, sagte sie, als sei damit alles klar.

›Gut, okay‹, lenkte ich ein, um meine Würde zu bewahren. Immerhin – das muß ich ihr lassen – besorgte Toni das Fahrrad, eines dieser Dinger mit zehn oder zwanzig Gängen, die ich noch nie kapiert habe. Aber ich kann Pedale treten, und das tat ich. Rund um den Park. Die Joggerin blieb Gott sei Dank auf dem Weg, und falls sie sich fragte, wieso diese alte Schachtel ständig hinter ihr herradelte, dachte sie sich wahrscheinlich, daß ich mich an sie heftete, weil es sicherer war. Leute, die in der Dämmerung laufen, wundern sich nicht groß über Leute, die in der Dämmerung radeln, so dachte ich zumindest. Und dann schlug er zu. Er muß geglaubt haben, daß ich – alt und hörbar kurzatmig wie ich war (ich gestehe es; da waren jede Menge Hügel) – ihm nicht gefährlich werden würde, und er stürzte sich auf sie und zerrte sie hinter ein paar Büsche. Ich überließ das Rad sich selbst und folgte, langsam und vorsichtig. Es gelang mir, mich von hinten an ihn anzuschleichen und ihm die Pistole an den Kopf zu setzen, genau wie Louise, als Thelma fast vergewaltigt worden wäre. ›Laß sie los‹, sagte ich. Er sah so unbeeindruckt aus, daß ich knapp an ihm vorbeischoß, um Klarheit zu schaffen. Er kapierte und versuchte wegzulaufen, aber sie packte ihn, und ich hielt ihn fest, während sie losrannte, um die Polizei zu alarmieren. Ein Vergewaltiger weniger im Park, so hofften wir jedenfalls. Es gefiel mir ganz gut, ihn mit der Knarre festzuhalten, während er überlegte, ob er mich angreifen sollte. ›Denk nicht mal dran‹, sagte ich. ›Das Ding hier geht verdammt leicht los!‹ Also, irgendwoher mußte ich meinen Part des Dialogs ja schließlich nehmen. An der Schuyler war ich vielleicht eine Art Spionin gewesen, aber die Rolle der Detektivin war mir neu.

Unser Auftraggeber gab uns eine Extraprämie, doch seine Freundin war absolut sauer, was ich ziemlich unsinnig fand, aber schließlich ging uns das nichts an. Zu dieser Zeit stieg ich als Partnerin ein, obwohl die Kanzlei nach wie vor Tonis Namen trug, Giomatti. Ich sah keinen Sinn darin, meinen Namen an die Tür zu schreiben.«

»Anonymität hat dir schon immer gefallen«, sagte Kate freundlich, aber sie warf dabei einen Blick auf ihre Uhr. Genau in diesem Moment klingelte das Telephon. Kate nahm sichtbar beklommen ab, doch es war Toni. Kate gab das Telephon weiter.

»Sie will, daß du morgen ganz normal in die Uni gehst«, sagte Harriet nach einem Augenblick. »Entweder Toni oder ich kommen während deiner Sprechstunde vorbei; wir werden uns schon einen Grund ausdenken. Toni hält nicht viel davon, mit einem Klienten allzu oft gesehen zu werden, vor allem am Anfang. Na ja, sie scheint zu wissen, was sie tut – wie bei der Pistole. ›Eine ungeladene Pistole hätte es auch getan‹, hatte ich eingewandt, doch Toni meinte, ›Nein, das stimmt nicht, weil du gewußt hättest, daß sie nicht geladen ist, und das wäre etwas anderes gewesen‹, und damit hatte sie recht.

Kate«, fuhr Harriet fort, »laß uns was trinken. Ich weiß, es ist noch früh, aber du kannst etwas brauchen, und ich auch. Reed hätte nichts dagegen; ich bin sicher, er hofft, daß du all den Mut, den du brauchst, aufbringst, selbst wenn ein kleines bißchen davon aus einer Flasche kommt.«

Kate stand auf, um die Drinks zu holen. Harriet saß da, wartete und glaubte an die kräftigende Wirkung selbst der allerbescheidensten Aktivität.

So saß Kate also am nächsten Tag in ihrem Büro und gab sich mit ihren Studenten ab. Es strengte sie an, sich auf deren Belange zu konzentrieren, aber wenn es ihr gelang, ließ die Anspannung wegen Reed manchmal für ein paar Minuten nach. Die sechste Studentin – eine Frau, die so genuin studentisch aussah, daß sogar Kate ein paar Minuten darauf hereinfiel, war Toni, an die Kate sich von der Schuyler Law School her noch vage erinnerte. Offensichtlich war Harriets Partnerin eine Verkleidungskünstlerin, die es verstand, jede Kostümierung, jedes Verhalten, das ihrem Alter und ihrem Geschlecht einigermaßen entsprach, plausibel erscheinen zu lassen. Sie sah genau wie eine Doktorandin aus.

»Ich glaube, ich bin die letzte heute«, sagte sie, setzte sich auf den Stuhl neben dem Schreibtisch und spielte ihre Rolle, bis die Tür geschlossen war. »Ein Glück, daß Sie nicht an einem dieser kleinen Colleges unterrichten, wo jeder jeden persönlich kennt. New York, I love you.«

Kate schaute fragend.

»Okay«, sagte Toni. »Kommen wir zur Sache. Ich wollte gerade sagen, daß wir eigentlich vorhatten, Harriet als Putzfrau zum Staubwischen herzuschicken, doch dann erfuhren wir, daß eine Putzfrau, die tagsüber oder zu jeder anderen Zeit Staub wischt, fast zwangsläufig verdächtig wirkt. Also bin ich gekommen, aber Harriet läßt herzlich grüßen. Wir haben die ganze Nacht über Ihren Fall nachgedacht. Folgendes kam bis jetzt dabei heraus:

Erstens Verhaltensregeln. Nie telephonieren. Wenn Sie uns unbedingt erreichen müssen, rufen Sie von einer Telephonzelle auf der Straße an, geben Sie uns die Nummer, dann gehen wir ebenfalls zu einer Zelle auf der Straße und rufen zurück. Warten Sie also dort. Falls in der Zwischenzeit jemand anders das Telephon benutzen will, stehen Sie einfach mit dem Hörer in der Hand da, den Finger unauffällig auf der Gabel. Falls jemand Sie aus der Zelle rausdrängt, bleiben Sie dort, bis Sie wieder rein können. Wir probieren es weiter. Ist das klar?«

Kate nickte und überlegte, ob in der Nähe ihrer Wohnung und der Uni Telephonzellen waren. Ihr wurde bewußt, wie selten sie welche benutzt hatte, und sie beschloß, auf dem Heimweg darauf zu achten. Unauffällig, versteht sich. Ihr war noch immer entsetzlich elend, aber jetzt, da sie aktiv werden konnte, ging es ihr etwas besser.

Toni fuhr fort: »Wir haben noch eine Menge weiterer Pläne, aber es scheint mir wenig sinnvoll, sie bereits jetzt alle auszubreiten. Ich komme wieder in Ihre Sprechstunde. Ich habe mich nachträglich für eine Ihrer Veranstaltungen eingeschrieben, so daß ich ein Recht habe, hier zu sein, insbesondere, weil ich, um das Versäumte nachzuholen, Sie häufig konsultieren muß.«

»Welche Veranstaltung?« fragte Kate.

»Die große Vorlesung. Ich will keine Scheine, also muß ich keine Seminararbeiten schreiben oder irgendein Repetitorium besuchen. Ich will nicht, daß ich den Leuten hinter diesem Coup als Studentin auffalle, aber wenn doch, dann können wir das für unsere eigenen Zwecke nutzen. Ich habe hier einen Decknamen, klar, aber ich habe die Vorlesungsgebühr bezahlt, also wird man nicht so bald meine Immatrikulation überprüfen. Glauben Sie mir, Geld ist alles, hier wie überall.« Sie sprach weiter, bevor Kate irgendwelche Zweifel anmelden konnte. »Unser vorrangiges Problem ist dieser Artikel oder die Annonce, die die von Ihnen veröffentlicht sehen wollen. Womöglich kommen Sie da nicht drum rum, aber erst mal wollen wir sie hinhalten, teils, weil sie irgendwas unternehmen müssen, wenn wir sie hinhalten – und solche Schritte sagen einem immer etwas –, teils, weil wir möglichst vermeiden wollen, daß Sie überhaupt etwas veröffentlichen müssen.«

»Aber gefährdet das nicht Reed?«

»Das bezweifle ich. Vergessen Sie nicht, Kate, daß er denen nur von Nutzen ist, wenn er lebt und wohlauf ist. Es gibt zwei Strategien, die sie verfolgen können, jedenfalls vermuten Harriet und ich das. Entweder wollen sie ihm eine Gehirnwäsche verpassen und ihn dazu bringen, die Ansichten seiner Entführer zu teilen, was in der Tat oft ziemlich gut funktioniert, oder sie versuchen, ihn zu verführen – sowohl intellektuell als auch physisch, also machen Sie sich darauf gefaßt. Wenn Reed nur halb so klug ist, wie ich höre, wird nichts von beidem klappen, das ist klar, aber er wird so tun als ob.«

»Und die Abtreibungsärzte, die man erschossen hat, die Bombenanschläge auf die Kliniken und all das?«

»Kate, vergessen Sie die Abtreibungsärzte und die Kliniken. Da fühlen sich die Attentäter moralisch im Recht. Die glauben, sie retten menschliches Leben. Sie können Fanatiker für ihre dreckige Arbeit einsetzen. Aber mit diesen Leuten hier ist das etwas anderes. Die sind nicht wie die islamischen Terroristen – sie können schwerlich behaupten, ihr Gott hätte sie aufgefordert, den Feind in die Luft zu jagen, auch um den Preis von Menschenleben. In ihrer Bibel heißt es noch immer: Du sollst nicht töten, und während die Moral, Abtreibungsärzte zu töten – die in ihren Augen auch töten – oder das Töten in Kriegszeiten noch diskutiert werden kann, stehen Entführung und Mord auf einem anderen Blatt. Können Sie mir folgen?«

»Ich versuche es. Aber ich denke auch an Jizchak Rabin.«

»Der, wie die Abtreibungsärzte, an einem öffentlichen Ort getötet wurde. Versuchen Sie, die Fassung zu bewahren, Kate. Sie nützen weder Reed noch uns, wenn Sie ständig in Panik sind, glauben Sie mir.«

»Ich werd mich bemühen. Wie soll ich also meinen Feminismus-Widerruf hinauszögern?«

»Wir dachten an eine leichte Herzattacke – nichts Lebensbedrohliches, aber doch so, daß mindestens zwei Wochen Bettruhe erforderlich sind. Sparen Sie sich Ihren Protest. Wir haben den Plan verworfen, nicht weil wir mit Ihrem Protest nicht notfalls fertiggeworden wären, sondern weil zwei Wochen Unterrichtsausfall ein falsches Signal wären. Außerdem brauchen wir Sie hier für unsere Besprechungen; wir können nicht zu Ihnen nach Hause kommen, oder nur Harriet könnte kommen, als Freundin, die ihre Unterstützung anbietet, aber höchstens ein- oder zweimal. Nein, wir werden direkt und bis zu einem gewissen Grad offen sein. Sie werden eine Annonce in die Zeitung setzen, weil Sie nicht wissen, wie Sie mit ihnen in Verbindung treten sollen, und zwar folgenden Inhalts: ›Brauche mindestens eine Woche, um zu schreiben, was Sie verlangen‹. Unterschreiben Sie mit Mrs. A. Die werden's kapieren, und mit etwas Glück niemand sonst.«

»Und wenn die Woche vorbei ist?«

»Haben wir Reed entweder zurück, oder wir entwerfen eine neue Strategie. Hören Sie zu. Ich habe die Annonce für die Zeitungen fertig. Sie werden sie sehen, und sie können kaum Einwände erheben, wenn sie wollen, daß Ihr Übertritt zum fundamentalistischen Christentum glaubhaft wirkt. Wir geben damit auch Reed Gelegenheit, etwas von sich aus zu unternehmen.«

»Wie denn? Er ist ein Gefangener.«

»Das stimmt. Aber er ist nicht das, was sie wollen, außer insofern, als er sich bemühen wird, Sie zu beeinflussen. Feminismus ist das, worauf die es abgesehen haben, Kate, die neuen Gesetze über Gewalt in der Familie, das Programm gegen die Diskriminierung von Minderheiten, der Grundsatz, ›Gleiche Rechte für alle‹, die Legalisierung der Abtreibung, und zählen wir die Evolution und die Vorstellung, daß Gott vielleicht kein Mann war, der die Welt schuf und wollte, daß die Männer in ihrem Mittelpunkt stehen, ruhig dazu. Wenn Reed es schafft, hinreichend beeindruckt von ihren Argumenten zu wirken, dann wird er von innen her agieren. Können Sie mir noch folgen?«

»Ich höre zu«, sagte Kate. »Sie meinen aber nicht, Reed könnte von ihren Argumenten überzeugt werden?«

»Nein, das meine ich nicht. Kate, wir sprechen von einem Mann, mit dem Sie seit vielen Jahren verheiratet sind. Was fragen Sie *mich*?«

»Ich frage Sie ja gar nicht«, erwiderte Kate, aber selbst in ihren eigenen Ohren klang das nicht überzeugend.

»Während Sie Ihr normales Leben weiterleben und angeblich über dem Artikel brüten, den Sie zu schreiben haben«, fuhr Toni fort und ließ dabei die Frage nach Reeds Willfährigkeit in der Schwebe, »werden Harriet und ich versuchen, die Gruppe, die Reed entführt hat, zu identifizieren. Das ist womöglich gar nicht so schwierig, wie Sie glauben, auch wenn es nicht einfach sein wird.«

»Womit beginnen Sie?«

»Wir beginnen, nachdem wir ja irgendwo beginnen müssen, bei einem Brief, der in der Universitätszeitung erschienen ist und in dem Feministen, die multikulturelle Gesellschaft, die Evolution und der Verlust der familiären Werte in Grund und Boden verdammt wurden. Sie erinnern sich vielleicht, es gab einen ziemlichen Aufruhr.«

»Ich erinnere mich. Ich konnte mir nicht vorstellen, wie irgend jemand so blöd sein konnte, das veröffentlichen zu wollen. Es wurde diskutiert, warum die Zeitung das publizierte, aber das Recht auf freie Meinungsäußerung gewinnt als Ideal immer, und in diesem Fall ist das ja wahrscheinlich auch richtig so. Wenn es um rassistische Verunglimpfungen geht, bin ich mir da nicht so sicher, aber das ist ein Thema für ruhigere Zeiten.«

»Stimmt«, sagte Toni. »Aber es freut mich zu sehen, daß sich Ihr Verstand noch mit etwas anderem als Reeds Verschwinden herumschlägt.«

»Entführung. Damit werde ich nicht fertig. Daß man einen Mann entführt, um mit einer Frau abzurechnen, deren Ideen man nicht besonders mag.«

»Wir wollen nicht wieder damit anfangen. Nicht jetzt – okay, Kate? Ich muß gehen. Sie wissen, was Garrison Keillor jede Woche im Rundfunk sagt: ›Lassen Sie sich's gut gehen, und machen Sie Ihre Arbeit gut‹; wir hören voneinander.« Und weg war Toni, stolzierte aus dem Büro in überragender Imitation einer Studentin, deren Hausarbeit nicht den Beifall geerntet hatte, den sie für angemessen hielt.

In dieser Nacht tauchte Harriet in Kates Wohnung auf. »Wir sind schließlich Freundinnen«, erklärte sie. »Du sollst niemandem irgendwas erzählen, also geht das Leben einfach weiter, und deine alten Freunde kommen vorbei, um dich zu besuchen, stimmt's? Und obwohl es so aussehen soll, ist dies nicht nur ein Freundschaftsbesuch. Ich will dir den nächsten Schritt mitteilen. Wir bleiben in Verbindung, meist durch Toni-die-Studentin, also maule nicht. Ja ja, ich weiß, du kannst nicht anders als maulen, aber maule nicht darüber, daß wir in Verbindung bleiben. Hast du zufällig einen Single Malt da?«

Kate ging ihn holen, ihr selbst war jedoch nicht nach Whisky zumute – ein bedenkliches Zeichen. Harriet beschloß jedoch, es zu ignorieren. Sie selbst nahm dankbar einen großen Schluck.

»Wir haben uns den Hintergrund dieses Studenten, der den Brief an die Zeitung geschrieben hat, angesehen. Das Offensichtliche immer zuerst. Mit dem Hintergrund muß man anfangen und vielleicht auch aufhören. Er ist, wie sich zeigt, der pflichtbewußte Sohn einer Witwe, die jedes Gesetz, das Frauen, Armen, Schwarzen oder irgendwem hilft, der nicht ein weißer christlicher frommer Mann dieser Welt ist, für ein Werk des Teufels hält. Der Satan spielt bei all dem eine ziemlich weitreichende Rolle. (Hast du Elaine Pagels zu diesem Thema gelesen? Na ja, das tut jetzt nichts zur Sache.) Ich finde diese Privatdetektiv-Arbeit fabelhaft, aber man muß sich an die Fakten und man muß den Mund halten können, für eine Vielrednerin wie mich eine harte Nuß. Wo war ich?« Harriet hielt ihr Glas hin. »Und frag mich nicht, ob es in Ordnung ist, im Dienst zu trinken. Ist es nicht, aber ich betrachte das hier als Freundschaftsbesuch. Ich werde den Portier ordentlich anhauchen, wenn ich gehe und ihm klarmachen, was für ein nettes kleines Besäufnis wir hatten.«

Kate versuchte ein Lächeln. »Weiter«, sagte sie, »erzähl weiter von der Familie dieses Jungen, der den Brief geschrieben hat.«

»Wie ich schon sagte, Stolz im Geiste gehört zweifellos nicht zu den Dingen, die diese Familie als Sünde betrachtet; sie wissen, daß sie immer recht haben. Aber wir haben herausgefunden, daß eine der Töchter in die Fänge einer Sekte geriet, und die andere ein Leben führt, das, wie ich annehme, für Mama in jeder Hinsicht inakzeptabel ist. Der Sohn ist jedoch ganz und gar Mamas Kind. Papa war übrigens Geistlicher und starb vor einigen Jahren an einer Herzgeschichte. Es wird gemunkelt, daß seine sexuellen Vorlieben, die in Richtung jung und männlich gingen, nicht ganz dem Kodex entsprachen, doch das wurde alles vertuscht. Es erklärt jedoch zusammen mit den Karrieren der Töchter bis zu einem gewissen Grad die Selbstgerechtigkeit von Mutter und Sohn. Vielleicht gelingt es uns, die Mutter zu ködern; sie versucht nämlich, eine Bewegung ins Leben zu rufen, der ich möglicherweise beitreten werde. Das mag nirgends hinführen, aber wer weiß? Unterdessen wird deine Annonce morgen in allen möglichen Zeitschriften und Zeitungen erscheinen. Wir werden abwarten, was dabei herauskommt. Wenn du irgendwelche Botschaften bekommst, bring sie mit in deine Sprechstunde.«

»Und wenn ich an dem Tag keine Sprechstunde habe?«

»Darauf wollte ich gerade kommen. Geduld, Kate; versuch es. Du wirst einen jungen Hund bekommen. Bitte setz dich einfach hin und hör zu. Einen knapp drei Monate alten Welpen, der dringend Training braucht, von Impfungen und sonstiger tierärztlicher Versorgung ganz abgesehen. Wir haben übrigens hier ganz in der Nähe einen hervorragenden Tierarzt für dich ausfindig gemacht. Außerdem haben wir einen jungen Mann, der gelegentlich für uns arbeitet, dort als Sprechstundenhilfe untergebracht. Kompetente Kräfte werden immer gebraucht; Ovido ist sehr gut, und er spricht spanisch. Über der Tierarztpraxis, im ersten Stock, gibt es eine Hundeschule. Wenn du dorthin gehst, was immer an den Tagen der Fall ist, an denen du nicht in die Uni mußt, kannst du eine Nachricht, falls du eine hast, bei Ovido lassen. Er wird dich erkennen und sie unauffällig an sich nehmen, während er mit dir über die Medikamente für deinen Hund spricht. Hier ist die Adresse.«

»Und wo ist der Hund?« Kate wagte kaum zu fragen. Sie spürte zum ersten Mal, daß ihr die Kontrolle über ihr Leben völlig entglitten war. Daß man ihr jetzt einen Hund andrehen wollte, war auch nicht unwahrscheinlicher als alles andere, was geschehen war.

»Die Züchterin wird den Hund, vielmehr die Hündin, heute abend herbringen. Du wirst dann mit ihr ein Stück gehen und sie dem Tierarzt vorstellen. Sie ist auf Papier geprägt, also leg etwas Papier in der Küche aus. Sie hat jedoch gerne Auslauf. Es wird ein sehr großer Hund werden, ein Bernhardiner, der so um die hundertfünfzig Pfund wiegen wird. Versuch sie also rechtzeitig stubenrein zu kriegen, solange du sie noch tragen und ziehen kannst, kurz gesagt, solange du noch stärker bist als sie.«

Kate sah gleichzeitig ausdruckslos und wie vom Donner gerührt drein.

»Kate, meine Liebe«, sagte Harriet, »du machst mir wirklich Sorgen. Sprich mit mir. Rede einfach. Zitier irgendwas. Bitte, Kate, nur nicht dieser Zombie-Zustand. Sag irgendwas. Reed wird zurückkommen, das verspreche ich dir. Der Hund heißt übrigens Bancroft, weil Anne Bancroft eine der Lieblingsschauspielerinnen der Züchterin ist. Kurz Banny. Sie ist wirklich süß; ich hab sie gesehen. Zum Verlieben, du wirst sehen.«

»Und was soll ich mit ihr machen, wenn sie hundertfünfzig Pfund wiegt?«

»Oh, wir leihen uns Banny nur aus. Sie ist viel zu wertvoll, um einfach weggegeben oder sogar verkauft zu werden. Sie soll auf Ausstellungen gehen und dann zur Zucht verwendet werden. Also binde dich nicht zu sehr an sie, denn sie ist nur zu Besuch. Du verstehst doch, Kate, oder? Wir brauchten einen Ort, den du ganz unverdächtig regelmäßig aufsuchen kannst, an dem Nachrichten ausgetauscht werden können. Unterdessen wird Banny Sitz und Platz, Bring und Bei Fuß lernen und zweifellos eine Menge anderer wundervoller Tricks. Sie ist übrigens ein Geschenk von mir. Aber paß um Gottes willen, um meinetwillen, auf, daß ihr nichts zustößt. Dieser Hund ist ein Vermögen wert.«

Kate sah noch immer fassungslos aus. »Harriet«, sagte sie langsam, »weißt du wirklich, was du tust?«

»Absolut, meine Liebe, bitte versuch das zu glauben. Wir

werden Reed im Handumdrehen zurückhaben. Jetzt mach's erst mal gut. Und kümmere dich um Banny; die Leute von dem Zwinger werden sie bald abgeben. Der Portier wird sie raufbringen.«

»Hoffentlich pinkelt sie nicht in den Lift«, sagte Kate.

»Ah«, rief Harriet, »das hört sich schon besser an. Trink etwas«, sagte sie, als sie ging. »Ich weiß, daß das auch in Reeds Sinne wäre.«

Kate dachte eine Weile nach, doch nicht ein einziger zusammenhängender Gedanke hielt sich lange in ihrem Kopf. Die Zeit schien ihre Bedeutung verloren zu haben. Dann klingelte es an der Tür. Dort auf der Fußmatte stand der Portier samt einem entzückenden wuscheligen Ding mit faltiger Stirn, das ebenso verwirrt dreinsah wie Kate. Sie nahm die Leine.

»Hier ist etwas Futter, das für ihn mitgegeben wurde«, sagte der Portier. »Ich hoffe, Sie haben Freude mit ihm. Er wird ein ganz schön großer Hund werden.«

»Es ist eine Sie«, sagte Kate. »Danke.«

Kate und Banny waren allein. Banny sah sich um, dann kauerte sie sich hin und pinkelte auf den Fußboden in der Diele.

Nachdem Kate das aufgewischt, in der Küche Zeitungspapier ausgelegt und es Banny gezeigt hatte, stellte sie ihr etwas Wasser hin und ging zurück ins Wohnzimmer. Der kleine Hund sprang an ihren Knien hoch und, einem Impuls folgend, nahm Kate das Fellbündel hoch, umarmte es und weinte. Banny leckte ihr das Gesicht.

3

Um ihren Tierarzt- und Hundeschulbesuchen die gebotene Regelmäßigkeit zu verleihen, ging Kate gleich am Wochenende mit Banny dorthin. So hatte sie wenigstens etwas zu tun. Sie entdeckte Ovido hinter der Empfangstheke, und während sie für die Tierarztbehandlung bezahlte, unterhielt sie sich zwanglos mit ihm, so daß ihre Konversation, falls sie einmal eine Nachricht zu überbringen hatte, in keiner Weise von ihrem üblichen Verhalten abzuweichen schien.

Harriet und Toni waren überzeugt, daß man ihr folgte, und Kate hatte ein paarmal jemanden wahrgenommen, der sie durchaus beschattet haben mochte. »Denen kommt es vor allem darauf an, Sie zu ängstigen«, hatte Toni gesagt, »die wollen also, daß Sie wissen, daß man Sie verfolgt und jagt. Aber unterschätzen Sie sie nicht. Tun Sie nichts, was Sie nicht an einem normalen Tag tun würden.« (Toni enthielt sich zu bemerken – und Kate hob es ihrerseits nicht hervor –, daß kein Tag jemals wieder normal sein würde.)

Am Montag – sie hatte Sprechstunde – nahm Kate eine Nachricht von Reeds Entführern mit, die sie am Vorabend bekommen hatte; sie mußte nicht den Weg über den Tierarzt nehmen. Die Nachricht lautete, daß man ihre Annonce zur Kenntnis genommen habe und ihr genau eine Woche Zeit gebe – also bis nächsten Montag –, ihren Artikel unterzubringen, dessen Erscheinen man wenige Tage darauf erwarte. Andernfalls werde man Reed entweder töten oder schwer verletzen.

Dieser letzte Hinweis verursachte Kate einige quälende Stunden, das war unvermeidlich, trotz Tonis Versicherung, daß Drohungen zu diesem Zeitpunkt nicht zählten. Reed zurückzubekommen, war alles, was zählte. In der Zwischenzeit, sagte Toni wieder und wieder ermutigend, registrierten sie und Harriet alles, was passierte, genauestens. »Wir werden sie strafrechtlich verfolgen können, wenn all das vorbei ist. Unterdessen aber wollen wir, daß Sie etwas tun.«

»Eine Katze diesmal?«

»Sarkasmus ist eine unproduktive Form der Kommunikation«, sagte Toni mit pädagogischem Dünkel. »Hören Sie, ich will nicht länger als die anderen Studenten bleiben und damit die Aufmerksamkeit auf mich lenken, ich werde Ihnen also nicht en détail darlegen, was Harriet und ich tun. Wir wollen von Ihnen folgendes.«

Kate sah sie gleichermaßen erschrocken und gespannt an, eine Verknüpfung, die schwer zu erlangen und noch schwerer auszuhalten ist.

»Schauen Sie nicht so entsetzt«, sagte Toni. »Die Sache ist interessant. Harriet hat Ihnen erzählt, daß eine der Töchter ein in den Augen von Mutter und Sohn inakzeptables Leben führt, und ich habe sie ausfindig gemacht. Sie scheint ihre Mutter und ihren Bruder nicht oft zu sehen, aber ich glaube, sie mag sie auch nicht besonders. Sie weiß nichts von Reed; Sie müssen sie mehr oder weniger zufällig treffen und ihr, nach Ihrem eigenen Gutdünken, soviel erzählen, wie Sie ihr erzählen wollen. Ich habe den Verdacht, daß sie uns vielleicht helfen könnte.«

»Und wie soll ich sie treffen?« fragte Kate.

»Ganz einfach. Sie lebt in Putnam County, wo sie einen Zwinger hat und Hunde in Pension nimmt. Sie fahren mit Banny dorthin und sehen sich das mal an. Hier ist die Adresse und die Telephonnummer. Sie werden ja sehen. Aber denken Sie daran, wenn Sie auch nur den leisesten Zweifel haben, dann belassen Sie es bei einer Besichtigung der Hundepension.«

»Vielleicht sollte ich meine Vorlesung und meine Sprechstunde morgen absagen und statt dessen zu ihr fahren.«

»Auf keinen Fall. Was immer Sie auch tun, ändern Sie keinesfalls Ihre Gewohnheiten. Sie können morgen nach Ihrer Vorlesung fahren. Rufen Sie sie vorher an, damit sie auch da ist. Und vergessen Sie nicht, Banny mitzunehmen. Wenn man Hundebesitzer befragt, wirkt man viel glaubwürdiger, wenn man selbst einen Hund hat.«

Und so holte Kate am nächsten Tag nach ihrer Vorlesung das Auto aus der Garage und Banny aus der Wohnung. Sie hatte angerufen und erfahren, daß die Besitzerin, Dorothy Hedge, Tochter der rechtsextremen Mutter und Schwester des Sohns, sie persönlich empfangen werde. »Ein Bernhardiner!« hatte sie ausgerufen. »Was für eine mutige Frau Sie sind. Ich züchte Norwich Terrier. Norwich Terrier lieben große Hunde. Ich habe den Verdacht, daß sie sich selbst für große Hunde halten. Also kommen Sie, gerne.«

Kate plazierte Banny auf dem Rücksitz, aber es wurde bald klar, daß Banny nicht die Absicht hatte, dort zu bleiben. Sie quetschte sich durch den Spalt zwischen den Vordersitzen und ließ sich in Kates Schoß plumpsen. Kate schubste sie auf den Beifahrersitz, als sie an einer Ampel halten mußte.

Banny versuchte, wenigstens ihren Kopf auf Kates Oberschenkel zu legen, wobei aber der Schaltknüppel störte. Also kehrte sie zurück auf Kates Schoß und legte sich mehr oder weniger flach unter das Lenkrad. Das Arrangement war alles andere als sicher, aber es war nicht ganz unbequem. Kate stellte fest, daß sie zu dem Hund sprach und mit ihr die Fahrtrichtung abklärte.

Zu ihrer eigenen Überraschung fand Kate gleich die richtige Abzweigung von der Allee, und danach ging es nur noch darum, Laternen und Briefkästen zu zählen. Sie bogen in die durch ein Schild (Hedge – Hundezwinger) deutlich kenntlich gemachte Zufahrt von Dorothy Hedge ein, begleitet von einer Bell-Kakophonie, die von einer fröhlichen Frauenstimme akzentuiert wurde. »Still, still, ihr Biester«, rief sie, ohne den geringsten Effekt.

Als die Inhaberin der Stimme sich ihnen näherte, hatte Kate den Eindruck, daß hier jemand ein Ritual pflegte, das sich selbst genügte. Dorothy Hedge war eine große, warmherzige Frau, ihre dröhnende Stimme klang natürlich, fand Kate, unabhängig von einem Job, der das erforderte. Sie begrüßte Kate mit einem kräftigen Händedruck und Banny mit einem sanften Strubbeln. »Du bist aber eine Hübsche«, sagte sie.

»Ich hätte gedacht, daß Hundezwingerbesitzer gar keine große Begeisterung mehr aufbringen können«, sagte Kate lächelnd. »Wie schön, jemanden zu treffen, der Hunde so offensichtlich gern hat.«

Falls Dorothy Hedge dies für eine etwas seltsame Bemerkung hielt, so zeigte sie es nicht. »Es ist leicht, fröhlich zu sein, wenn man Hunde um sich hat«, sagte sie. »Sie haben keine Prinzipien, nur Gefühle und Hundemeinungen bezüglich zweckmäßiger Dinge. Sie wollten die Zwinger sehen?

Nicht«, setzte sie hinzu, »daß ich empfehlen würde, einen so jungen Hund in Pension zu geben, aber zweifellos haben Sie Ihre Gründe. Bitte hier entlang.«

Kate fand die Unterbringungsmöglichkeiten ziemlich beeindruckend, und das sagte sie auch unumwunden. Jeder Pensionshund hatte einen eigenen großen Freilauf-Zwinger vor einem kleineren geschützten Bereich, einer Art Hundehütte.

»Wenn sie sich erst einmal eingelebt haben, lasse ich meine Hunde in diesem großen umzäunten Gelände dort frei laufen, es sei denn, es sind besonders unfreundliche Charaktere. Aber nicht dieses kleine Mädchen, sie würde wahrscheinlich überrannt werden, oder sich zumindest ängstigen, auch wenn sie nicht überrannt wird. Haben Sie sie schon lange?«

»Nein«, sagte Kate. »Und ich habe auch nicht vor, sie in nächster Zukunft hier unterzubringen. Aber da ich oft überraschend verreisen muß, schien es mir sinnvoll, für einen solchen Fall Vorkehrungen getroffen zu haben.«

»Sehr klug. So viele Leute glauben, man könnte Hunde einfach abstellen wie ein Möbelstück oder ein Paket. Die armen kleinen Dinger verlieren den Appetit und lassen den Kopf hängen. Dieses kleine Mädchen allerdings war jetzt schon einmal hier, und es weiß, daß wir uns kennengelernt und miteinander gesprochen haben. Das spielt eine Rolle. Möchten Sie einen Tasse Tee?«

»Sehr gern, ja«, sagte Kate, froh über die Gelegenheit, das Gespräch fortzusetzen. Wie sie jedoch von Hunden auf die bigotte Mutter dieser Frau kommen sollte, konnte sie sich nicht vorstellen. Sie folgte Dorothy Hedge zur Tür hinüber, wegen Banny, die ihr auf Schritt und Tritt folgte, zögerte sie aber.

»Oh, nehmen Sie das kleine Mädchen ruhig mit rein«, sagte Dorothy. »Ich habe sie gerade pinkeln sehen, vielleicht haben wir also Glück. Wie auch immer, wenn ich einen Dollar für jedes Hunde-Pipi, das ich aufgewischt habe, bekommen hätte, dann wäre ich eine reiche Frau, das können Sie mir glauben. Lassen Sie uns in die Küche gehen, und ich mache uns Tee.«

Es war eine große Landhausküche, und Kate setzte sich an den Tisch und nahm Banny auf den Schoß, nachdem diese immer wieder an ihr hochgesprungen war. »Ich weiß, es ist albern«, sagte Kate, »aber ich frage mich, ob sie, wenn ich sie jetzt auf meinen Schoß lasse, das auch will, wenn sie hundertfünfzig Pfund wiegt.«

»Gehen Sie mit ihr zur Hundeschule, meine Liebe, so bald wie möglich. Sie muß lernen, das zu tun, was Sie ihr sagen, und zwar, bevor sie größer ist als Sie.«

»Wir haben uns schon angemeldet«, erwiderte Kate und fühlte sich, da sie in dieser Weise über Hunde sprach, als wäre sie wie Alice im Wunderland zu einer ganz und gar anderen Person geworden, »aber bis jetzt haben wir hauptsächlich Dinge im Stehen trainiert.«

»Nun, das Kommando *Platz* wird bald dazukommen. Freuen Sie sich an ihr, meine Liebe, es gibt nur wenige so überaus beglückende Dinge wie einen jungen Hund. Und sie wird Ihr Leben um ein Dutzend Jahre verlängern.«

Aber wird sie auch Reeds Leben um Jahre verlängern? dachte Kate, sagte es aber nicht. Dorothy – sie hatte Kate gebeten, sie so zu nennen, und versprochen, umgekehrt Kate zu sagen – schenkte den Tee aus einer Kanne ein, die von einem gestrickten Teewärmer umhüllt war. Ich bin hier in etwas aus *Country Life* gelandet, dachte Kate und nippte an ihrem Tee. Banny schlief auf ihrem Schoß.

»Was wollen Sie wirklich von mir, meine Liebe?« fragte Dorothy, nippte an ihrem Tee und aß einen von ihren selbstgemachten Keksen. Kate wollte keinen probieren, aus Angst, er könnte ihr im Halse steckenbleiben.

»Was meinen Sie?«

»Meine liebe Kate, wenn Sie diesen entzückenden Welpen länger als eine Woche haben, fresse ich einen Besen. Außerdem wissen Sie absolut nichts über Hundepensionen; Sie haben nicht eine einzige Frage gestellt – intelligent oder nicht.«

»Ich bin eine Beobachterin«, verteidigte Kate sich recht und schlecht.

»Ich auch. Ich weiß nicht, woher Sie Banny haben, aber ich bin bereit, dieses Haus gegen Ihr Auto zu wetten, daß sie nur vorübergehend bei Ihnen ist. Die Frage, ob Banny auch noch auf Ihrem Schoß wird sitzen wollen, wenn sie groß ist, war gescheit, aber, meine Liebe, große Hunde versuchen nicht, auf Ihrem Schoß zu sitzen, genausowenig wie erwachsene Menschen. Mit kleinen Hunden ist das etwas anderes. Aber selbst meine Norwich Terrier besitzen zuviel Würde, um irgendwem auf den Schoß zu springen, und sie sind auch nicht sonderlich begeistert, wenn man sie hochnimmt. Für all das hätte es vielleicht noch eine Erklärung geben können, aber ganz offensichtlich sind Sie ein Nervenbündel und der Meinung, daß ich Ihnen helfen kann. Worum geht es? Wollen Sie sie hier lassen, während Sie versuchen, das Desaster auszubügeln, das Sie sich durch sie aufgehalst haben? Ich bräuchte eine Art Vertrag, aber ich bin einverstanden. Oder ist es etwas anderes? Wie haben Sie überhaupt von mir erfahren?«

Kate saß da und streichelte Bannys weiches Fell. Sie hatte, so schien es ihr, nur zwei Möglichkeiten. Entweder sie stand auf und ging, oder sie versuchte, sich irgendwie der Wahrheit anzunähern. Die Frau wußte bereits, wie sie hieß. Vielleicht lohnte es sich, ihr ein wenig zu vertrauen. Weggehen würde jedenfalls gar nichts bewirken.

»Lassen Sie mich Ihnen helfen, wenn ich kann«, sagte Dorothy. »Bevor Sie kamen, habe ich Ihren Namen im *Who's Who* nachgeschlagen. Ich bin davon ausgegangen, daß Sie die sind, für die Sie sich ausgeben. Ich finde, in meinem Geschäft ist das eine sinnvolle Referenz, also schauen Sie nicht so überrascht. Sie glauben nicht, wie viele Leute sich als jemand Bekanntes ausgeben, wenn sie mit einem Hund hier ankommen. Ihre Motive sind unterschiedlich, aber gewöhnlich schäbig. Ein paar Fragen schaffen in der Regel schnell Klarheit. Ich bin bereit zu glauben, daß Sie diejenige sind, die Sie zu sein behaupten, aber Sie sind nicht wegen des Hundes hier. Was kann ich also für Sie tun?«

»Ich bin wegen Ihres Bruders hier«, sagte Kate und fühlte sich total idiotisch. Noch nie in ihrem Leben hatte sie sich so ohnmächtig, so ihrer Persönlichkeit beraubt gefühlt. Es war ein Durcheinander aus Verzweiflung, Sorge, Wut und Hilflosigkeit, ein vertracktes Gemisch.

»Mein Bruder? Kenneth? Stimmt, der studiert ja immer noch an der Uni, wo Sie unterrichten. Warum bin ich darauf nicht gleich gekommen? Kenneth ist ein bißchen spät dran für einen Studenten, aber er war immer etwas zurück, bei allem, was er gemacht hat, ein richtiges Mamasöhnchen. Ist er ein Student von Ihnen?«

»Nein, ich kenne ihn gar nicht. Er hat einen Brief an die College-Zeitung geschrieben.«

»Aha, ich verstehe. Verkündet all die alten Familienwerte und vorsintflutlichen Moralvorstellungen, was meist darauf hinausläuft, die Reichen, die Weißen und die Männer zu unterstützen, auch wenn das vielleicht nicht die richtige Reihenfolge ist. Sagen Sie, waren Sie mit diesem Brief einverstanden?«

»Nein. Ich hielt ihn für ziemlich wahnsinnig. Aber er hat mir ganz schön zu denken gegeben.«

»Natürlich hat er das, meine Liebe. Ken ist fünfzehn Jahre jünger als ich und dreizehn Jahre jünger als meine Schwester. Er war ein später Einfall, und kein guter, meiner Meinung nach. Aber er war männlich. Meine Mutter fühlte sich wie Sarah: Gott hatte sie endlich gesegnet. Meine arme Schwester landete in einer dieser Sekten, wo sie einem sagen, was man tun und wen man heiraten und was man jede Minute des Tages denken soll, genau wie zu Hause, hätte ich gedacht – aber es war wenigstens nicht zu Hause. Ich glaube, sie hatte sich daran gewöhnt, daß man ihr sagte, was sie tun sollte, und mit dieser Gewohnheit konnte sie nicht brechen. Ich bin einfach ausgestiegen. Unser Vater starb nach Kens Geburt. Ich vermute, er starb an Syphilis, auch wenn heute anscheinend niemand mehr an dieser Krankheit stirbt. Nun, wie Sie sich wahrscheinlich vorstellen können, waren wir nicht gerade eine glückliche Vorzeigefamilie. Ob das wahre Familienwerte widerspiegelt, weiß ich nicht, aber vermutlich schon: Elend auf allen Seiten, es sei denn, man hat teil an der Gewißheit, in allem absolut recht zu haben, Fragen sind nicht erlaubt. Erzählen Sie mir etwas von sich.«

»Sie wissen, was im *Who's Who* steht. Das einzige, was vielleicht von gewisser Bedeutung ist und nicht da drin steht, ist, daß ich mich gelegentlich als Detektivin betätigt habe, das ist alles, was ich Ihnen sagen kann. Rein zum Spaß. Aber«, setzte Kate hinzu, mehr zu sich selbst als zu Dorothy, »meine diesbezüglichen Fähigkeiten scheinen sich mit meinem Selbstvertrauen davongemacht zu haben.«

»Kate, meine Liebe«, sagte Dorothy, »Sie sind ganz offensichtlich in irgendwelchen Schwierigkeiten, und was das für Schwierigkeiten sind, geht mich nichts an. Andererseits sind Sie hier zu mir rausgefahren mit einem Welpen, den Sie, wie es aussieht, innerhalb der letzten vierundzwanzig Stunden erworben haben, ich darf also vielleicht annehmen, daß Sie nicht wegen des Hundes gekommen sind. Falls Sie in erster Linie eine Hundepension sehen wollten, da gibt es andere, näher bei der Stadt – nicht so gute, das gebe ich zu, aber akzeptable. Warum sind Sie zu mir gekommen?«

»Ich habe sie tatsächlich erst seit ein paar Tagen«, sagte Kate und streichelte Banny. »Und ich muß zugeben, daß ich ganz weg bin von ihr, obwohl ich nicht glaube, daß man mir erlauben wird, sie zu behalten.« Und zu Kates Verlegenheit füllten sich ihre Augen mit Tränen.

»Lassen Sie es mich so formulieren«, sagte Dorothy. »Entweder sind Sie die größte Schauspielerin seit Stummfilmzeiten, oder Sie befinden sich in extremen Nöten. Sagen Sie nichts, wenn Sie sich einfach nur ausweinen müssen, nicht daß ich dafür kein Verständnis hätte, aber am Ende würden Sie mich nur verabscheuen für eine – wie ich annehme – ganz untypische Vertraulichkeit. Falls Sie aber aus einem bestimmten Grund hierher gekommen sind, warum reden wir dann nicht über die Sache?«

»Es geht um Ihren Bruder.«

»Ken? Sie meinen, Sie kennen ihn also doch? Erzählen Sie mir nicht, daß Sie in irgendeiner Form mit ihm zu tun haben, es sei denn, er erpreßt Sie oder er versucht, Sie zu nötigen, ihm irgendeinen Seminarschein zu geben. Wenn nicht, müßte ich mich gründlich in Ihnen getäuscht haben. Sehr gründlich.«

Von draußen war Hupen zu hören. »Ah, die Carlisles

kommen wegen ihres Bullterriers. Und nicht einen Augenblick zu früh, das kann ich Ihnen sagen. Dieser Hund hat das Wort *Kauen* erfunden! Sie bleiben einfach hier und denken darüber nach, was Sie zu sagen haben und ob Sie es sagen wollen. Ich bin gleich zurück.«

Dorothy ging durch die Küchentür hinaus. Kate konnte Stimmen, die einander begrüßten, hören, dann einen Augenblick Stille, und dann menschliche Willkommensschreie. Kate ging zum Fenster und sah einen schwarzgefleckten Hund begeistert Luftsprünge vollführen, von dem Mann zu der Frau, die ihn abholen kamen, rennen und dann wieder zu Dorothy (ein bemerkenswerter Tribut, fand Kate), dann wieder zurück zu seinen Besitzern. Kate sah, wie Dorothy dem Mann etwas überreichte, was zweifellos eine Rechnung war, da der Mann seine Brieftasche zückte, einen Scheck herausnahm und ihn auf den Kühler seines Wagens gelehnt ausfüllte. Allseitiges Händeschütteln.

Als der Mann die vordere Tür seines Wagens öffnete, sprang der Bullterrier hinein und mußte wieder hinaus expediert und auf dem Rücksitz plaziert werden. Die Frau setzte sich neben ihn. Dorothy winkte, als der Wagen davonfuhr.

Ganz gewiß lerne ich etwas über die Welt der Hunde; Dinge, die ich noch vor ein paar Tagen nicht im Traum geglaubt hätte, dachte Kate. Das muß ich Reed erzählen. Und da kehrte – tief in ihr – die Panik zurück.

Dorothy kam wieder herein, hielt kurz inne, um den Scheck auf einem Schreibtisch in der großen Küche abzulegen. »Wie so viele Hundebesitzer stecken sie voller Schuldgefühle, wenn sie irgendwelche Unternehmungen machen, die den Hund ausschließen. Ich weiß nicht, welche ich mehr verfluchen soll, diejenigen, die sich Hunde anschaffen und sie dann einfach irgendwo parken, oder die, die ihre Hunde besser behandeln als die meisten Leute ihre Kinder. Aber wenigstens bringt mir das Geld ein, und die Hunde leiden nicht. Ich ertrage es nicht, Hunde leiden zu sehen. Apropos – lassen Sie uns die junge Dame rausbringen, jetzt wo sie von ihrem Schläfchen aufgewacht ist. Bei Welpen folgt Pipi dem Schlaf auf dem Fuße. Denken Sie daran, zumindest solange Sie das kleine Ding haben.«

Kate trug Banny hinaus. Der Hund bestätigte Dorothys Worte sofort und kauerte sich hin. Kate dachte, wie schön es sein mußte, über eine bestimmte Sache – und seien es Hunde – alles zu wissen. Literatur gewährte irgendwie nie solche Gewißheit; Detektivarbeit noch weniger.

Plötzlich fiel Kate ein, daß Harriet ihr gesagt hatte, es sei gut möglich, daß man ihr überallhin folgte. War man ihr hierher gefolgt? Sie hatte niemanden gesehen, aber wenn jemand beobachtet hatte, wie sie hierher gekommen war, dann würden Dorothys Mutter und Bruder sicher mißtrauisch werden, daß sie ausgerechnet diese Hundepension gewählt hatte. Wäre es nicht vielleicht das beste, diesen Besuch so weit wie möglich auf der reinen Hundeebene zu belassen? Andererseits, überlegte Kate, wenn man ihr gefolgt war und sie wußten, daß sie Dorothy Hedge getroffen hatte, warum sollte sie nicht die Gelegenheit ergreifen und Dorothy auf ihre Seite bringen. Falls Dorothy heimlich mit ihrer Familie gemeinsame Sache machte, während sie vorgab, nichts mit ihr zu tun zu haben, dann wußte sie ohnehin, was vorging, und würde wohl kaum Kate brauchen, um informiert zu werden. Der einzige Fehler dieser Überlegungen war die Möglichkeit, daß Reeds Entführer mit Dorothys Familie nicht das Geringste zu tun hatten, ihre Familie von der Entführung also gar nichts wußte, und Dorothy heimlich mit den Entführern zusammenarbeitete, ihnen die Geschichte erzählen und so Reed zusätzlich gefährden würde. Irgendwie wirkte das zu weit hergeholt, selbst für Kate in ihrer gegenwärtigen Verfassung extremen Mißtrauens. Sie entschied sich – nicht zum ersten Mal, wie sie sich eingestand, aber andererseits war es auch nie ganz falsch gewesen – zu vertrauen.

Dennoch, ein, zwei Fragen könnte man durchaus stellen. Angenommen, diese Frau sagte »Ich bin keine Feministin, aber ich bin für gleichen Lohn für gleiche Arbeit«. Würde man bei jemandem, der einer solchen Antwort fähig ist, auf Hilfe gegen eine militante antifeministische Gruppe setzen wollen? Nein, dachte Kate, wahrscheinlich nicht.

»Wie stehen Sie zum Feminismus?« fragte Kate. Falls Dorothy sich über die Frage wunderte, ließ sie es sich nicht anmerken.

»Wie ich dazu stehe? Der Feminismus hat mir das Leben gerettet. So stehe ich dazu. Wenn ich nicht auf den Feminismus gestoßen wäre, damals, dann würde ich mich noch heute fragen, warum ich immer das Gefühl hatte, daß in meiner Familie alles verkehrt war, wo doch jeder auf ihrer Seite zu sein schien. Plötzlich schien es nicht mehr so, als wäre jeder auf ihrer Seite. Es zeigte sich, daß alles, was ich fühlte, auch andere fühlten; es war eine Erlösung. Nach den paar Hinweisen über Sie im *Who's Who* zu urteilen, sind Sie auch Feministin. Oder irre ich mich?«

»Nein, Sie irren sich nicht. Ich bin verheiratet, sehen Sie«, begann Kate.

»Ja«, erwiderte Dorothy, »das stand auch drin.«

»Mein Mann wurde entführt, wissen Sie. Ich hasse diesen Ausdruck, *mein Mann*, aber noch mehr hasse ich den Ausdruck *meine Frau*. Trotzdem –«

»Wie meinen Sie das, entführt?«

»Eben entführt: in ein Auto gestoßen, weggebracht, gefangengehalten unter der Androhung, ihn zu töten, wenn ich nicht innerhalb einiger Tage etwas darüber schreibe, warum ich dem Feminismus für immer abschwöre. Etwas, was aufsehenerregend genug ist, um veröffentlicht zu werden. Deshalb schließe ich, daß die Entführer irgendwelche Rechtsextremen sind, die den Feminismus verabscheuen und fürchten.«

»Und Sie glauben, Kenneth und Mam könnten damit zu tun haben?«

»Ich habe keinen Grund, das anzunehmen, aber es ist die einzige Spur, auf die ich gestoßen bin. Als ich von Ihnen erfuhr, dachte ich, na ja, einen Versuch ist es wert.«

»Haben Sie sich deshalb diesen knuddeligen Welpen ausgeborgt?«

»Nein, das hatte andere Gründe. Aber ich muß Ihnen sagen, daß man mir vielleicht hierher gefolgt ist. Es kam mir nicht so vor, aber ich habe auch nicht daran gedacht, daß man mir folgen könnte; ich hätte darauf achten sollen. Ich fürchte, meine mentalen Fähigkeiten wurden durch all das nicht gerade geschärft.«

»Wie denn auch? Ich brauche Zeit zum Nachdenken«, sagte Dorothy. »Ich weiß nicht, wie ich herausfinden soll, ob meine Familie mit der Sache zu tun hat, da ich seit Jahren nicht mehr mit ihnen gesprochen habe, aber ich werde mir etwas einfallen lassen. Unterdessen lassen Sie uns hoffen, daß man Ihnen gefolgt ist. Wenn ja, setzen sie sich womöglich mit mir in Verbindung, und dann wissen wir, wer sie sind. Ich sag Ihnen was: lassen Sie Banny besser bei mir; dann haben Sie einen Grund wiederzukommen. Sagen wir, Sie haben mich gebeten, sie für Sie zur Stubenreinheit zu erziehen.«

»Oh, nein«, rief Kate – und war von sich selbst überrascht. »Ich kann Banny nicht hierlassen. Ich brauche sie aus anderen Gründen, die ich jetzt nicht näher erklären kann.«

»Und als Talisman und Trost. Okay. Aber so wird es für uns schwieriger sein, in Verbindung zu bleiben. – Hören Sie: geben Sie mir etwas Zeit, und bringen Sie sie Donnerstag abend wieder her. Entweder habe ich bis dahin etwas zu berichten, oder es gibt nichts. Dann macht es auch nichts, daß Sie einfach so gekommen sind. Wenn aber doch, dann können wir wenigstens hier miteinander sprechen und uns dann irgendwo anders verabreden. Abgemacht?«

»Abgemacht«, sagte Kate, und damit mußte sie sich zufriedengeben.

4

Nachdem Kate sich von Dorothy Hedge verabschiedet hatte, wurde der Verkehr auf dem Taconic und dem Saw Mill Parkway dichter. Kate mußte an jeder Ampel auf dem Saw Mill anhalten und wartete ungeduldig, daß die Autos vor ihr sich in Gang setzten, wenn es grün wurde. Die Obrigkeit hatte, dank welchem vernunftbegabten Politiker auch immer (und natürlich wußte man nicht, wem man danken sollte; man schien in solchen Fällen immer nur zu wissen, wen man zu beschuldigen hatte), die Mautstelle auf dem Saw Mill Parkway geschlossen und damit das schlimmste aller Nadelöhre abgeschafft. Aber bald danach kam die Henry Hudson Bridge und davor lange, lange Schlangen derer, die keine Münzen oder Dauerkarten hatten.

Kate saß machtlos in ihrem Auto und fühlte, wie ihre Frustration wuchs. Banny, die ihre Anspannung spürte, wachte auf und leckte ihr das Gesicht. Es ist diese Passivität, dachte Kate, die Ohnmacht, der völlige Mangel an Kontrolle, die Bevormundung. Immer verursachten Schlangen in Kate ein solches Gefühl – das war auch der Grund, warum sie schon seit langem nicht mehr ins Kino ging oder in Restaurants, die gerade in Mode waren. Die erzwungene Passivität.

Aber welchem Gefühl hatte Kate sich hingegeben, seit Reed entführt worden war, wenn nicht Passivität? Zuerst war sie in eine Art Trance verfallen, dann war sie zu Leslie gerannt, um sich trösten zu lassen, dann hatte sie die ganze Sache an Toni und Harriet übergeben. Sie hatte sich einen Hund andrehen lassen – wie reizend auch immer – und den Hund benutzt für die Aktivitäten, die sie ihr gelassen hatten.

Reed war entführt worden, und es war Zeit, es war wirklich Zeit, dachte sie, während sie mit dem Auto dahinschlich, daß sie für sich selbst zu denken begann, vielleicht auch für sich selbst zu handeln. Sie war so überwältigt von dieser Einsicht, daß sie vergaß weiterzufahren, woraufhin ihr Hintermann gereizt hupte. Sie fühlte sich besser und streichelte Banny, die wieder einschlief. Jetzt würde sie ihren Verstand für diese Sache einsetzen, das war weitaus besser als ihre Gefühle oder ihre Ängste. Sicher war es jedoch klüger, wenn sie sich mit jemandem beriet, um ihre Überlegungen einem Korrektiv zu unterziehen. Ja, beschloß sie, sie würde Leslie anrufen und sich mit ihr besprechen. Und zur Hölle (bis zu einem gewissen Punkt) mit Tonis und Harriets Anordnungen. Fast wünschte sie, sie hätte ein Telephon im Wagen, ein Luxus, den sie immer für den Gipfel an Dämlichkeit gehalten hatte, sinnvoll höchstens für Firmenanwälte und für Leute, die in Kalifornien lebten und ein Drittel ihres Lebens auf dem einen oder anderen Highway zubrachten.

Als Kate die Mautstelle schließlich hinter sich gebracht, ihre Garage erreicht, das Auto abgeschlossen hatte und mit Banny nach Hause gegangen war – mit diversen Zwischenstopps, damit Banny, jetzt mit Halsband und Leine, bewundert, gelobt und gestreichelt werden konnte –, fühlte sie sich ganz und gar auf Aktivität eingestellt. Welcher Art diese sein würde, wußte sie bis jetzt noch nicht, aber sie war entschlossen, ihre passive Verzweiflung, die man ihr als erste Reaktion nachsehen mochte, die aber schon viel zu lange angehalten hatte, aufzugeben.

Zuerst rief Kate Leslie an, um ihr zu sagen, daß es ihr besser ging und daß die Dinge sich ein wenig zu klären begannen. »Ich habe genug vom Herumsitzen, Angsthaben und Nichtstun«, sagte Kate. »Aber ich will auch nicht blindlings losstürzen. Was meinst du?«

Leslie sagte, daß sie verdammt froh war, das zu hören, und stimmte ihr zu, daß es an der Zeit war, der Situation Herr zu werden. Sie berichtete, ihre beiden Enkel seien wieder nach Hause zurückgekehrt und sie stehe, wann immer Kate sie brauche, zu ihrer Verfügung.

»Ich wollte einfach nur die Bestätigung durch eine Freundin, daß ich nicht den Verstand verloren habe«, sagte Kate.

»Die hast du«, antwortete Leslie, »voll und ganz.« Kate versprach, bald wieder anzurufen, hängte ein, nahm dann den Hörer sofort wieder auf und rief Harriet und Toni an.

»Ich weiß, du sagtest, ich solle nicht telephonieren«, erklärte Kate einer aufgebrachten Harriet, »aber ich habe beschlossen, diese Anordnung nicht zu befolgen. Ihr arbeitet für mich, du und Toni, und ich möchte euch heute abend sehen. Hier. Es ist mir egal, ob mich jemand beobachtet oder ob sie sehen, daß ihr mich besucht oder ob sie sich fragen, ob ihr als Freundinnen oder als Ermittlerinnen kommt. Wir müssen uns unterhalten. Ich erwarte euch hier um sechs zu einem Drink.« Und sie hängte mitten im Protestgeschrei von Harriet ein. Bis sechs war es nicht mal mehr eine Stunde, und Kate hatte konzentriert über einiges nachzudenken.

Nachdem Harriet eingetroffen war – sie sah aus, als wollte sie die Wände hochgehen, wie man in Kates und wahrscheinlich auch in Harriets Kindheit zu sagen pflegte –, verkündete sie, daß Toni nicht kommen werde, da sie mit diesem Treffen nicht einverstanden war. Harriet mochte, das war immerhin möglich, als Freundin durchgehen, die einfach zu Besuch kam in dieser schwierigen Zeit. Kate hatte den Single Malt Scotch, Eis und Gläser gebracht und war ganz offensichtlich zum Handeln bereit. Sie schenkte den Scotch ein und begann zu sprechen.

Harriet öffnete den Mund, um zu protestieren, aber erst, wie Kate bemerkte, nachdem sie ihn mit etwas Whisky befeuchtet hatte. Kate hob die Hand, um sie zum Schweigen zu bringen. »Hör mir zu«, sagte sie. »Ich habe euch zwei Tage zugehört, ich habe einen Hund bei mir aufgenommen« – der, vielleicht erschöpft von seinen Ausflügen, in einem Lehnstuhl schlief – »und jetzt bin *ich* dran mit Reden.«

Harriet wußte, wann Argumente vergeblich waren und Zuhören die einzige vernünftige Antwort. Sie lehnte sich zurück, seufzte und schwieg.

»Ich habe mir alles noch einmal durch den Kopf gehen lassen, von Anfang an – und ich bin zu neuen Schlußfolgerungen gekommen. Meine erste Folgerung lautet so: wie eng verbunden mit ultra-rechten Gruppierungen der Student, der diesen antifeministischen Brief geschrieben hat, auch immer sein mag, er ist nicht der einzige frauenfeindliche Student, der rumläuft. Du erinnerst dich sicher an diese Jungs aus Cornell, die Hetztiraden schrieben, Frauen das Recht auf freie Meinungsäußerung absprachen und sich einen Freibrief für Vergewaltigung verschaffen wollten – sie machten das per E-Mail, glaube ich, aber die Verbreitungsmittel sind irrelevant.« Harriet nickte – ja, sie erinnerte sich. »Also«, fuhr Kate fort, »habe ich mir überlegt, ob irgendwelche Studenten vielleicht etwas gegen mein Seminar hatten oder diese

Art Entführung womöglich für ebenso witzig wie eine Vergewaltigung hielten, wenn du verstehst, was ich meine.«

»Ganz und gar«, sagte Harriet und trank einen Schluck Whisky.

»Hier ist noch ein anderes Beispiel«, sagte Kate, nahm einen Zeitungsausschnitt und wedelte damit vor Harriet herum, die ungerührt zusah. »Ein Artikel in *Academe,* der Zeitschrift von der AAUP, der Vereinigung amerikanischer Universitätsprofessoren.«

»Die ist mir nicht unbekannt«, warf Harriet sanft ein; Kate nahm keine Notiz von ihr. »Professor Susan Gubar berichtet folgendes: ›Was mache ich, wenn ich an meiner Bürotür eine Nachricht mit der Drohung finde, ein im Rahmen der *Women's Studies* stattfindendes Symposion über sexuelle Gewalt zu sprengen oder, noch schlimmer, wenn dieselbe Tür völlig mit Brandzeichen versengt ist? Was mache ich, wenn ein Student gegen die einzige Vorlesung über Frauenfragen protestiert, weil »da zuviel Feminismus drin ist«, indem er das Unterrichtsmaterial vor dem ganzen Auditorium zerreißt? Oder wenn mir eine meiner Doktorandinnen berichtet, sie habe Zettel von einem Typen aus dem ersten Semester bekommen, der ihr droht, sie zu verfolgen?‹ Ich lese dir das nur vor«, erklärte Kate, »damit du siehst, worauf ich hinaus will.«

»Das weiß ich schon lange«, sagte Harriet. »Aber vergiß nicht, daß Susan Gubar in Bloomington/Indiana unterrichtet, wo sie ein bißchen gröbere Methoden haben als hier.«

»Genau. Sie mögen nicht raffiniert genug sein, um sich einen Entführungsplan zurechtzulegen, aber meine Studenten sind es; ich wollte nur mal die Situation ganz allgemein beschreiben.«

»Beschreibung angenommen.«

»Okay. Was ich für möglich halte, wie du zweifelsohne bereits vermutet hast, ist, daß das Ganze durchaus der Streich irgendeines Studenten sein könnte, bevorzugt eines, der einer Burschenschaft angehört. Diese Vermutung gründet sich auf das, was mir einige meiner Studentinnen erzählten, von Übergriffen auf sie in Burschenschaften – wenn auch nicht in allen, wie man hoffen darf –, und ich habe vor, dieser Möglichkeit so weit wie irgend möglich nachzugehen. Zum Beispiel, wer hat diese Limousine angemietet, in der Reed entführt worden ist?«

»Daran hat Toni natürlich gedacht. Sie hat bereits herausgefunden, daß das Auto auf der Grundlage eines Sozietätsabkommens gemietet wurde, das der Vater eines Studenten deiner Uni mit einer Limousinen-Firma hat.«

»Nett von dir, daß du mich informierst«, warf Kate dazwischen, »wenn auch grammatikalisch etwas ungelenk.«

Harriet überhörte das. »Ein Mann rief an, bestellte das Auto, nannte den Namen der Firma und gab die Kontonummer an. Natürlich«, sagte Harriet, machte eine Pause und füllte aufreizend langsam ihr Glas nach, »haben wir besagten Studenten befragt. Er erwies sich als reicher, äußerst umgänglicher, ziemlicher gelassener Typ, der schon öfter Limousinen über die Firma seines Vaters bestellt hat – was jede Menge Leute mitgekriegt haben. Aber diese hatte er nicht bestellt; das war jemand anders, und er ist sicher, daß es keiner von seinen engen Freunden war. Die Firma hatte keine weiteren Informationen, außer, daß die Limousine in Midtown zwei junge Männer aufnahm, sie zur Juristischen Fakultät fuhr, wo sie auf einen ›Freund‹ warteten, mit anderen Worten, Reed, um dann nur ein paar Blocks weiterzufahren, wo sie dann endgültig ausstiegen. Toni hat mit dem Fahrer gesprochen, der sich des Eindrucks nicht erwehren konnte, daß der Fahrgast, den sie abholten, der Überredung bedurfte, um einzusteigen und dann auch wieder auszusteigen, aber es war nicht irgendwie *heftig* – Zitat. Also, meine Liebe, soweit wären wir im Moment. Wir glauben aber nach wie vor, daß der Briefschreiber wahrscheinlich beteiligt war.«

»Gut«, sagte Kate, »da denken wir das gleiche, und das macht immer Mut. Also, ich habe ein paar Dinge beschlossen. Zunächst, Schluß mit dieser ganzen Heimlichtuerei und diesem Nachrichten-Spiel. Das heißt, Nachrichten in der Hundeschule zu hinterlassen, ist sinnvoll, und das sollten wir vielleicht auch beibehalten. Aber ich möchte euch offen treffen und an allen Aktivitäten beteiligt sein. Sonst übergebe ich an eine andere Firma.«

»Das wird Toni nicht gefallen.«

»Pech für Toni. Ich habe übrigens was für sie zu tun.«

»Ich glaube, auch das wird ihr nicht gefallen.«

»Also gut, wenn ihr das nicht gefällt, dann muß ich mir einen anderen Handlungsbevollmächtigten suchen – ist das der richtige Ausdruck? Ich habe eine ganze Reihe netter Studenten, die die Aufgabe liebend gern übernehmen würden, aber die Sache ist nicht ungefährlich, und mir wäre Toni lieber, die für die Rolle geeigneter ist *und* handeln kann. Sagst du es ihr, oder soll ich es tun?«

»Laß mich es ihr sagen«, erwiderte Harriet. »Vielleicht kann ich sie ein winziges bißchen besser überzeugen als du, in Anbetracht der *circs.*«

»Der was?«

»So nannten in den *good old days* Lord Peter und Konsorten die *circumstances,* die Umstände. Schätze, du hast deine literarische Lektüre etwas vernachlässigt.«

»Letzthin, ja«, sagte Kate, und tatsächlich lächelte sie zum ersten Mal seit Reeds Entführung.

»Schon besser. Was für einen Auftrag hast du also für Toni – obwohl ich kaum zu fragen wage.«

»Ich möchte, daß sie sich so zurechtmacht, daß sie wie eine Studentin *und* sexy aussieht. Sie wird schon wissen, was ich meine, und wenn nicht, sag ihr, sie soll sich auf dem Campus rumtreiben und sich umsehen. Dann möchte ich, daß sie alle fünf Burschenschaften aufsucht. Sie braucht einen Grund. Abos für eine neue Studentenzeitschrift oder Flugblätter für eine Studentenaufführung, irgendwas in der Art. Ich will, daß sie diese Läden auskundschaftet. ›Wow, ich war noch nie in einer Burschenschaft, hättet ihr Jungs was dagegen, mich ein bißchen rumzuführen, mir zu zeigen, wo ihr schlaft und so?‹ Na, du verstehst, was mir vorschwebt. Ich könnte mir vorstellen, daß Reed in einem dieser Häuser festgehalten wird. Toni wird das nicht bei ihrem ersten Besuch feststellen können, aber sie wird eine Vorstellung bekommen von den Wohnverhältnissen und der Möglichkeit, dort jemanden gefangenzuhalten. Und all das muß selbstredend morgen passieren.«

»Toni wird begeistert sein, aber ich werde ihr sagen, Befehl ist Befehl. Und sie möchte vielleicht mit dir sprechen.«

»Daran habe ich gedacht. Wenn sie das will, dann über E-Mail. Es ist absolut unsicher, und deshalb vermutet bestimmt niemand, daß wir es benutzen. Wir müssen uns einfach irgendwelche Umschreibungen ausdenken für das, was wir sagen wollen.«

»Ich wußte gar nicht, daß du E-Mail hast.«

»Natürlich habe ich E-Mail. Es ist die beste Möglichkeit, Nachrichten vom Institut zu kriegen, ohne hingehen und sich den langweiligsten seiner Kollegen stellen zu müssen. Hier ist meine E-Mail-Adresse«, sagte Kate und überreichte Harriet einen kleinen Papierstreifen.

»In Ordnung«, erwiderte Harriet und nahm ihn. »Auf deine Verantwortung. Also, *tally-ho,* wie man damals in den guten alten klassenbewußten Zeiten zu sagen pflegte. Toni oder ich werden dir sobald wie möglich Meldung machen.«

»Warte mit deinem *tally-ho* noch ein bißchen, wenn du nichts dagegen hast«, sagte Kate. »Ich glaube, ich habe auch für *dich* eine Aufgabe, aber dafür muß ich mir erst noch ein paar Informationen zusammensammeln. Würde es dir etwas ausmachen, alleine noch einen Schluck zu trinken? Ich bin gleich wieder da.«

»Ganz und gar nicht«, sagte Harriet. »Aber trödle nicht.«

Kate ging in ihr Arbeitszimmer und sah ihre Seminarteilnehmerlisten der letzten Semester durch. Immer wieder gab es einen jungen Mann in ihren Veranstaltungen, manchmal auch eine junge Frau, die sich über jede Erwähnung von Frauenunterdrückung oder Frauenoffensive und die Auseinandersetzung mit den Thesen einer Frau empörten. Das hatte, wie Kate nach langem Leiden endlich herausfand, nicht immer etwas mit diesem »Feministenscheiß« zu tun, wie aufgebrachte Studenten das Ganze bekanntermaßen nannten. Frauen wie Kate, die Autorität verkörperten, wurden in den Köpfen der Studenten immer mit der Mutter assoziiert, und gelegentlich reichte das für einen negativen persönlichen Affekt gegen sie aus, besonders, wenn die Studenten bereits ein generelles Ressentiment gegen Frauen in Führungspositionen hegten. Kate kam – und das nicht zum ersten Mal – der Gedanke, daß mal jemand ein Buch über die Gefahren für Frauen im universitären Lehrbetrieb schreiben müßte, unter besonderer Berücksichtigung nicht mehr ganz junger Frauen.

Kate stieß auf die Namen von vier Studenten, die vielleicht ihren Unmut aufgestaut und solange geschürt hatten, bis er in eine Entführung münden konnte. Sie bezweifelte jedoch, daß solcher Unmut tatsächlich zu einer realen Gefahr für Reed werden konnte. Aber Gefahr hin, Gefahr her, es mußte entsetzlich sein, gefangengehalten zu werden und zu wissen warum, denn zweifellos war es Teil des Vergnügens, Reed zu erzählen, daß er leiden mußte, weil er mit ihr, Kate, verheiratet war.

Andererseits, dachte Kate, wenn es sich hier wirklich um eine radikale und womöglich wahnsinnige Gruppierung religiöser Rechtsextremer handelte, dann gingen sie womöglich doch weiter, so wie sie es schon früher oft getan hatten, selbst in akademischen Kreisen. Einer der Hauptsprecher der extremen Rechten hatte sich beispielsweise in das Seminar einer französischen Professorin in Harvard gesetzt – mit ihrer Erlaubnis – und dann alles, was dort vorgegangen war, böswillig mißdeutet. Dartmouth (von anderen Colleges ganz zu schweigen) lieferte genügend Anschauungsmaterial zu bösartigen rechtsextremen Aktivitäten. Nicht gerade ein ermutigender Gedanke. Kate hoffte auf einen Streich von Burschenschaftlern, obwohl Kidnapping ernst war und sie dafür zahlen würden. Das hatte sie sich geschworen.

Kate erinnerte sich der wartenden Harriet und suchte in ihren Unterlagen nach den Adressen dieser vier wütenden Studenten. Ihr wurde klar, daß die vier nicht notwendigerweise noch hier lebten. Studenten ziehen oft um, und manche hatten sowieso nur die Adressen ihrer Eltern angegeben. Wie sie vermutet hatte, lebte keiner der vier, zwei Männer und zwei Frauen, auf dem Campus beziehungsweise in Wohnheimen.

Mit der Adressenliste in der Hand kehrte Kate ins Wohnzimmer zurück. »Deine Aufgabe«, sagte sie zu Harriet. »Hier sind vier Adressen und Namen. Würdest du zu den Adressen der beiden Frauen gehen und irgendwas erfinden – du machst eine Kakerlaken-Inspektion, die Universität plant, Wohnungen zusammenzulegen, egal was. Du kannst so was besser als ich. Du siehst so wunderbar harmlos aus – großmütterlich, um es ohne Umschweife zu sagen –, daß ich glaube, sie lassen dich ohne Zögern hinein, wenn du gleichzeitig unaufdringlich, aber beharrlich bist. Ich möchte dasselbe wissen wie von Toni: wäre es für sie möglich, Reed zu verstecken? Unternimm nichts, kundschafte das nur aus, und berichte mir dann.«

»Geht klar«, sagte Harriet und stand auf. »Zurück zum guten alten Eingangstürtrick; ich war immer schon der Ansicht, daß grauhaarige Damen ausreichenden Alters sich überall Zutritt verschaffen können und hinterher unidentifizierbar sind. Ich werde dir bald berichten – es sei denn, Toni besteht darauf, dich und deinen Fall aufzugeben. Ach, verdammt, ich halte dich auf dem laufenden, egal, was es ist. Vergiß nicht, morgen irgendwann am Nachmittag beim Tierarzt nachzufragen, ob eine Nachricht für dich da ist.«

Und weg war Harriet.

5

Als Kate und Banny am nächsten Nachmittag in der Hundeschule ankamen – die Übungsstunden fanden zu verschiedenen Zeiten statt, so daß Hund und Herr, waren sie erst einmal dabei, den für sie zeitlich am besten passenden Kurs besuchen konnten –, hielt Ovido zwei Nachrichten für Kate bereit. Toni, deren Verärgerung über Kates Mißachtung ihrer Anordnungen geradezu vom Papier knisterte, ließ sie wissen, daß sie ihr heute abend berichten werde, *nicht* in ihrer Wohnung, sondern im Riverside Park, an der Seventy-ninth Street oberhalb des Bootsteiches, wo Kate sich samt Hund um sieben einfinden solle. Ohne nach ihr Ausschau zu halten; sie würde Kate schon entdecken.

Die zweite Nachricht war von Harriet und besagte, daß sie um sechs mit verblüffenden Neuigkeiten zu Kate in die Wohnung kommen werde. Die Konzentration auf den Unterricht und Bannys Neigung, sich davonzumachen und andere Hunde zu inspizieren, bereiteten Kate einige Schwierigkeiten. Kates kaum zu unterdrückender Drang, nach Hause zu stürzen und auf Harriet zu warten, war für Banny, die immer wieder Richtung Ausgang stürmen wollte, nur allzu offensichtlich. Es war keine erfolgreiche Übungsstunde.

Schließlich wurden sie entlassen, nicht ohne ein Stirnrunzeln in Richtung Kate (nicht Banny) seitens der geduldigen Trainerin. Kate verschwand schuldbewußt, aber unverzüglich, und sie rannten nach Hause – Banny, die einem so atemberaubenden Tempo nicht gewachsen war, auf Kates Arm.

Harriet war da.

»Und?« rief Kate, als sie oben ankamen. Sie wußte, daß Harriet ihr nicht mit dem Versprechen von Neuigkeiten gekommen wäre, wenn nicht auch Neuigkeiten, vielleicht sogar gute Neuigkeiten, in Sicht waren.

»Setz dich hin«, sagte Harriet. »Das Ganze verlangt besonnenes Vorgehen, also spring nicht auf und stürz aus der Wohnung wie eine Irre. Hör zu. Ich sagte, setz dich.«

Kate setzte sich.

»Gut«, sagte Harriet. »Ich weiß, daß du Toni nachher triffst und daß sie dir erzählen wird, was sie herausgefunden und was sie vor hat. Ihre Begegnung mit den Burschenschaftlern war wohl ziemlich unerquicklich, sie hat ein paar interessante Anhaltspunkte gewonnen, aber nichts Bestimmtes. Ich hingegen habe echte Neuigkeiten. Unterbrich mich nicht.« Kate sackte wieder in sich zusammen.

»Die beiden Frauen auf deiner Liste leben in ganz unterschiedlichen Verhältnissen. Die erste hat ein winziges Ein-Zimmer-Apartment, in dem man sich kaum umdrehen kann. Die andere lebt in einer großen Wohnung, die sie sich mit drei weiteren Frauen teilt. Nur zwei der vier Frauen waren zu Hause, auch die, deren Namen auf deiner Liste stand. Sie war extrem abgeneigt, mich in die Wohnung beziehungsweise auch nur über die Schwelle zu lassen, aber ich habe meine Rolle, auch wenn ich es selbst sage, als Beauftragte des Amtes für Universitäts-Wohnraum ziemlich gut gespielt –«

»Du meinst, die Wohnung gehört der Universität?« fragte

Kate. »Ich wußte gar nicht, daß sie große Wohnungen an Studenten vermieten.«

»Das tun sie auch nicht. Es stellte sich heraus, daß eine der jungen Frauen die Enkelin eines emeritierten Professors ist, die diese Wohnung mehr oder weniger illegal mit drei Mitbewohnerinnen, die zur Miete beitragen, bewohnt. Ich hatte den Verdacht, daß die Universität, angesichts der Knappheit großer Wohnungen, davon nicht gerade begeistert wäre, und dies gab meinen Drohungen hinsichtlich dessen, was passieren würde, wenn sie mich nicht hineinließen, die nötige Überzeugungskraft. Ich hatte vorsorglich das Amt für Universitäts-Wohnraum aufgesucht, mich als die ratlose Tante einer Studentin ausgegeben und herausgefunden, daß das fragliche Mietshaus tatsächlich Eigentum der Universität ist. Jetzt hetz mich nicht, Kate, im Moment können wir sowieso nichts tun, also halt dich zurück.

Nachdem ich drin war, habe ich verlangt, die ganze Wohnung gezeigt zu bekommen und genau zu erfahren, wer hier wohnt, was genau sie an der Universität tun, wie viele Personen in jedem Raum sind – all so was. Und jetzt kommt der Clou. Eines der Zimmer war versperrt, und sie sagten, sie könnten mich unmöglich hineinlassen, weil die Bewohnerin die Grippe und eine Reihe anderer fieberhafter und hochansteckender Krankheiten hätte. Ich sagte, ich nähme das Risiko, mich anzustecken, in Kauf; sie möchten bitte die Tür aufsperren. Sie weigerten sich standhaft, und ich machte eine Menge Lärm, von wegen das Ganze der Behörde zu melden, als die Person in dem Zimmer hustete und dann zu singen begann, mit leiser, aber unverkennbarer Baritonstimme. Mehr noch, er, oder bis zu diesem Moment kam noch die Möglichkeit einer sehr heiseren, tiefen Frauenstimme in Betracht, sang ›Loch Lomond‹.«

»Das war Reed!« schrie Kate und sprang auf. »Du und er, ihr habt doch immer über dieses Lied geredet, du wußtest nie, zu wem der Sänger eigentlich spricht, zu seiner Liebsten oder zu seinem Freund, und warum sie verschiedene Wege genommen hatten.«

»Ich erinnere mich, meine Liebe. Wir haben einmal einen ganzen Abend darüber diskutiert, kurz nachdem wir uns kennengelernt hatten. Wir tranken den ganzen Abend Single Malt Whisky und fragten uns, warum der eine die Berg- und der andere die Talstraße genommen hat, und ob die Straßen metaphorisch oder geographisch gemeint waren –«

»Harriet, bitte.«

»Okay, okay. Sie versuchten, mich von der Tür wegzubringen, aber ich sprach lauter, und er sang das Lied noch mal. Ich bin sicher, daß er mich gehört hat. Also dort ist er wahrscheinlich.«

»Soweit war ich auch schon«, sagte Kate, völlig außer sich. »Warum sitzen wir noch hier rum? Willst du mich in den Wahnsinn treiben? Ist das eine Art sadistische Übung, die ihr, du und Toni, aus unerfindlichen Gründen praktiziert?«

»Als ich eine Weile später die Wohnung verließ – ich hatte mich mit meiner Inspektion nicht beeilt, damit die glaubten, ich hätte nichts bemerkt; ich gab ihnen durch einen gewissen mißbilligenden Blick zu verstehen, daß ich vermutete, eine der jungen Frauen sei mit ihrem Liebhaber in diesem Zimmer – wo war ich stehengeblieben? Oh, ja, ich verließ also endlich gemächlichen Schrittes die Wohnung und setzte alles daran, jeden Verdacht, ich könnte an dem versperrten Zimmer interessiert sein, auszuräumen, indem ich dies und das aufschrieb und etwas über die Zimmerzahl und die sanitären Einrichtungen und was mir sonst noch einfiel vor mich hinmurmelte. Ich bin mir ziemlich sicher, daß ich ihre Befürchtungen zerstreut habe. Aber ich rief vom Telephon an der Ecke aus Toni an. Sie organisierte einige ihrer Mitarbeiter, die sich, sobald ich weg war, am Eingang des Mietshauses postieren und darauf achten sollten, daß sie nicht versuchten, ihren Gefangenen wegzubringen.«

»Und wenn doch?«

»Dann sind sie natürlich daran gehindert worden. Diese Mitarbeiter sind kräftige, bewaffnete Männer. Glücklicherweise ist nichts passiert. Die Männer sind immer noch dort und übrigens mit Mobiltelephon ausgerüstet. Du und ich werden jetzt gehen und Toni wie vereinbart um sieben treffen, und dann werden wir zusammen Reed befreien. Er klang ganz und gar nicht schlecht, so als habe er Schmerzen oder sei schwach, ich glaube also nicht, daß wir uns große Sorgen machen müssen. Wie spät ist es jetzt?« Harriet sah auf ihre Uhr. »Schon so spät?« rief sie, was Kate höchst irritierend fand. »Wir sollten uns besser auf den Weg machen.«

»Toni sagte, ich solle Banny mitbringen«, sagte Kate. »Wenn wir aber diese Wohnung stürmen und Reed retten wollen –«

»Wir werden die Wohnung nicht stürmen. Wir werden ihnen einen Besuch abstatten. Ein Ensemble dreier gutgekleideter Damen mit Hündchen. Ich, die bereits bekannte Inspektorin, werde sagen, daß meine beiden Gefährtinnen sehr interessiert daran seien, die Wohnung zu übernehmen, und sie bitte gerne ansehen würden. Ich werde daran erinnern, daß das jetzige Mietverhältnis höchstwahrscheinlich rechtswidrig und es daher von Vorteil sei, zu kooperieren. Einmal drin, werden wir Reed unter Tonis Führung – definitiv unter ihrer Führung – rausholen. Die beiden Mitarbeiter werden draußen vor der Wohnung einsatzbereit sein, falls wir sie brauchen. Banny soll mitkommen, erstens, um dir einen Grund zu geben, dich im Park aufzuhalten, zweitens, um unseren Besuch harmlos erscheinen zu lassen. Man würde kaum in böser Absicht eine Wohnung mit einem Welpen zusammen betreten. Wenn du allerdings lieber hier mit Banny auf Reed warten möchtest –«

»Wir sind schon auf dem Weg«, sagte Kate und griff sich ihre Jacke und Bannys Leine. »Ich werde ein, zwei oder drei Worte über deine Anmaßung in dieser ganzen Sache zu sagen haben. Oder vielleicht sollte ich sagen Tonis Anmaßung.« Kate scheuchte Harriet hinaus, sperrte die Tür ab und wartete mit unverhohlener Ungeduld auf den Lift.

Das ganze Befreiungsmanöver für Reed war in keinerlei Hinsicht geeignet, sich als dramatische Rettungsaktion zu qualifizieren. Harriet erzwang sich, Toni, Banny und Kate Zutritt zu der Wohnung nach der beschriebenen Methode. Alle vier jungen Frauen waren zu Hause. Kates Studentin erkannte sie und erbleichte, obwohl, wie sich später herausstellte, ihr entsetzter Ausdruck vor allem daher rührte, daß sie mit ihrer Professorin in dieser Situation zusammentraf; sie hatte nicht gewußt, in welcher Verbindung Kate zu dem Mann stand, den sie und ihre Mitbewohnerinnen gefangenhielten.

Harriet zeigte unversehens das typische Verhaltensmuster eines Immobilienmaklers, indem sie Türen aufriß und die Räume erklärte. Als sie zu dem Zimmer kamen, in dem Reed ›Loch Lomond‹ gesungen hatte, drückte Harriet die Klinke herunter und reagierte mit fassungslosem Staunen, sie verschlossen vorzufinden. »Öffnen Sie sofort diese Tür«, sagte sie gebieterisch.

»Eine unserer Mitbewohnerinnen ist krank, da drin«,

sagte die Mieterin der Wohnung. »Wir können sie wirklich nicht stören. Dieses Zimmer ist nicht anders wie die anderen.«

»*Als* die anderen, bitte«, forderte Harriet. »Wir wollen doch versuchen, das, was uns von einer einst erhabenen Sprache geblieben ist, zu bewahren. Es mag sein wie die anderen, aber wir wollen es sehen. Wir werden auch in der Tür stehenbleiben und nur einen Blick hineinwerfen.« Unterdessen war Banny an der Tür hochgesprungen, sie hielt es vielleicht für ihre Hundepflicht, Kates Ungeduld körperlich auszudrücken.

»Was für ein putziger kleiner Hund«, sagte die junge Frau – ein letztes Ablenkungsmanöver.

»Öffnen Sie die verdammte Tür – *jetzt«*, befahl Toni. Einen Augenblick lang erwartete Kate, sie würde einen Revolver ziehen, aber sie versagte sich diese Geste, zumindest im Moment. »Öffnen Sie diese Tür oder ich breche sie auf«, sagte sie. Sie trat ein Stück in den Flur zurück, eindeutig bereit, mit Anlauf die Tür einzurennen. »Weg von der Tür, Reed«, rief sie. *»Ich komme.«*

»Schon gut, schon gut«, sagte die junge Frau. »Hier ist der Schlüssel.« Sie holte ihn aus ihrer Tasche. »Ich hab euch gleich gesagt, daß das nicht funktionieren würde«, sagte sie zu den drei anderen jungen Frauen. Mürrisch händigte sie Toni den Schlüssel aus. Toni reichte ihn an Kate weiter, die feststellte, daß ihre Hand zitterte, als sie ihn ins Schlüsselloch schob. Toni nahm den Schlüssel wieder an sich, öffnete die Tür und trat zur Seite. Kate ging hinein, Reed kam heraus, und sie fielen einander in die Arme. Banny sprang an Reed hoch.

»Und wer zum Teufel ist das?« fragte Reed und beugte sich zu dem Welpen hinunter, um ihn hochzunehmen. »Und wo ist der Brandy? Tragen Bernhardiner nicht immer ein Fäßchen Brandy um den Hals, wenn sie Menschen retten?«

Reed, Kate und Banny waren gerade im Begriff, nach Hause zugehen, als Toni mit ihren zwei Mitarbeitern erschien. Irgendwann, dachte Kate, muß ich sie nach ihren Namen fragen und aufhören, sie nur in ihrer Funktion wahrzunehmen.

Toni bat die Männer, sicherzustellen, daß niemand die Wohnung verließ, und dann bat sie Reed und Kate, sich einen Moment zu setzen und ihr zuzuhören. »Bitte«, sagte sie sehr eindringlich, als die beiden zögerten. »Harriet hat diese jungen Frauen alle in einem Zimmer zusammengetrieben. Sie hindert sie am Telephonieren und tut ihr Bestes, was, wie wir wissen, beträchtlich ist, um ihnen Angst einzuflößen.

Ich habe einen Vorschlag«, sagte Toni dann, »einen Plan, den ich für gut halte, obwohl er riskant ist. Aber Sie beide werden ihn durchführen müssen, also lassen Sie mich ihn erklären, und dann können Sie mir sagen, was Sie davon halten. Folgendes: Bis jetzt weiß niemand, daß Reed gefunden und befreit wurde, außer diesen vier Tussis, die mit Harriet in diesem Zimmer hocken. Zweifellos werden die jetzt ziemlich nervös und bedauern ihren Part bei der Entführung.«

»Nach dem zu urteilen, was ich von ihnen gesehen habe«, unterbrach Reed, »glaube ich, daß Sie recht haben, ausgenommen vielleicht die Blonde mit dem kurzen Rock. Die schien fast Spaß an der Sache zu haben.«

»Dann werden wir auf sie besonders achtgeben müssen«, antwortete Toni, während Kate Reed fragend und betroffen ansah. »Was ich jetzt tun sollte, ist die Polizei anrufen und sie in einen Entführungsfall einschalten. Die Polizei wird – fraglos mit Ihrer anwaltlichen Hilfe« – sie nickte Reed zu – »die Mädchen dazu überreden, als Kronzeugen aufzutreten, das heißt, sie bleiben straffrei, wenn sie die anderen hinhängen, nämlich die Jungs. Das zu tun wäre das Richtige, und ich würde mir die Jungs liebend gerne schnappen und ihnen richtig einheizen. Es gibt jedoch noch eine andere Möglichkeit.« Sie hielt inne, um sich der Aufmerksamkeit ihrer Zuhörer zu vergewissern.

»Diese verlangt Ihnen beiden jedoch sehr viel mehr ab«, sagte sie, »und ob wir sie wahrnehmen oder nicht, hängt davon ab, wie wichtig es Ihnen ist, nicht diese Jungs und die Mädchen zu kriegen, sondern diejenigen, die hinter alldem stecken, die Organisation, wenn es sie denn gibt. Ich glaube nicht, daß die Jungs den Plan ausgearbeitet haben, aber ich kann mich irren. Reed, Kate hatte die Vermutung, daß verärgerte Studenten von ihr involviert sein könnten, und sie hatte ja auch recht damit. Aber ich glaube, daß man diese Studenten nur für ein größeres und viel gefährlicheres Unterfangen benutzt hat.«

»Da würde ich Ihnen zustimmen«, sagte Reed.

»Gut.« Toni sah Kate an. »Was ich vorschlagen will, ist folgendes: Wir retten Reed nicht öffentlich. Wir schalten nicht die Polizei ein. Wir halten die Mädchen eine Weile fest, lassen Kate den von den Entführern geforderten Artikel schreiben – nein, lassen Sie mich erst den ganzen Plan darlegen«, insistierte sie, als Kate widersprechen wollte, »– und halten die Mädchen bei Laune, wenigstens für ein paar Tage, während wir versuchen, die eigentlichen Drahtzieher aufzuspüren.«

»Ich werde keinen Artikel schreiben und behaupten, ich wäre vom Feminismus abgefallen und hätte mich der religiösen Rechten angeschlossen, und damit basta«, sagte Kate mit einer gewissen Schärfe.

»Da muß ich ihr rechtgeben«, sagte Reed. »Selbst wenn wir später all die Gründe darlegen, warum sie es getan hätte, der Schaden wäre da.«

»Gut, gut«, sagte Toni. »Ich will mich darum nicht streiten. Aber sagen wir einfach, daß Kate etwas schreibt – was, müßten wir noch entscheiden. Wären Sie mit dem Rest des Plans einverstanden?«

Reed und Kate sahen einander an. »Es tut mir leid, daß Ihnen nicht mehr Zeit zum Überlegen bleibt«, sagte Toni. »Aber wenn ich die Polizei einschalten will, dann muß ich das bald tun. Verzögerungen sind schwer zu erklären.«

Reed nahm Kates Hand. »Nehmen wir an, wir schalten sie nicht ein – falls Kate zustimmt. Was passiert dann? Oder sind Sie noch nicht so weit in Ihren Überlegungen? Und sollen Kate und ich einfach hierbleiben?«

»Ich dachte, Sie haben vielleicht Freunde, denen Sie sich aufdrängen könnten«, sagte Toni, »vorzugsweise jemanden ohne Portier oder irgendwelches Aufsichtspersonal.«

»Da wäre Leslie«, sagte Kate. »Sie wohnt in einem Loft. Man muß nur irgendwelche Knöpfe drücken, und dann schicken sie einem den Lift runter. Natürlich kann es immer sein, daß irgend jemand anders auch gerade das Gebäude betreten oder verlassen will.«

»Das müssen wir riskieren. Können Sie sie anrufen?«

Kate sah Reed an, und Reed nickte. »Gut«, sagte Kate und ging zum Telephon hinüber. Das Telephongespräch war kurz. Leslie, gute alte Freundin, die sie war, hatte einfach gesagt, wenn ihr in Schwierigkeiten seid, kommt und bleibt. Ihr bekommt das Schlafzimmer.

»Was«, wie Kate auf dem Weg dorthin in Tonis Auto Reed

erklärte, »bedeutet, daß sie uns das einzige abgeschlossene Zimmer in dem Loft geben. Sie werden auf einem Futon im Wohnzimmer schlafen. Sehr nett von ihnen. Es gibt also Privatsphäre, was die Sicht, wenn auch nicht so sehr, was die Geräusche angeht, wenn du verstehst, was ich meine.«

»Wir werden flüstern«, tröstete er sie.

Aber nachdem sie angekommen und begrüßt worden waren und Leslie und Jane angesichts von Banny, die in Reeds Armen schlief, kleine Schreie des Entzückens ausgestoßen hatten, fragten sie, ob Kate und Reed noch irgend etwas Bestimmtes bräuchten, da sie an diesem Abend ausgingen. »Feste Verabredung«, sagte Jane, noch bevor sich Protest artikulieren konnte. »Ein Freund hat einen Auftritt, und wir bleiben noch zu der Party hinterher. Nehmt euch alles, was ihr braucht. Wir werden unsere Neugier morgen früh befriedigen.« Leslie umarmte Kate noch mal, und dann gingen sie.

Reed deutete auf eine Flasche Scotch, die unübersehbar auf der Küchentheke bereitgestellt war.

»Hättest du lieber einen Brandy?« fragte Kate.

»Na, es ist sicher nie zu früh, ihr beizubringen, Brandy zu bringen, obwohl sie noch ziemlich jung aussieht«, bemerkte Reed. Er setzte Banny neben Kate auf der Couch ab und ging den Scotch holen. »Wie alt ist sie? Wo hast du sie her? Und soll sie von nun an zur Familie gehören? Was deine Frage angeht, Scotch ist in Ordnung.« Er schenkte sich und Kate ein. »Haben wir etwas für Banny?«

Arme Banny, dachte Kate, sie ist verdammt dazu, unser einziges Gesprächsthema zu sein. »Wir haben sie nicht für immer«, sagte Kate, als sie dorthin zurückkehrten, was Kate das Wohnzimmer nannte, obwohl es sich einfach um den Teil des Lofts handelte, in dem Wohnzimmermöbel standen.

»Sie ist eine Leihgabe, eine Art Camouflage, um geheime Botschaften auszutauschen. Ich werde alles irgendwann erklären. Jetzt rede du, Reed. Erzähl mir, was passiert ist. Bist du wirklich in Ordnung?«

»Ich finde, wir sollten sie als unser Maskottchen behalten. Sie könnte uns als Vorwand dafür dienen, uns im Park zu treffen und zu küssen. In Ordnung, ja, ich bin in Ordnung. Sie haben mich geschnappt und ein oder zwei Tage in dem muffigen Zimmer des einen Typen, der mich gekidnappt hat, festgehalten, und dann wurde ich in die Wohnung gebracht, wo ihr mich gefunden habt. Es war nur eine Sache von ein paar Tagen, obwohl es mir vorkam wie eine Ewigkeit.«

»Auch mir kam es so vor. Waren sie gemein zu dir?«

Sie nippten an ihrem Scotch. Zu Kates Unbehagen war das Gespräch zwischen ihr und Reed, das in Tonis Gegenwart unmöglich schien, noch immer etwas steif, verlegen, ganz und gar nicht so, wie sie es erwartet hatte, wenn sie einander endlich wiedersahen – und zwischendurch hatte sie daran gezweifelt, ob sie einander überhaupt wiedersehen würden. »Nicht gemein.« Reed betrachtete sein Glas, leerte es und nahm dann Kates Hand. »Nur verführerisch«, sagte er. »Ununterbrochen und immer überzeugender. Das war natürlich, nachdem wir in die Wohnung der Mädchen gekommen waren.«

»Und wozu wollten sie dich verführen?«

»Sie zu vögeln. So akrobatisch wie möglich, nahm ich an.« Reed nahm einen großen Schluck Scotch und stand auf, um sich noch einen zu holen. Er nahm auch Kates Glas.

»Hast du widerstanden?« fragte Kate, »und wenn ja, warum, und wenn nicht, warum nicht?« Sie merkte, daß ihr Ton nicht ganz die spielerische Leichtigkeit erreichte, die ihr vorgeschwebt hatte.

Reed antwortete hinreichend deutlich. »Gute Frage. Ich würde gerne sagen, es war wegen meiner entschiedenen Treue zu dir, trotz aller Versuchungen, aber die Wahrheit, mein Schatz, ist, daß ich mehr als bereit gewesen wäre, wenn eine Nummer mich da rausgebracht hätte, selbst ohne die zur Schau gestellte Sinnlichkeit der Verführerinnen. Das letzte Nymphchen, die Blonde, halbnackt und verlockend, hat sich am meisten bemüht. Ich habe ihr vorgeschlagen, daß wir uns in ein Hotel begeben sollten, wo wir uns garantiert ungestört amüsieren könnten. Als sie das ablehnte, wußte ich, daß ich recht hatte.«

»Recht womit? Bin ich besonders dumm?«

»Nein, nur nicht männlich genug. Ich hatte von Anfang an vermutet, daß sie auf Photos aus waren, und auf Videos. Stell dir vor, was sie damit hätten machen können. ›Ehemann einer Feministin findet endlich Erleichterung‹, oder was für Widerlichkeiten auch immer sie mit der beflissenen Hilfe der Medien an die Öffentlichkeit gebracht hätten. Wir wollen gar nicht davon reden, daß solche Bilder meiner Karriere nicht sonderlich förderlich gewesen wären, wieviel Vergnügen sie der Mehrzahl meiner Kollegen auch bereitet hätten. Sie redeten ständig davon, daß sie scharf auf reife Männer wie mich seien, blabla, aber als die Blonde das Hotel ablehnte, wußte ich, daß sie dort bleiben mußten, wo die Kameras installiert waren. Ich hoffe, Harriet sucht danach.«

»Hätten wir ihr das nicht sagen sollen?«

»Ich möchte wetten, Toni und sie haben daran gedacht, die Wohnung genau zu durchsuchen. Sie waren schließlich findig genug, mich dort aufzuspüren.«

»*Ich* habe dich aufgespürt«, sagte Kate, mit einem Nachdruck, der sie selbst überraschte. »Nicht, daß sie keine gute Arbeit geleistet hätten. Ach, verdammt.«

»Bitte wein nicht, Kate, das ist eine ganz unpassende Reaktion auf meine Rückkehr. Trink dein Glas aus. Erzähl mir alles, was du erlebt hast, seitdem ich nicht wie verabredet im Restaurant aufgetaucht bin. Denn Toni hat recht. Wir müssen unseren Verstand auf Trab bringen. Wir müssen – ab morgen – herausfinden, wer hinter all dem steckt. Man kann das ohne Frage als kindischen Streich sehen, aber die Jungs und Mädels haben sich das nicht ausgedacht, und sie haben auch die Details nicht geplant. Sie erzählten mir, man würde mich gefangenhalten, bis du einen Artikel geschrieben hättest, in dem du erklärst, daß du keine Feministin mehr wärst, sondern vielmehr die traditionellen Werte der christlichen Rechten unterstützt. Ich sagte, daß kein Mensch das glauben würde, aber sie behaupteten, du hättest nur wenig Zeit, um der Aufforderung Folge zu leisten. Gott, ich hoffe, du hast es nicht getan.«

»Nein, aber ich hätte es getan, wenn wir dich nicht gefunden hätten. Und ich kann nicht aufhören zu heulen. Hättest du wirklich gern mit diesen Mädchen geschlafen?«

»Rasend gern. Hast du jemals diesen Ausdruck gehört *jemanden richtig hernehmen* wie in ›Mann, hat der mich hergenommen‹? Ich hätte sie liebend gern mehr als nur richtig hergenommen. Aber ich hab es nicht. – Kate, wo ist dein Humor geblieben?«

»Ist mir vermutlich vergangen«, sagte Kate.

»Nein, ist er nicht«, erwiderte Reed. »Nie und nimmer. Es muß entsetzlich für dich gewesen sein. Ich war einfach nur eingesperrt, bekam regelmäßig zu essen und eine Parade junger verführerischer Dinger zu sehen. Du warst krank vor Angst. Wenn du wirklich lachen willst, dann stell dir vor, unsere Positionen wären umgekehrt gewesen.«

»Das ist nicht dasselbe«, sagte Kate.

»Nein«, sagte Reed, »das stimmt. Es war gemein und ekelhaft, dir das anzutun, und ich bin entschlossen, die Hintermänner aufzuspüren und sie zur Rechenschaft zu ziehen. Das Ganze ist im Grunde nichts anderes als fundamentalistischer Terror. Andersdenkende Menschen verdienen zu leiden. Ich wußte, daß dieses Land durch Terroristen verwundbar geworden ist, und jetzt habe ich es am eigenen Leib erfahren. Und du auch. Sollen wir uns richtig betrinken? Ich wünschte, wir könnten auf Champagner umsteigen, auch wenn das wenig ratsam wäre, aber wir haben Glück, das zu haben, was wir haben. Du hast gute Freunde, Kate.«

Und jetzt lächelte sie.

6

Am nächsten Morgen hielten sie zu viert – Kate, Reed, Toni und Leslie – Kriegsrat in Leslies Loft. Harriet bewachte »die Mädchen«, wie Toni und Reed sie weiterhin nannten. Jane genoß das Vertrauen aller, konnte aber an der Unterredung nicht teilnehmen, da sie – wie Leslie, die Künstlerin, es gerne ausdrückte – einem Brötchengeber unterworfen und schon gegangen war. Leslie, die auf den Stand der Ereignisse und Diskussionen des Vorabends gebracht worden war, stimmte Tonis Plan zu.

»Ihr beide könnt so lange hierbleiben, wie ihr wollt«, sagte sie zu Reed und Kate. »Nach meinen Enkeln wird man euch kaum bemerken, das könnt ihr mir glauben.« Aber man würde sie natürlich bemerken. Lofts sind für ein oder zwei Personen konzipiert, nicht mehr, es sei denn, man würde sie in Zimmer unterteilen, und warum sollte man dann nicht gleich eine richtige Wohnung mieten? Leslie und Jane hatten Schlafzimmerwände eingezogen, um sich zurückziehen zu können, wenn Gäste kamen, aber alles andere war offener Raum.

»Das ist sehr großzügig von Ihnen und Jane«, sagte Toni, »aber ich glaube, am gescheitesten ist es, wenn wir Kate und

Reed nach Hause lassen. Kate kann ganz normal nach Hause gehen. Reed müssen wir irgendwie reinschmuggeln, wenn nötig, eingewickelt in einen persischen Teppich, wie Kleopatra. Er muß so tun, als wäre er nicht dort bei Kate, was, wenn er erst mal drin ist, nicht allzu schwierig sein dürfte. Aber was wird mit Ihren Lehrveranstaltungen?« fragte sie Reed.

»Wenn ich entführt bin, kann ich nicht unterrichten. Ich habe ohnehin schon Seminare versäumt. – Stimmt, es wird einen gewissen Erklärungsbedarf geben, wenn sie erfahren, daß ich zurück, aber nicht zum Unterricht erschienen bin, aber ich denke, das kann ich geradebiegen und den Studenten gegenüber wiedergutmachen. Die Frage ist, wenn Kate und ich erst wieder zu Hause sind, was tun wir dann?«

»Jetzt wollen wir Sie zuerst mal da hinbringen«, sagte Toni. Und das gelang ihnen ohne größere Schwierigkeiten. Nötig war nur ein geeignetes Ablenkungsmanöver für den Portier, um unbemerkt die Feuertreppe für Reed zu öffnen (der Lift wurde von einem Monitor überwacht). Toni bemühte, wie Kate leicht amüsiert beobachtete, ihre Sexy-Nummer, um den Portier abzulenken, während Kate erst mit dem Lift zu ihrer Wohnung hinauffuhr und dann durch das Treppenhaus wieder ins Erdgeschoß kam und von innen die Tür für Reed und Toni öffnete, die unterdessen den Portier überredet hatte, doch bitte mal einen Blick um die Ecke auf ihr Auto zu werfen, um zu sehen, ob sie womöglich einen Strafzettel bekam. Es war alles eine Sache von ein paar Augenblicken. Der Portier, der zuvor demonstrativ von Kate begrüßt worden war, würde schwören, daß sie mit dem süßen Welpen allein in ihre Wohnung zurückgekehrt sei.

Als sie alle drei oben waren und Reed sich umgezogen hatte, ließen sie sich nieder, um ihre Beratung fortzusetzen.

Toni sprach als erste. »Nachdem die Mädchen in ihrer Wohnungsisolationshaft festgehalten werden – Harriet kümmert sich schon um das Telephon, Besucher, und was immer sonst noch auftaucht –, wird jeder, außer den Mädchen, glauben, daß Reed nach wie vor entführt ist. Entweder werden die fraglichen Hintermänner, nach denen wir suchen, mit den Mädchen wegen Reed Kontakt aufnehmen oder nicht. Wenn nicht, gut. Wenn ja, müssen wir einen Plan haben. Sehen Sie, der Punkt ist, daß sie allen Grund haben, geduldig zu warten, da Kate ja bereit ist, ihren Artikel zu schreiben.«

»Aber sie werden doch bestimmt erwarten, daß die Mädchen ihnen Bericht erstatten.«

»Sicher, und unter Harriets Drohungen werden die Mädchen ihnen sagen, was *wir* wollen. Das kann natürlich nicht lange so gehen, deshalb schlage ich vor, daß Kate ihren Artikel heute oder morgen abschickt.«

»Welchen Inhalts genau?« fragte Kate.

»Ich habe darüber nachgedacht«, sagte Reed. »Wenn du keinen Artikel einschickst, werden sie drohen, mir etwas Furchtbares anzutun, aber da ich hier bin, können sie das kaum tun. Sie würden dann natürlich herausfinden, daß ich nicht da bin, wo sie mich vermuteten. Wenn du einen Artikel an sie schickst, wird am Schluß genau dasselbe herauskommen, weil der Artikel, wie geschickt du ihn auch abfaßt, nicht das sein wird, was sie haben wollen. Also« – und jetzt wandte er sich an Toni –, »warum sollte Kate sich mit dem Schreiben abplagen?«

»Mein Gedankengang ist folgender«, sagte Toni. »Sie haben vor, den Artikel in einem ihrer rechtsgerichteten Magazine oder in einer ihrer Zeitungen zu plazieren. Sie wissen also, daß das, was Sie schreiben, auch gedruckt wird. Warum sollten Sie also nicht etwas Verschlüsseltes schreiben, etwa so, daß jedes zweite Wort zeigt, was Sie denken, während sich jedoch das Ganze so liest, als sagten Sie das, was die wollen? Wenn dann der Artikel von den Medien aufgegriffen wird, dann können Sie die ganze Geschichte erzählen. Und die Kodierung wird beweisen, daß Sie nicht das getan haben, was die wollten, sondern eher das Gegenteil.«

»Wozu soll das gut sein?« fragte Kate.

»Vielleicht für gar nichts. Aber es gibt uns ein bißchen Zeit, um sie zu schnappen, bevor sie merken, daß Reed sie ausgetrickst hat. In dieser kurzen Zeit werden wir versuchen, genügend Beweise für ein Verfahren wegen Entführung und Erpressung gegen die Mistkerle zu sammeln. Wenn Sie den Artikel nicht in den nächsten Tagen abliefern, dann werden sie unverzüglich irgend etwas unternehmen und herausfinden, daß Reed verschwunden ist, und wir haben die Mädchen als Zeugen verloren, die dann allen Grund haben, ihre Beteiligung an der Entführung zu leugnen.«

»Sie überschätzen mich«, sagte Kate. »Ich war noch nie gut mit Wortspielen oder Verschlüsselungen, so sehr ich Leute bewundere, die das können. Aber ich weiß, was ich tun werde. Als ich vor vielen Jahren mal am Radcliffe war, gab es da einen jungen Mann, der anläßlich seiner Graduierung eine Rede hielt, bei der das ganze Auditorium applaudierte, alles über Recht und Ordnung, und als sich die wilden Begeisterungsstürme der Zuhörer legten, erklärte er ihnen, daß seine Worte von Hitler stammten. Ich wette, ich finde eine Stelle bei Hitler, die sie als meine zweifelsfreie Ablehnung sämtlicher Frauenrechte anerkennen werden. Später werde ich dann den Autor nennen.«

»Klingt gut – wenn man glaubt, daß sie darauf reinfallen. Ich vermute, sie werden's.«

»In erster Linie war Hitler dagegen, daß Frauen ein Leben

außerhalb des eigenen Heims führen. Familienwerte, vorausgesetzt die Familie war arisch, waren sein Ideal. Seinen Plan, die Juden zu töten, realisierte er erst später.«

»Das ist Ihr Gebiet«, sagte Toni. »Gut, also ich bin dann weg. Reed, passen Sie auf, daß niemand Sie sieht, sei es ein Briefträger oder der Mann am Lift oder jemand, der den Flur wischt – Sie wissen schon.«

»Ich passe auf«, sagte Reed.

»Ich weiß, ich weiß.« Toni grinste ihn an. »Sie denken und Kate denkt und Harriet denkt garantiert auch, ich sei zu autoritär und zu scharf darauf, alles selbst in die Hand zu nehmen. Aber ich kriege die Dinge auf die Reihe, und ich finde, Ergebnisse sind besser als gute Manieren. Wenn Sie anderer Meinung sind, können Sie mich jederzeit auch wieder loswerden.«

»Wir werden es uns durch den Kopf gehen lassen«, sagte Reed lächelnd. »Während Kate die passende Passage von Hitler raussucht, vergessen Sie nicht, uns wissen zu lassen, wie der nächste Schritt aussieht.«

»Achten Sie auf Ihr E-Mail«, sagte Toni. »Ich komme wieder vorbei.«

»Ich dachte, Sie glauben, daß ich beobachtet werde«, sagte Kate.

»Das werden Sie wahrscheinlich auch. Aber wenn Leslie zu Besuch kommt und vielleicht Jane und Harriet, dann können sie nicht jede Spur verfolgen. Und denken Sie daran, liebe Kate, wir müssen uns nicht länger Sorgen um Reeds Sicherheit machen.«

Und damit fegte sie aus dem Zimmer und der Wohnung.

»Herrschsüchtig, aber wahrscheinlich effizient«, sagte Reed.

»Ich lasse meine Einschätzung noch offen«, antwortete

Kate. »Muß ich jetzt losstürzen und mir die Schriften Adolf Hitlers zu Gemüte führen?«

»Nicht jetzt gleich«, sagte Reed. »Wir werden uns in einer Weile beide damit beschäftigen. Jetzt könnte ich erst mal ein Schläfchen gebrauchen. Wo schläft Banny im übrigen?«

»Leider in unserem Bett. Sie hat mich getröstet.«

»Behalten wir sie?«

»Das können wir nicht, Reed. Das war von Anfang an klar. Sie ist ein Hund mit überragenden Qualitäten, das war offenbar schon bei ihrer Geburt ersichtlich. Ihre Besitzer wollen sie behalten, um mit ihr zu züchten und um sie zu lieben, hoffentlich.«

»Aber erst mal behalten wir sie. Vielleicht brauchen wir sie noch für weitere Botschaften. Meinst du, sie schafft es, in der Küche zu schlafen, wenn wir die Tür zumachen?«

»Bestimmt nicht. Unter dem Bett ist das Äußerste, was wir erhoffen können.«

»Na gut, sie ist eine nette Abwechslung nach der Inhaftierung durch die Nymphen. Du wärst übrigens ebenfalls eine nette Abwechslung.« Und Banny, hocherfreut, sprang auf die Couch und leckte sein Gesicht.

Kate erwachte nach einem ziemlich ausgedehnten Mittagsschlaf; sie verhielt sich ruhig und überdachte ihrer beider Situation, sie wollte Reed nicht wecken – da enthüllte eine sachte Bewegung im Bett, daß Banny zu seinen Füßen schlief.

»Ich bin wach«, sagte er. »Ich weiß, daß sie nicht hier oben sein sollte, aber ich dachte mir – absolut verantwortungslos –, daß es das Problem der Dame sein wird, die sie großziehen muß. Ich bin nur ein nachsichtiger Pflegevater.«

»Wie fühlst du dich?« fragte Kate.

»Unzufrieden mit dem gegenwärtigen Plan. Ich habe noch mal drüber nachgedacht. Wie steht's mit dir?«

»Äußerst unzufrieden. Als sie dich entführt hatten, habe ich, erst ziemlich spät, erkannt, daß ich bei dem Plan zu deiner Befreiung völlig passiv war. Ich glaube, der Schock war so groß, daß ich eine Weile brauchte, um zu mir zu kommen. Ich habe das Gefühl, wir werden jetzt wieder in diese Rolle gedrängt. Ich bin mir ziemlich sicher, daß mir das nicht recht ist. Nicht, daß Toni und Harriet es nicht gut meinen.«

»Sie wollen das Beste. Und unter einem gewissen Aspekt ist ihr Plan vernünftig. Das Problem ist nur, daß er nicht zu mir paßt. Ich will mich nicht verstecken, ich will nicht, daß du die einzige Zielscheibe bist – auch du würdest das umgekehrt nicht wollen –, und ich glaube, je mehr Menschen wir in den Fall einbeziehen, um so erfolgreicher werden wir sein. Herauszufinden, wer mich entführt hat und wer hinter all dem steckt, ist nur das vordringliche Problem. Das eigentliche Problem ist, auf welche Anhängerschaft und Organisation die sich stützen. Meinst du nicht auch?«

»Absolut«, sagte Kate. »Ich bin erleichtert, denn der Gedanke, dich zurück ins öffentliche Leben zu drängen, wo man dich abermals überfallen könnte, gefiel mir nicht. Andererseits will ich dort draußen sein, will darüber sprechen, um Hilfe bitten und herausfinden, wer wo steht. Aber du weißt, daß das riskant ist, über die persönliche Gefährdung für uns hinaus. Vielleicht, ja sogar fast sicher, wird man uns als Linksradikale hinstellen. Aber ich denke, es ist an der Zeit, Farbe zu bekennen.«

»Ja, alle ziehen den Kopf ein, während die Rechtsradikalen ihre Lügen und Wahnvorstellungen hinausposaunen. Irgend jemand muß etwas unternehmen.«

»Stimmt.« Kate streckte die Hand nach ihm aus. Banny

robbte im Bett weiter hoch, bis sie genau zwischen ihnen lag, und Kate mußte lachen. »Wer weiß, was dein juristisches und mein anglistisches Institut zu all dem sagen werden, aber wozu, zum Teufel, hat man denn einen Lehrstuhl? Ich werde nie aufhören, mir um dich Sorgen zu machen, und das beunruhigt mich. Ich war entsetzt, zu spüren, wie tief der Schock saß, verstehst du, was ich meine – der Schock über dein plötzliches Weggerissensein, einfach so, fort aus unserem täglichen Leben.«

»Weil das auf Schwäche schließen läßt?«

»Weil es auf Abhängigkeit schließen läßt. Erschreckend war das, lach nicht.«

»Ich würde nicht im Traum daran denken, zu lachen. Und wenn ich genauso oder sogar noch geschockter wäre, falls du entführt werden würdest, dann wäre das nur das typisch männliche Verhalten: ein Mann will nicht, daß andere mit seiner Frau rummachen. Ist es das?«

»Na ja, wir alle kennen doch die Männer; eine Weile sind sie verzweifelt, und dann finden sie eine neue Frau oder Gefährtin oder was immer. Ich habe gespürt, daß meine Gefühle anders waren, erschreckend anders. Ich war verängstigt, um es mal ganz pauschal zu sagen.«

»Ja«, gab Reed zurück. »Es ist immer hart, wenn man entdeckt, daß man verletzlich ist. Insbesondere, wenn man sich für weitgehend unangreifbar hält.«

»Das ist Unsinn.« Ihre Hände trafen sich, als sie über Bannys Fell strichen. »Niemand weiß besser als du, welchen Angriffen ich immer ausgesetzt war. Du könntest sogar sagen, angreifbar zu sein war meine Form des Existierens. Aber so gelähmt zu sein, in eine solche Passivität gezwungen zu sein, das war entsetzlich.«

»Ja. Ich verstehe dich. Also gut, keine Lähmung mehr,

keine Passivität. Was sagen wir Harriet und Toni? Daß ich, nun, da ich gerettet bin, die Sache mit dir zusammen in die Hand nehmen will?«

»Wir müssen natürlich mit ihnen sprechen. Laß uns anrufen und um ein Treffen bitten. Ich glaube, wir sollten Harriet dazu bringen, auch Bannys Besitzerin anzurufen. Wir werden zu vertraut mit einem Hund, den wir nicht behalten können. Wie sollten wir auch einen Hund halten, während wir Rechtsradikale jagen?«

»Nur allzu wahr«, sagte Reed und zerzauste das Fell des Hundes. »Ruf Harriet an.«

Toni und Harriet, mittels verschiedener Piepser, Mailboxes und anderer elektronischer Einrichtungen zu guter Letzt aufgespürt, kamen am späten Nachmittag zu Kate und Reed in deren Wohnung. Drinks wurden angeboten. Toni lehnte ab, mit dem halb scherzhaften Hinweis, daß Harriet genug für sie beide trinke, aber Kate hatte den Verdacht, daß Toni nie während der Arbeit trank, sondern, wenn überhaupt, nur zu Hause, fern von ihrem Job – ein bewundernswerter Grundsatz, obgleich keineswegs konform mit der gängigen Vorstellung von amerikanischen Privatdetektiven. Doch was ist dieser Tage schon konform mit unseren Vorstellungen, dachte Kate. Einige wollen die alten Lebensformen wiederherstellen und andere, wie Reed und ich, wollen uns vorwärtsbewegen. Kate und Reed waren übereingekommen, daß Reed zuerst sprechen würde, zum einen, weil er es war, der sich verstecken sollte, zum anderen, weil nicht er die beiden angeheuert hatte und seine Kritik an ihrem Plan daher weniger verletzend wäre, so hoffte er jedenfalls.

»Kate und ich«, begann er, »wollen ein anderes Procedere

vorschlagen. Wir haben alles durchgesprochen, und wir haben beide das eindeutige Gefühl, daß wir zu unserer Arbeit zurückkehren und öffentlich über das, was passiert ist, sprechen sollten, und auch über unser Bestreben, die Urheber dieser Geschichte zur Strecke zu bringen – nicht die Studenten, sondern diejenigen, die das Ganze geplant und ersonnen haben. Das bedeutet nicht, daß wir nicht wollen, daß Sie weiterhin mit uns zusammenarbeiten, wenn Sie einverstanden sind. Es bedeutet, daß alles, was wir tun, der gemeinsamen Absprache und der Zustimmung aller bedarf. Wir hätten gern, daß Sie wie bisher im Verborgenen operieren, während Kate und ich öffentlich agieren. Was halten Sie davon?«

»Was wird aus den Mädchen, die noch immer in dieser Wohnung festgehalten werden? Harriet hat sie mit meinen Mitarbeitern zurückgelassen, als sie aufgrund Ihrer dringenden Bitte hierherkam«, sagte Toni in einem Tonfall, der darauf schließen ließ, daß sie diese Entwicklung mißbilligte.

»Ich glaube, wir sollten sie jetzt der Polizei übergeben«, sagte Reed. »Ich weiß, daß Sie sich der Gefahr ernsthafter Vorhaltungen ausgesetzt haben, zumindest dafür, die Polizei nicht sofort eingeschaltet zu haben, und ich habe vor, das auf meine Kappe zu nehmen. Nein, das ist kein Edelmut«, sagte er, als Toni zu widersprechen begann. »Es ist durchaus plausibel, daß es *mein* Wunsch war, und ich glaube, es wird für mich weitaus einfacher sein, mit den Konsequenzen umzugehen, als für Sie. Zum einen habe ich noch Beziehungen aus meiner Zeit als Bezirksstaatsanwalt, und zum anderen bin ich weniger verwundbar, da ich kein Privatdetektiv bin, der in den Augen der Polizei immer eine zweifelhafte Figur ist. Warum rufen Sie nicht jetzt Ihre Mitarbeiter an und dann die Polizei?«

»Das bedeutet, daß die Mädchen womöglich nicht reden werden«, sagte Toni.

»Ich glaube, daß sie das doch tun werden.« Reed sah auf seine Hände. »Schließlich bin ich ein glaubwürdiger Zeuge; ich denke, sie werden den Schaden begrenzen wollen. Und ich glaube nicht, daß die Mädchen wissen, wer hinter dem Ganzen steckt, außer dem Freund von Kates Studentin, der sie genötigt oder überredet hat, da mitzumachen.«

»Also gut«, sagte Toni. »Ich werde anrufen. Aber bei dem Rest mache ich auf keinen Fall mit, bevor ich nicht einiges mehr darüber erfahre.« Sie ging in den Flur, um das Telephon zu benutzen.

»Und wenn sie fertig ist«, sagte Kate zu Harriet, »könntest du vielleicht die Züchterin von Banny anrufen und sie bitten, Banny wieder zu nehmen. Wir brauchen jetzt keine Tarnung für unsere Botschaften mehr, und wir binden uns zu sehr an sie, von den schlechten Angewohnheiten, die wir ihr beibringen, gar nicht zu reden.«

»Was für schlechte Angewohnheiten?« Harriet war neugierig geworden.

»Spielt keine Rolle, ruf einfach an. Entweder kann die Züchterin sie abholen, oder wir werden sie irgendwie hinbringen, auch wenn mir ein schnellerer Abschied lieber wäre. Sie ist ein so süßes kleines Stück.«

Toni kam zurück, und Harriet ging, um ihrerseits das Telephon zu benutzen. Während sie draußen war, beschloß Toni, die augenscheinlich etwas auf dem Herzen hatte, sich Luft zu machen. »Ich hatte von Anfang an das Gefühl«, sagte sie zu Kate, »daß Sie mir weder vertrauen noch mich wirklich mögen und daß Sie es nur Harriets wegen überhaupt in Betracht gezogen haben, mich als Detektivin zu engagieren. Da dem so ist, sollten wir uns vielleicht jetzt besser trennen. Wir können einfach den Fall, den wir übernehmen sollten, als abgeschlossen betrachten; Reed ist zurück, und die Leute, die ihn festgehalten haben, sind in Gewahrsam.«

Reed sah Kate an: Du bist am Zug, gab er ihr zu verstehen. Kate hob gerade zu sprechen an, als Harriet zurückkam. »Die Frau, die uns Banny geliehen hat, kann in den nächsten Tagen nicht kommen, um sie abzuholen, weil ihre Mitarbeiterin krank ist, und sie nicht so lange von ihren Hunden weg kann, um nach New York City zu fahren. Aber sie hat von Dorothy Hedge erfahren – die, wie sich herausstellt, eine Nachbarin ist, zumindest näher als New York, und auch näher bei New York als die Züchterin, sie heißt Marjorie –, daß du dort warst, das heißt, daß du Dorothy Hedge besucht hast. Tut mir leid, dieser Satz ist mir völlig entglitten, aber vielleicht wurde dennoch klar, was ich meine. Also, Dorothy Hedge wußte, daß Marjorie Bernhardiner züchtet, und rief sie an, um wegen Banny nachzufragen. Ich bin mir nicht ganz sicher, ob sie nicht den leisen Verdacht hegte, du könntest Banny gestohlen haben, aber dieser Punkt wurde ohne viel Aufhebens abgehakt. Marjorie erklärte, sie habe Banny verliehen, und ob Dorothy Banny übernehmen könne, sobald du sie dort hinbringen kannst. Ist das akzeptabel, auch wenn es alles andere als sonnenklar ist?«

»Hm«, sagte Kate, »ich weiß nicht. Ich hatte gehofft, sie einfach zurückgeben zu können, aber gut, ich werde sie morgen hinbringen, wenn Dorothy Hedge einverstanden ist. Mein Gott, ich hätte fast vergessen, daß ich versprochen hatte, am Donnerstag wiederzukommen, um noch mehr über ihre Familie zu erfahren. Na gut, wird eben dieser Besuch statt dessen dafür herhalten. Aber Abschied von Banny nehmen zu müssen, wird mir nicht leichtfallen.«

»Ich werde mitkommen«, sagte Reed, »das ist doch klar.«

»Lieb von dir. Aber du gehst besser wieder unterrichten, sonst glauben sie noch, du nimmst dir das ganze Semester frei.«

»Ich werde mich morgens blicken lassen. Und nachmittags fahren wir Banny dorthin. Einverstanden?«

»Einverstanden«, gab Kate erleichtert zurück. Harriet sagte, sie werde Marjorie jetzt noch mal zurückrufen, damit diese Dorothy Bescheid geben könne.

»Und dann«, sagte Toni, »können wir vielleicht wenigstens Ihren Plan skizziert bekommen, und unsere Rolle dabei, sofern es sie gibt.«

»Es ist ganz simpel«, sagte Kate, »wenn ihr zustimmt. Reed und ich wollen alles tun, um die Dinge aufzumischen. Falls es irgendwelche Spuren oder Ideen gibt, wäre es uns sehr recht, wenn ihr beide ihnen nachgeht. Während wir da draußen die Pfeil' und Schleudern eines wütenden Geschicks erdulden, wäret ihr weniger offenkundig einbezogen und könnt in Ruhe ermitteln. Entschuldigen Sie meinen erbärmlich dürftigen Wortschatz, aber im Hinblick auf das, was Privatdetektive tun, stehen mir nur die allerkonventionellsten Begriffe zur Verfügung.«

Toni lächelte und schien sich fast sichtbar zu entspannen. »Von mir aus geht das in Ordnung. Es ist ein Job. Und wir kassieren derzeit nicht gerade mengenweise Honorare; also abgemacht. Sie sind dran. Sie sagen uns, was wir tun sollen, und wir tun es. Harriet kann weiterhin die unsichtbare alte Dame mimen, die überall hineinkommt, und ich werde weiterhin die Sexbombe spielen, die wie bei einem Zaubertrick die Leute dazu bringt, die eine Hand zu beobachten, während die andere den Trick vollführt. Vorausgesetzt, Harriet ist einverstanden, natürlich.«

»Ich bin einverstanden«, sagte Harriet, die gerade rechtzeitig zurückgekommen war, um das Wesentliche mitzukriegen. »Dorothy erwartet euch beide samt dem Hundewelpen morgen nachmittag jederzeit. Sie kennt das Trauma des Abschiednehmens und wird helfen, so gut sie kann. Das hätten wir also.«

»Ich denke, das reicht für heute. Was meinst du, Kate?«

»Ich finde auch. Wollen wir alle noch etwas trinken?«

»Wir werden euch drei eurem letzten gemeinsamen Abend überlassen«, sagte Harriet in einem Ton, der eines veritablen Dramas würdig war. »Komm, Toni. Uns braucht man erst wieder, wenn die Kugeln fliegen. Eine Metapher«, setzte sie schnell hinzu, als sie Reeds Blick auffing. Und indem sie Tonis Arm nahm, entschwand sie samt Toni mit staunenswerter Geschwindigkeit aus der Wohnung.

»Ich dachte, sie würde wenigstens noch etwas trinken, zum Abschied von Banny«, sagte Kate. »Das sieht ihr gar nicht ähnlich.«

»Ich glaube, sie hat gespürt, daß wir allein sein müssen.«

»Tja«, sagte Kate, »da hatte sie wahrscheinlich recht. Aber wir haben nichts zu essen im Haus außer Welpenfutter für Banny. Ich habe die Dinge etwas schleifen lassen.«

»Für solche Fälle gibt es den Heimservice vom Chinesen und das Telephon«, sagte Reed. »Wir können es wie Woody Allen in seinen Filmen im Bett direkt aus der Packung essen und dabei fernsehen.«

»Im Fernsehen läuft nichts«, sagte Kate.

»Ich weiß«, sagte Reed. »Wie immer.«

7

Früh am nächsten Morgen beratschlagten Kate und Reed, während sie ihren Kaffee tranken – eine ungewöhnliche Tageseröffnung, da Reeds Lehrveranstaltungen früher als Kates begannen und er das Haus sonst immer schon verließ, wenn Kate noch schlief. Heute waren beide früh aufgestanden, um ihre neue Strategie nochmals zu rekapitulieren.

»Wir werden nicht nur in einer Weise im Licht der Öffentlichkeit stehen, die uns beiden neu ist«, sagte Reed, »wir müssen uns auch besonders bemühen, jedem, den wir treffen, eingehend von den Abenteuern der letzten paar Tage zu berichten. Für mich ist das einfacher, weil ich meine Abwesenheit sowieso erklären muß. Aber du mußt dich richtig ins Zeug legen, immer wieder sagen, was du dir für Sorgen gemacht hast, und klarmachen, daß das Hauptziel der Übung du und dieser Artikel waren, zu dem man dich zwingen wollte.«

»Hast du vor, die sexuellen Details deiner Gefangenschaft zu beschreiben?«

»Nein. Ich weiß, daß es nichts bringt, dir zu sagen, daß du das vergessen sollst, aber es ist wohl kaum das wichtigste Detail der ganzen Sache. Versuch daran zu denken, liebe Kate, daß man mich vielleicht gekidnappt hat, aber daß du das eigentliche Ziel warst. Irgendwann natürlich, wenn wir beide den Zeitpunkt für gekommen halten, werde ich all die blutrünstigen Einzelheiten ausbreiten.«

»Jetzt kommt es aber wohl darauf an, so viele Leute wie möglich wissen zu lassen, was geschehen ist, und dabei dringend jede Information über den möglichen Verantwortlichen zu erbitten.«

»Genau. Vielleicht irren wir uns, aber wir sind uns einig, daß, je größer das Netz, um so größer die Chance, etwas darin zu fangen. Ich weiß nicht, ob das in der Tiefseefischerei wirklich so ist, aber unter diesen Umständen lohnt es einen Versuch. Wir treffen uns dann wieder hier, um Banny zu dieser Hedge-Dame zu bringen. Mein Gott, was machen wir mit Banny heute vormittag?«

»Daran habe ich auch schon gedacht«, sagte Kate, »und ich glaube, sie bleibt am besten hier, in der Küche mit Zeitungspapier, Futter und Wasser – und laufendem Radio, in der Hoffnung, daß sie das über ihre Einsamkeit hinwegtrösten möge. Ich hatte mir überlegt, sie mit ins Büro zu nehmen, aber ich wußte nicht, wie ich das erklären sollte, zumal sie ab morgen nicht mehr bei uns sein wird.«

»Was, wenn sie jault?«

»Ich weiß. Das hat mich auch beunruhigt; es ist unfair den Nachbarn gegenüber. Aber es ist nur für heute, und wenn sie untertags zu Hause sind und sich beschweren, werden wir uns entschuldigen und absolut wahrheitsgemäß sagen, daß das nie wieder vorkommen wird.«

»Ich freue mich, daß du an alles gedacht hast.«

»Ich gebe mir Mühe«, sagte Kate bescheiden und schlug die Augen nieder. Und Reeds Anerkennung war ein Lachen.

»Habe ich gesagt, wie gut es ist, wieder hier zu sein?«

»Nicht in der letzten Stunde«, erwiderte Kate.

Als Kate in ihr Büro kam, wurde ihr klar, wieviel schwieriger ihre Aufgabe verglichen mit Reeds war. Er, der seine Abwesenheit erklären mußte, hatte eine Eröffnung für seine Bekenntnisse. Kate mußte sich ihre eigenen Eröffnungen erfinden. Es war verrückt, wie schwierig es plötzlich war, in einem Seminar zu sagen – denn heute hatte sie nur Seminare und keine große Vorlesung – »Wenn ich in diesen letzten Tagen abgelenkt wirkte, verzeihen Sie mir bitte; Sie müssen wissen, daß mein Mann entführt wurde und ich in Sorge um ihn war.«

Sie hatte gehofft, daß jemand ungläubig ausrufen würde »entführt!«, und sie mit ihrer Geschichte beginnen könnte. In ihrem ersten Seminar indessen starrten die Studenten sie nur mit aufgerissenen Mündern an, und sie mußte eine ganze Weile weitersprechen, bevor sie ihnen überhaupt eine Reaktion entlockte. Doch als die Reaktion endlich kam, war es – zu ihrer Befriedigung – eine der Entrüstung, wenn auch nonverbaler Entrüstung. Kate betonte, daß hinter dem Ganzen die Rechte stecke, was wegen der Forderung nach dem Artikel klar sei und wegen des Abscheus der Kidnapper ihrer Gesinnung gegenüber. An diesem Punkt blickten die Seminarteilnehmer einander vielsagend an, doch sie offerierten weiterhin weder Hinweise noch Vermutungen.

»Wenn«, sagte Kate in das Schweigen hinein, »irgend jemand von Ihnen irgend etwas weiß, über rechtsradikale Gruppen, Organisationen oder Individuen auf diesem Campus, bitte ich Sie dringend, mit mir darüber zu sprechen. Verabreden Sie sich entweder mit mir, oder kommen Sie in meine Sprechstunde oder lassen Sie mir eine Nachricht, auch über E-Mail, zukommen. Sie können mir auch eine Nachricht auf meinem Anrufbeantworter hinterlassen, dann rufe ich Sie zurück. Dies ist eine gefährliche Form von Gewalt, und ich hoffe, daß Sie mich unterstützen werden, herauszufinden, wer dahintersteckt. Ich habe sehr gelitten, ebenso mein Mann, und ich will sichergehen, daß weder ich noch irgend jemand sonst etwas Derartiges noch einmal durchmachen muß. Über die Gefahr für die Universität selbst ist damit noch gar nichts gesagt.« Dann begann sie – nach einer bedeutungsvollen Pause – mit dem Thema des Tages.

Kate erwartete, daß sich in ihrem nächsten Seminar, das eine Stunde nach Ende des ersten angesetzt war, dasselbe abspielen würde, doch das Nachrichtensystem von Fakultät und Studenten war schon heißgelaufen. Kate war ins Sekretariat ihres Instituts hineingeschneit und hatte dort der versammelten Belegschaft ihre Geschichte erzählt, genauso wie jedem ihrer Kollegen, der zufällig aufkreuzte. So wurde sie, kaum hatte sie in ihrem zweiten Seminar angefangen, von Reeds Entführung zu berichten, von Fragen, Hinweisen und Warnungen bestürmt. Das literarische Thema des Tages wurde fallengelassen, diese Studenten waren ganz wild darauf, die politische Situation an der Universität zu diskutieren.

Kate brauchte eine Weile, bis ihr klar wurde, daß ihr erstes Seminar eines für Doktoranden war, die krankhaft vorsichtig waren; aufgrund ihrer Abhängigkeit von der Fakultät hinsichtlich Empfehlungen, Doktorarbeiten, Stipendien und schließlich Jobs waren sie stets darauf bedacht, niemandem, der Einfluß hatte, zu nahe zu treten. Dieses Seminar jedoch war von solcherlei Ängsten unbelastet. *Undergraduate*-Studenten waren mehr als bereit, ihre Meinungen zu allem und jedem kundzutun, insbesondere wenn sie auf diese Weise eine eingehende Diskussion des eigentlichen Themas vermeiden konnten, das langwierig und besonders mühsam war.

»Es gibt eine Riesenanzahl von rechtsgerichteten Schwachköpfen«, sagte ein junger Mann.

»Was genau heißt das?« unterbrach Kate. Es war ihr wichtig, daß die *Schwachköpfe* näher beschrieben wurden. Je genauer die Diskussion, desto eher führte sie zu etwas.

»Die glauben, durch die Einschränkung von privatem Waffenbesitz sollen die Bürger entwaffnet werden, so daß die Regierung sich ihr Land aneignen kann.«

»Und«, fügte eine junge Frau hinzu, »sie glauben, Frauen wären ihr Besitztum und sie könnten über den Körper einer Frau verfügen, wie es ihnen paßt.«

»Sie kapieren nicht, daß sie trotz Waffenkontrolle ihre Jagd-Schießeisen behalten können! Natürlich sind sie auch gegen ein Verbot von halbautomatischen Waffen, aus demselben Grund.«

Die Darlegungen rechten Gedankengutes, das – in den Augen dieser Studenten – den Campus durchzog, dauerten noch eine Weile an. Mit einem Mal erkannte Kate, daß kein Student, der ein Sympathisant der Rechten war, ihr Seminar belegt hätte, es sei denn, um zu spionieren, wie es die Art von einigen aus der rechten Phalanx in Dartmouth gewesen war. In diesem Seminar hatte sie es mit einem Haufen linker feministischer Umweltschützer zu tun, die wahrscheinlich für Sozialhilfe, ein staatliches Gesundheitssystem und Brot für die Armen und ihre Kinder eintraten. Ohne Zweifel gehörten sie zu jenen, die sich nicht nur für Literatur interessierten, sondern auch für die daraus resultierenden Fragen. Und aufgrund der Zeit, in der sie lebten, hatten diese Fragen unweigerlich mit Rasse, Klasse, Geschlecht und sexueller Orientierung zu tun – alles Themen, die den Rechten verhaßt waren. Zum ersten Mal wurde Kate klar, daß sie politisch längst abgestempelt war, und daß alle Studenten und wahrscheinlich ein beträchtlicher Teil der Fakultät diesen Stempel kannten.

Das war eine ziemlich schockierende Erkenntnis – es ist immer verstörend, zu entdecken, daß man mit einem Etikett belegt wird –, aber wenigstens machte es ihre Ermittlungen in gewisser Hinsicht leichter.

Nach dem Seminar machte sich Kate auf den Weg zu ihrem Büro, um dann Reed zu treffen und (in erster Linie, was sie sich aber kaum eingestand) um die arme, verlassene Banny zu retten. Vor der Tür ihres Büros wartete ein junger Mann auf sie.

»Ich könnte Ihnen womöglich bei Ihrer Suche nach den Entführern behilflich sein«, sagte er.

»Kommen Sie herein.« Kate öffnete die Tür und nickte ihm zu. »Ich habe im Augenblick nicht viel Zeit, aber wir sollten einander jedenfalls vorstellen.«

»Ich heiße Morton Weldon«, sagte er und streckte ihr die Hand hin; Kate schüttelte sie. »Wie Sie heißen, weiß ich. Ich brauche nicht lang.« Er setzte sich, griff in seinen Rucksack und zog ein Stück Papier heraus. »Dies könnte vielleicht weiterhelfen.« Er überreichte Kate das Blatt. Sie warf einen Blick darauf und sah, daß es sich um eine Liste mit Campusadressen handelte.

»Ich bin schwul«, sagte Mr. Weldon. »Geoutet schwul, wenn auch ohne Ohrring. Ich habe eine Menge häßlicher Briefe bekommen, ekelhafte Schmierereien in meinem Zimmer und, nachdem ich es abgeschlossen hatte, an meiner Tür, und vor nicht allzu langer Zeit einen Brief mit einer Kugel darin und einem Zettel, auf dem stand, die sollte in meinem Rücken stecken.«

Kates Entsetzen mußte sich auf ihrem Gesicht gespiegelt haben.

»Ja, es ist interessant, worüber die Verwaltung hinwegsieht. Vor allem, was alles erlaubt ist, wenn es nicht eindeutig physische Gewalt ist. Vielleicht können wir uns ein andermal darüber unterhalten. Mich hat das alles so wütend gemacht, daß ich eine Liste der schlimmsten Schwulenhasser zusammengestellt habe. Natürlich steht niemand auf meiner Liste, der allein und im verborgenen handelt. Aber meiner Meinung nach operieren die College-Bigottisten selten allein oder im geheimen. Und ich dachte mir, es könnte möglicherweise eine Verbindung zwischen den Schwulenhassern und den rechtsextremen Entführern geben. Wie auch immer, finden Sie es heraus.« Und während er den Reißverschluß seines Rucksacks zuzog, stand er auf, um zu gehen.

»Danke«, sagte Kate. »Ich hoffe, wir können uns noch einmal unterhalten, wenn ich nicht in Eile bin. Machen Sie doch einen Termin aus, oder kommen Sie noch mal in meine Sprechstunde.«

»Gern. Mein Name steht auf meiner Liste, mit meiner Telephonnummer, Sie können mich also auch anrufen, wenn Sie noch irgendwas genauer wissen wollen. Ciao.«

»Übrigens«, sagte Kate, und hielt ihn an der Tür auf, »wie haben Sie das alles so schnell erfahren? Sie sind in keinem meiner Seminare.«

»Nein, aber ein guter Freund von mir ist einer Ihrer Doktoranden. Er bewundert Sie ziemlich. Also dachte ich, ich schaue rein und tue, was ich tun kann. Ciao, noch mal.«

Einen Moment verblüfft, raffte Kate schließlich doch ihre Siebensachen zusammen, um sich auf den Weg nach Hause zu machen. Im Flur traf sie auf einen ihrer Kollegen.

»Ich weiß, Sie sind am Gehen«, sagte er mit einem Blick auf Kates Aktentasche. »Ich wollte Ihnen nur von einer Freundin von mir erzählen, die im Mittleren Westen Theologie lehrt. Sie ist eine Kapazität in ihrem Fach und hält die große Einführungsvorlesung über die Geschichte des Christentums – fast alles Erstsemester. Die Studenten geben Beurteilungen ihrer Dozenten ab. Sie hätten ein paar der Bewertungen von Christlich-Rechten sehen sollen. Sie gaben ihr eine Null und schrieben Dinge wie ›Blasphemie‹; ›Sie gab sich nur eine Woche mit dem Leben Jesu ab‹; ›Sie hält die Bibel nicht für die Wahrheit Gottes‹; und so weiter. Und das in einer der besten Universitäten des Landes. Ich dachte mir nur, ich gebe das an Sie weiter. Vermutlich mußte uns seit Oklahoma City klar sein, daß die Rechte und insbesondere die militante Rechte nicht bloß eine Horde gesetzestreuer Andersdenkender ist, aber jetzt wird es, finde ich, langsam kritisch, oder? Entführung, ich bitte Sie!« Und er eilte den Flur hinunter, ein bißchen, dachte Kate, wie das weiße Kaninchen von Alice in glücklicheren Tagen.

Reed, der das Auto aus der Garage geholt hatte, traf sich mit Kate zu Hause, wo sie ihn vor dem Haus erwartete. Der Portier öffnete ihr den Schlag, und, Banny an sich drückend, setzte sie sich neben Reed. Während er verkehrswidrig auf der Straße wendete, streichelte Kate Banny.

»Es gibt keine Möglichkeit, sie zu behalten«, sagte Reed. »Gar keine.«

»Ich weiß.« Kate streichelte den Welpen, der es sich auf ihrem Schoß bequem gemacht hatte. »Harriet hat beim Portier einen Brief für mich hinterlegt, darauf steht ›Auf der Fahrt zu lesen.‹ Soll ich jetzt anfangen?«

»Jedes Wort von Harriet soll gebührend geschätzt werden«, sagte Reed.

»Liebe Kate, lieber Reed«, las Kate vor. »Während Ihr die Neuigkeiten von den jüngsten aufregenden Ereignissen in

Eurem Leben verbreitet habt, bin ich der Spur weiter nachgegangen. Nachdem ich Euch gestern abend verlassen hatte, habe ich die Mutter von Dorothy Hedge und diesem frechen briefeschreibenden Studenten ausfindig gemacht. Es stellte sich heraus, daß die Frau vor kurzem hierhergezogen ist, vermutlich, um in der Nähe ihres Sohnes zu sein. Ich mußte, entgegen meinen tiefsten Überzeugungen, zu meiner Rolle als Spionin zurückkehren, jener Rolle, die Du, liebe Kate, so unsympathisch fandest. Ich habe Meinungen vertreten, die nicht mal über meine Leiche meine eigenen zu nennen wären, aber ich habe es ganz gut gemacht, habe nicht übertrieben, sondern nur die ›rechten‹ Tonfälle produziert, ein bißchen weinerlich – was soviel überzeugender ist als auftrumpfende Rhetorik – und habe klargestellt, daß ich diese dreckigen Linken, die unser Land ruiniert haben, hasse wie die Pest. Ich erzählte ihr, daß ich mit einem der Toten von Waco verwandt gewesen sei. Ich hatte eine Geschichte in petto, falls sie weiterfragen würde, was sie aber nicht tat. Sie schien erleichtert zu sein, in New York jemanden zu treffen, der so dachte wie sie. Abgesehen von den paar rechtslastigen Studenten, die Schwule hassen, glaube ich nicht, daß sie hier viele Bekehrte getroffen hat; muß jedenfalls eine mühselige Arbeit sein.«

Kate machte eine Pause, da Reed die Mautstelle auf der Henry Hudson Bridge erreicht hatte. Banny regte sich, als das Auto hielt. Kate beruhigte sie, während sie in der Schlange warteten, um die Gebühr zu bezahlen, und als sie weiterfuhren, nahm Kate die Lektüre des Briefes wieder auf.

»Harriet sollte Romane schreiben«, sagte Reed. »Bitte lies weiter. Jede Zeile ist so gut wie von John Grisham.«

»Ich wußte gar nicht, daß du ihn gelesen hast«, sagte Kate.

»Irgend jemand hat mal einen seiner Romane in meinem Büro vergessen. Na ja, alle Anwälte sind von solchem Zeug fasziniert, zumindest am Anfang. Wer träumt nicht von der Möglichkeit, Millionen zu verdienen, indem er seine Prozeßerfahrungen in ein Buch packt? Jetzt lies weiter.«

Kate grinste und fuhr fort zu lesen: »Sie sagte, sie wäre besonders froh, wenn eine ältere Dame ihr helfe. Sie versuchte über ihren Sohn College-Studenten zu rekrutieren, aber deren Hingabe schien ihr tendenziell eher oberflächlich, und sie wollte ein paar gewissenhaftere Mitarbeiter in der Gemeinde. Dann erzählte sie mir von Demonstrationen vor Abtreibungskliniken in der Stadt; ich erspare Dir die schauerlichen Details, aber das Ganze endete wohl so, daß New Yorker Frauen mit untergehakten Armen eine Art Barrikade bildeten und so Übergriffe auf Frauen verhinderten, die in die Klinik wollten. Ich verspürte das dringende Verlangen, klarzustellen, daß nicht alle, nicht mal die Mehrzahl der Frauen in diese Kliniken – die sie ständig Abtreibungskliniken nannte – wegen einer Abtreibung kommen, aber man darf ja nicht aus der Rolle fallen.

Ich spare mir weitere Leckerbissen unseres erhellenden Austausches auf, bis wir uns zu einem stärkenden Trunk treffen. Für den Moment nur noch folgendes: Du solltest diesen Brief auf dem Weg zu Dorothy Hedge lesen, weil ihre Mutter auf meine Frage, ob ihr Sohn ihr einziges Kind sei, ziemlich offenherzig über Dorothy gesprochen hat – wie Dorothy die Sache verraten habe und so weiter, was genau das war, was ich hören wollte. Aber dann sagte sie etwas, was mich wirklich aufhorchen ließ. Sie erwähnte die Hundepension, die Dorothy betreibt, und irgend etwas an der Art, wie sie sich ausdrückte, gab mir die Gewißheit, daß sie dort gewesen ist. Es war ein Ausrutscher, und ich tat so, als hätte ich nichts bemerkt. Doch wenn sie so verfeindet sind, warum fährt sie dann hin und besucht sie dort? Na ja, das muß nicht unbedingt bedeuten, daß Dorothy mit Mama sympathisiert, es gibt eine Menge anderer möglicher Gründe, aber ich dachte, ich erwähne es lieber, nur damit du aufpaßt, was du sagst. Gib nichts von Toni oder mir oder irgendwelchen Plänen preis. Mein Vorschlag ist – und ich weiß, wie wenig aufgeschlossen Ihr, Du und Reed, gegenüber Vorschlägen seid –, daß Ihr die Dummen spielt. Nicht, daß Du und Reed jemals wirklich dumm erscheinen könnten. Aber sag einfach nur ›Es war so ein Horror‹ und ›Wie bin ich froh, daß ich Reed wiederhabe‹, und laß Dich nicht über irgendwelche Einzelheiten, egal worüber, aus. Ich weiß, daß Du, Kate, Dich dazu entschlossen hattest, ihr zu vertrauen, und Dein Gefühl mag durchaus richtig gewesen sein. Aber laß uns erst noch sicherer sein, bevor Du ihr weiterhin vertraust.

Stets die Deine im Kampf um das Wahre und Gute, Harriet.«

»Guter Brief«, sagte Reed. »Ich glaube, sie will andeuten, ohne daß sie es auszusprechen wagt, daß wir leichtsinnig vorpreschen, und ich glaube, sie hat recht.«

»Könnten wir tatsächlich als ahnungslose Unschuldslämmer durchgehen?«

»Wir können es versuchen. Ich, zum einen, bin noch nie zuvor entführt worden. Du, zum anderen, hast noch nie einen Erpresserbrief erhalten. Ich denke, wenn wir uns entschließen, uns diesbezüglich ein bißchen zu wiederholen, werden wir sie überzeugen, dann wirkt es auch um so glaubwürdiger, daß wir mit jedem, der uns über den Weg gelaufen ist, über unsere Abenteuer gesprochen haben, was sie, gesetzt den Fall, sie genießt Mamas Vertrauen, bereits weiß.«

Als sie in Dorothy Hedges Einfahrt einbogen, begleitet vom Willkommenschor bellender Hunde, rappelte Banny sich hoch. Kate öffnete die Tür und ließ Banny Dorothy entgegenlaufen, die schon aus dem Haus trat, um sie zu begrüßen. Zu Kates Freude lief Banny von Dorothy zurück zu ihr und Reed. Kate nahm den Welpen wieder hoch und stellte Reed Dorothy vor, die ihm die Hand schüttelte und ihm zu seiner Freiheit gratulierte.

»Ich weiß, daß es hart ist, diesen kleinen Schlingel wieder abzugeben«, sagte Dorothy, ohne im Augenblick weitere Fragen zu stellen. »Aber Sie haben mir ja erzählt, daß Sie nicht wirklich in der Lage seien, in der Stadt einen Hund zu halten.« Für Dorothy kam, wie Kate amüsiert bemerkte, das Halten eines Hundes in der Stadt dem Aufziehen eines Kindes im Kohlenkeller gleich. »Kommen Sie doch in die Küche und trinken Sie eine Tasse Tee.«

Sie wandte sich zur Küchentür, und Reed und Kate tauschten einen Blick, der besagte: sie will wissen, was wir denken und was wir vorhaben. Ihr Blick bekräftigte ihr Vorhaben, Harriets Ratschlag zu befolgen, und Kate begann ihre Rolle zu spielen, sobald sie sich gesetzt hatten und Dorothy das Wasser aufgesetzt hatte.

»Ja, sehen Sie«, sagte Kate und versuchte möglichst atemlos zu erscheinen, »Reed ist wieder da, und ich kann zu meinem früheren Leben mit all seiner gesegneten Ruhe zurückkehren.« Und sie beugte sich vor, um Reeds Hand zu ergreifen, und dachte, daß sie sich demnächst bei Lee Strasbergs *Actors Studio* bewerben würde. Dann, nach einer Weile, sagte sie: »Danke.« Das galt dem Tee, den Dorothy schließlich fertig hatte; in der Zwischenzeit hatten sie geschwiegen und der Zubereitung des Tees zugesehen, dem Eingießen des Tees in die Tassen und dem Schneiden eines

Kuchens. »Weshalb ich mir im Moment wirklich Sorgen mache«, fügte Kate hinzu, »ist Banny. Nicht ihretwegen, sondern meinetwegen. Ich werde sie vermissen.«

»Natürlich werden Sie das«, sagte Dorothy besänftigend. Banny schlief zu ihren Füßen. »Vielleicht werden Sie sich eines Tages entschließen, einen jungen Hund zu sich zu nehmen, vielleicht, wenn Sie aufhören zu arbeiten und Ihr Leben in geordneteren Bahnen verläuft. Oder vielleicht, wenn Sie ein Kind haben.«

Kate sah jünger aus als sie war, aber daß irgendeine Frau dachte, sie wäre im gebärfähigen Alter, war ein Schock. Offenbar wurde das auch Dorothy klar. »Es tut mir leid, das war eine dumme Bemerkung«, sagte sie. »Und eine abgedroschene obendrein. Bitte lassen Sie mich das erklären. Ich habe so viele Menschen erlebt, die sich einen Hund als Kindersatz anschaffen. Oft bekommen sie dann doch ein Kind, und der Hund leidet womöglich. Ich kann nicht behaupten, daß ich das billige. Aber das ist natürlich bei Ihnen kaum der Fall. Es tut mir leid, manchmal fange ich an zu reden, ohne nachzudenken. Bitte verzeihen Sie mir.«

Kate vermied es, Reed anzusehen. Dorothys Erklärung für ihre alberne Bemerkung hatte eine gewisse Triftigkeit, wenn man ihre Leidenschaft für die Spezies der Caniden berücksichtigte; es war jedoch nicht ganz klar, welche Aussage nun ihre wahren Gefühle spiegelte. Und wie gingen diese Gefühle mit dem zusammen, was sie Kate das letzte Mal erzählt hatte?

Reed stellte seine Tasse ab und erhob sich; Banny sprang an seinen Beinen hoch. »Ich glaube, wir gehen jetzt besser«, sagte er. »Es wird für uns alle leichter sein, aber besonders für Kate, die Banny am längsten kennt, und natürlich für

Banny selbst, wenn wir den Abschied möglichst kurz machen.«

Auch Kate stand auf. Dorothy hob den Welpen hoch und nahm ihn auf den Arm. »Also, gehen Sie voraus«, sagte sie. »Ich werde Banny hierbehalten, bis man sie wieder holt. Und versuchen Sie sich keine Sorgen um sie zu machen. Sie wird ein wunderbares Leben leben, mit Marjorie, die sich ihr ganz widmen wird, und dem Training für die Hundeausstellungen. Sie haben überhaupt keinen Grund, sich Sorgen zu machen. Banny ist ein schönes Tier; ja, das bist du ... Sag Lebwohl, Banny.«

Kate und Reed verließen das Haus durch die Küchentür und konnten hören, wie Banny protestierend aufjaulte. Sie stiegen hastig ins Auto. »Du fährst«, sagte Reed. »Dann hast du etwas, worauf du dich konzentrieren mußt.« Kate setzte zurück und wendete den Wagen. Als sie zur Straße hinauffuhren, wußte sie, daß sie gleich anfangen würde zu weinen, und sie hatte den Verdacht, daß ihre Tränen nicht nur Banny galten.

»Ich fühle mich dumm und hilflos«, sagte sie. »Jetzt habe ich dich wieder, und was jetzt? Ich bin schrecklich versucht, die ganze Sache zu vergessen und mich an unserer normalen, privilegierten Existenz festzuklammern wie an einem Rettungsfloß.«

»Ich weiß«, sagte Reed. »Aber du meinst das nicht wirklich. Was ich mir nicht vorstellen kann, ist der nächste Schritt. Wir sind am Ende des ersten Aktes und haben keinen Schimmer vom Rest des Stückes. Der Vorhang ist gefallen, aber das Publikum ist, in dem Glauben, es sei zu Ende, gegangen, und das Theater ist leer.«

»Wenigstens haben wir Dorothy nichts erzählt. Oder doch?«

»Wir haben ihr gesagt, daß wir ihre Hilfe nicht mehr benötigen. Weiß der Himmel, was sie daraus macht. Hoffen wir, daß sie unser Verhalten auf unsere Traurigkeit wegen Banny zurückführt. Die Frage ist, was jetzt?«

Kate schüttelte den Kopf und hielt ihre Augen auf die Straße gerichtet.

8

Anderntags tauchte jemand auf, der hinsichtlich des zweiten Aktes eine Idee hatte.

Reed hatte vom Büro aus angerufen und gesagt, daß er jemanden auf einen Drink mit nach Hause bringe, jemanden, der etwas zu der Entführung zu sagen habe. (Kate bemerkte, daß er sich immer auf *die* Entführung bezog, nicht *meine* Entführung, im Bewußtsein, daß es ebenso ihre wie seine war.) Dieser Jemand heiße Emma Wentworth, Näheres hebe er sich für später auf.

Emma Wentworth gehörte zu jenen Frauen, die Kate auf Anhieb mochte. Sie hatte schon oft versucht, sich solche spontane Sympathie genauer zu erklären, war jedoch immer kläglich gescheitert. Oft hatte sie Frauen auch erst mit der Zeit gemocht, ja sogar sehr gern gehabt, die diese Art ersten Eindruck keineswegs erweckt hatten. Erste Eindrücke waren bekanntermaßen irreführend. Nichtsdestotrotz freundete sie sich mit Emma an, die kräftig war, nicht dick, aber kräftig, und in ihrer Art und Gestalt beeindruckend.

Auch fühlte sich Emma in ihrem Körper wohl – ein wichtiger Aspekt –, und sie trug für ihre Erscheinung Sorge, als wisse sie genau, wie sie sich darüber darstellen wollte. Sie trug ein an Oberkörper und Taille enganliegendes Kleid mit weitem Rock, ein Kleid, das besagte: Ich trage ein Kleid, aber kein Businessdress. Für eine große Frau habe ich eine annehmbare Figur, aber ich habe keine Lust, meine Beine zur Schau zu stellen oder mich darum zu kümmern, wo sie bleiben, wenn ich sitze. Ich bin intelligent, kompetent, zuverlässig und witzig ... Konnte ein erster Eindruck all das vermitteln? Na ja, natürlich, schließlich hatte Reed sie mit nach Hause gebracht, was schon etwas hieß, und hatte sie als Professorin vorgestellt, die in diesem Semester an Reeds Juristischem Institut unterrichtete.

Emma trank gern einen Scotch, was Kate in ihrer instinktiven Sympathie noch bestätigte, und begann zu sprechen. »Reed hat mir von seinem Abenteuer erzählt – um genau zu sein, hat er, in der Hoffnung, damit den Anstoß für ein paar Antworten zu geben, jedem davon erzählt, der es wiederum jedem weitererzählte. Ich sagte, Reeds Abenteuer, aber tatsächlich war es natürlich Ihr Abenteuer, was ich für einen entscheidenden Punkt halte. Einer meiner Studenten, der die Geschichte gehört hatte – etwas ausgeschmückt, wie ich später erkannte, als Reed mir die Geschichte noch einmal erzählte –, hat mir davon berichtet. Ich habe bei Reed vorbeigeschaut, weil ich dachte, daß ich Ihnen vielleicht helfen könnte, nicht mit irgend etwas Bestimmtem, aber mit dem, was ich durch die Beobachtung dieser rechtsextremen Gruppen gelernt habe, nämlich wie sie vorgehen und wie man sie voneinander unterscheiden kann. Reed unterbrach mich gleich beim Beginn meiner Rede und schlug vor, daß ich meine Hypothesen auch Ihnen erzählen solle.«

»Ich habe Emma die ganze Geschichte erzählt, inklusive der schmutzigen Einzelheiten«, sagte Reed. »Ich fand, wir können etwas Expertise im Hinblick auf die, die wir aufscheuchen wollen, gut gebrauchen, und da kann sie auch die ganze Geschichte kennen.«

Kate nickte.

»Ich habe mich mit rechtsextremen Gruppen beschäftigt«, sagte Emma, »mit ihren Motiven und Unterschieden. Einer der Aspekte, die wir Linken oft übersehen, ist, daß diese Rechten sich immer einig sind, wenn es um jedwede moderne Form von Kunst geht – sei es Literatur, Unterhaltung oder sogar Musik –, sie sind sich alle einig, daß deren Einfluß verhängnisvoll, wenn nicht gar teuflisch ist. Laut Wendy Steiner« – sie öffnete ihr Notizbuch – »sind für solche Leute Komplexität und Ambiguität lediglich Mystifikationen, und die zeitgenössische Kunst trägt zur sozialen Unruhe bei. Die Probleme dieser Welt sollten durch die Stärkung überkommener Hierarchien und Strukturen gelöst werden, wobei die Kunst – und natürlich die Literatur – ›ihren sozialen Auftrag erfüllt, indem sie diese Strukturen stützt und rechtfertigt.‹* Ich trage diese Sätze mit mir herum, um sie zu zitieren, weil sie die Grundmaximen der Rechtsextremen exakt auf den Punkt bringen.«

»Mit einem Wort William Bennett, Allan Bloom und Jesse Helms«, sagte Kate.

»Nun ja, so in etwa denken die, sofern man Jesse Helms vorwerfen kann, überhaupt zu denken. Aber worauf es mir für Reed und Sie ankommt, ist, daß diese Rechtsextremen sich zwar weitgehend einig sind, ihre Vorgehensweise jedoch ganz unterschiedlich ist. Während sie beispielsweise alle gern Gesetze hätten, die die Art von Kunst und die Lehre aufgeklärter Ideen verbieten, die in ihren Augen die funda-

* Wendy Steiner, *The Scandal of Pleasure: Art in an Age of Fundamentalism*, University of Chicago Press, 1995.

mentalen Werte unterminieren, bekämpfen sie ihre Gegner auf verschiedene Weise. Ihre Gegner, das sind Sie und ich und eigentlich alle möglichen Leute, von der Frau, die eine Abtreibung will, bis hin zur Nationalen Stiftung für die Künste (der sie auch schon fast den Garaus gemacht haben). So gern wir alle es auch glauben würden, Tatsache ist, daß relativ wenige von denen, die ganz rechts außen stehen, ausgenommen die militanten Bürgerwehren und, wie ich versucht bin zu sagen, jene, die in der Politik sind oder für Ämter kandidieren, Gewaltanwendung oder solche Aktionen wie die gegen Reed gutheißen.«

»Und wie steht es mit Aktionen wie die gegen Kate?« fragte Reed.

»Das ist das Interessante. Soweit ich erkennen kann, sind die Ressentiments gegen linke Akademiker ziemlich heftig, aber den Ehemann einer Frau zu entführen, erscheint mir angesichts all der Tatumstände als neokonservativer Schachzug nicht plausibel. Und ich nehme doch an, daß ich alle Tatumstände kenne?«

Kate sah Reed an, und Reed nickte. »Alle«, sagte er.

»Wollen Sie damit sagen«, fragte Kate mit Erstaunen in der Stimme, »daß die einen Arzt, der Abtreibungen durchführt, ermorden oder daß sie Bürgerwehren organisieren, um ihr Eigentum bewachen zu lassen, daß sie aber Reed und mir nicht in der Weise mitspielen würden, wie sie es getan haben? Das eine ist akzeptabel, das andere nicht?«

»So ist es nicht ganz. Lassen wir die Bürgerwehren mal beiseite. Die gibt es hauptsächlich im Westen oder im Mittleren Westen, und an einem derart akademischen Manöver können sie kaum direkt beteiligt sein. Denken Sie auch daran, Kate, daß Menschen, die einen Mord begehen – Attentate eingeschlossen –, geisteskranke Fanatiker sind, die von anderen für ihre Zwecke eingespannt werden. Ray, Oswald, Sirhan Sirhan – sie alle waren labile Fanatiker, die zu ihren mörderischen Taten angestachelt wurden. Sie waren keine Repräsentanten rechter Gruppierungen.«

»Okay, nehmen wir mal an, Sie haben recht, lassen wir das im Moment mal so stehen«, sagte Kate. »Was sagt uns das?«

Emma lächelte. »Aha, Sie wollen, daß ich die Erklärungen und die politische Analyse überspringe und gleich zur Sache komme.«

»Ja«, sagte Kate, »ich glaube, das stimmt, obwohl ich alles, was Sie sagen, außerordentlich interessant finde. Ich hoffe, wir werden in Zukunft noch Gelegenheit haben, mehr über Ihre Arbeit zu erfahren; das meine ich ernst. Es ist nur so, daß ich im Moment wegen unserer eigenen Situation ziemlich selbstbezogen und angespannt bin. Ich will Reeds Entführung nicht noch mal von vorne durchdenken.«

Reed nahm Kates Hand und sagte zu Emma: »Vermutlich sind wir etwas übereifrig, wir möchten dem Schlamassel eben unbedingt auf den Grund gehen und das Ganze aufklären. Kate wollte bestimmt nicht undankbar erscheinen, und ich versichere ihnen, daß es schlicht und einfach wahr ist, wenn sie sagt, daß sie sich für die Erfahrungen, die Sie gesammelt haben, interessiert und gern mehr darüber wissen möchte.«

»Akzeptiert«, sagte Emma. »Von Kränkung keine Rede. Also los.« Sie packte ihr Notizbuch wieder in ihre Tasche und hielt einen Moment inne, um sich zu sammeln.

»Ich sehe es so«, sagte sie. »Es gibt zwei Gruppen, die in die Entführung involviert sind. Die weniger wichtige ist die der Studenten: die Kerle, die die Entführung durchgeführt haben, und die Mädchen, die Reed in ihrer Wohnung versteckt und ihre sexuellen Spielchen gespielt haben.«

»Aber wie steht es mit diesem Jungen, der den antifeministischen Brief an die College-Zeitung geschrieben hat und dessen Mutter eine Schlüsselfigur in der rechten Szene ist?« fragte Reed.

»Wahrscheinlich kam die Gruppe der Studenten durch ihn ins Spiel. Ich habe meine Zweifel, daß die Mutter dieses Jungen mit der Sache viel zu tun hat. Ich mag mich irren – vergessen Sie nicht, daß ich nur Vermutungen äußere –, aber ich wette, die Mutter, wie intolerant sie auch sein mag, wußte nichts von dem Plan.«

»Harriet hat sie kennengelernt«, sagte Kate. »Sie kann vermutlich herausfinden, ob Sie recht haben. Ich bin ziemlich sicher, daß Harriet diese ganze Entführungssache ihr gegenüber nicht erwähnt hat, weil sie ja so tat, als gehörte sie selbst der rechten Bewegung an, sie konnte also von der Entführung kaum etwas wissen.«

»Ich bin gespannt, was sie berichtet«, sagte Emma.

»Und die zweite Gruppe?« fragte Reed.

»Auch rechts«, sagte Emma, »aber meiner Ansicht nach nicht eine Gruppe von Rechtsextremisten, sondern ein ultrakonservativer Akademiker, der es auf Kate abgesehen hat, also höchstwahrscheinlich ein Mitglied in Kates Anglistischem Fachbereich. Es könnte auch jemand aus einem anderen Fachbereich oder aus der Verwaltung sein, aber ich halte das für unwahrscheinlich. Wer immer dahintersteckt, muß Kate im mehr oder weniger täglichen Umgang nah genug gewesen sein, um sie zu überwachen.«

»Sind Sie sicher?« sagte Kate. »Ich meine –«

»Nein, sicher bin ich nicht. Ich mag meilenweit danebenliegen, und diese ganze Sache wurde vielleicht von einer Bürgerwehrgruppe geplant, die ihre Zelte im Central Park aufgeschlagen hat oder in irgendeiner New Yorker Wohnung. Aber nichts von allem riecht nach einer rechtsextremen Aktion, nur die Studenten – und die bloß im Hinblick auf ihre Motive, nicht auf ihr Handeln, das, wie ich glaube, von jemand anderem dirigiert wurde, und zwar von einem Professor. Schließlich sind alle, die damit zu tun haben, Studenten.«

Reed und Kate sahen aus, als bräuchten sie wenigstens eine Woche, um das zu verdauen.

»Und falls Sie recht haben, wie finden wir heraus, um welchen Professor es sich handelt?« fragte Reed.

»Ah«, sagte Emma, »da sind Sie auf sich gestellt. Ich bin bereit, eine beträchtliche Summe zu wetten, daß er oder sie in Kates Fachbereich ist. Aber ich kenne die Persönlichkeiten dort nicht gut genug, daß heißt, überhaupt nicht, um eine Vermutung auch nur zu wagen – außer folgender. Wer immer es ist, er kann Kate nicht ausstehen, und wahrscheinlich nicht aus persönlichen Gründen, das heißt, nicht, weil Sie ihm oder ihr persönlich direkt geschadet hätten, sondern durch Ihre Anwesenheit im Fachbereich, durch Ihre Art, Literatur zu lehren, bedrohen Sie das, was dieses Individuum hochhält, existentiell. Ich schlage vor, Sie fangen damit an, sich eine Liste der Fakultätsmitglieder Ihres Fachbereichs zu besorgen – es mag jemand ohne Festanstellung sein, aber ich bezweifle, daß so jemand das Risiko eingehen würde, außerdem muß man den Kreis zunächst erst einmal einengen. Wenn nötig, kann man ihn immer noch erweitern.«

»Unser Fachbereich ist groß«, murmelte Kate im Ton eines Menschen, der verkündet, daß Texas ein großer Staat sei. »Es gibt mindestens dreißig festangestellte Professoren.

Woher wissen wir, daß es nicht einer von Reeds Anwaltskollegen war?«

»Wir wissen es nicht.« Emma bemühte sich sichtlich um Geduld. »Wenn sich alles, was ich gesagt habe, als falsch erweist, fangen wir noch mal von vorne an. Wie ich schon sagte, irgendwo müssen wir anfangen. Und da Ihre breitgestreuten Erzählungen bisher noch keine wichtigen neuen Informationen zutage gefördert haben, sagt mir meine Erfahrung, wir sollten beim Anglistischen Fachbereich anfangen.«

Sie saßen alle drei da und schwiegen. Nach ein paar Minuten stand Emma auf: »Ich gehe dann. Denken Sie drüber nach, was ich gesagt habe. Es kann nicht schaden, eine Liste der Anglistik-Professoren zu erstellen, die Fakultätsmitglieder sind. Und kommentieren Sie sie ein bißchen: Wer hat ein Forschungsjahr, wer ist bekanntermaßen links, wer hat in den letzten Wochen oder Monaten ein Kind bekommen oder eine Operation gehabt, was auch immer. Und wenn Sie irgend etwas über ihre Ansichten aus ihren Büchern wissen, bedenken Sie auch das sorgsam. Haben Sie zufällig einen leidenschaftlichen Freudianer unter Ihren Kollegen?«

Kate starrte sie an. »Ja, habe ich. Aber warum um alles in der Welt …?«

»Ich spinne nur ein bißchen herum«, sagte Emma. »Vergessen Sie's.«

»Ich habe auch immer gern herumgesponnen«, bemerkte Kate. »Es ist erstaunlich, wie einem diese bigotten Christen das austreiben können. Warum ein Freudianer?«

»Na ja, er hat sich Reed vorgenommen, nicht wahr? Die Frau, selbst wenn sie der Feind ist, ist den Kampf nicht wert, weil ihr Sie-wissen-schon-was fehlt, *das* Merkmal Nummer eins.«

Falls sie die Absicht gehabt hatte, sie zum Lachen zu bringen, war sie erfolgreich. Noch immer kichernd begleiteten sie Emma zur Tür. »Wir bleiben in Verbindung, ja?« sagte Emma.

»Jetzt bin ich soweit, daß ich jeden verdächtige«, sagte Kate zu Reed, als sie ins Wohnzimmer zurückgingen und sich noch einen Drink einschenkten. »Erstens, was weißt du eigentlich wirklich über Emma Wentworth?«

»Also, ich kenne sie nicht erst seit heute«, sagte Reed. »Ich sitze in dem Ausschuß, der dafür plädiert hat, sie als Gastprofessorin einzuladen, das heißt, während ich sie noch nicht lange persönlich kenne, kannte ich doch ihre Leistungen und ihren Ruf. Kolossal beeindruckend, beides. Sie gilt als Kapazität auf dem Gebiet rechtsextremer Gruppierungen, der Organisationen und Gelder, mit denen sie unterstützt werden, und der legalen Möglichkeiten, ihre Erfolge zumindest teilweise zu verhindern. Nicht«, fügte Reed hinzu, »daß das viele wären.«

»Wo du es gerade erwähnst«, sagte Kate, »ich frage mich schon lange, warum niemand diese kirchlichen Vereinigungen, die keine Steuern zahlen müssen, daran hindert, ihre Leute in Bussen zu irgendwelchen politischen Aktionen zu karren. Warum unterbindet das niemand? Wenn man von Steuern befreit ist, kann man nicht politisch sein, oder?«

»Ja. Aber selbst die liberaleren Kirchen würden sich gegen ein solches Vorgehen sperren. Sie wollen nicht, daß ihr Steuerbefreiungsstatus überhaupt zur Diskussion gestellt wird.«

»Hätte ich mir denken können. Aber, Reed, hältst du es wirklich für wahrscheinlich, daß ein Mitglied meines Fachbereichs der Täter ist? Ich weiß, daß manche ein bißchen autokratisch sind, und manche sind ganz unerträglich konservativ, aber ich wüßte nicht, daß irgendeiner von ihnen sich der religiösen Rechten verschrieben hätte. Schließlich leben wir nicht in South Carolina.«

»Womöglich wirst du feststellen, daß einigen deiner Kollegen das lieber wäre.«

Kate war sich noch immer nicht im klaren darüber, wie sie die politischen Anschauungen ihrer Kollegen zutage fördern sollte, etwas, worüber sie sich nie Gedanken gemacht hatte, zumindest nicht in letzter Zeit. Sie erinnerte sich, daß die meisten von ihnen, jedenfalls diejenigen, die überhaupt davon gesprochen hatten, Nixon verabscheuten und Ronald Reagan für eine Witzfigur hielten, einen Mann, der glaubte, im Zweiten Weltkrieg gekämpft zu haben, nur weil er in Filmen darüber mitgespielt hatte. In letzter Zeit jedoch waren die internen fakultätspolitischen Probleme so aufgeladen gewesen, daß allgemeine politische Fragen anscheinend gar nicht aufkamen. Jedenfalls ging es, wann immer sie mit einem Kollegen beim Lunch war, immer nur um Klatsch – über den Fachbereich oder über Leute an anderen Universitäten. Kate war immer wieder erstaunt, wieviel einige ihrer männlichen Kollegen über das persönliche Leben von Anglistik-Professoren an entfernten Universitäten wußten, und sie mußte zugeben, daß sie den Klatsch amüsant fand. Aber Politik? Darüber schien niemand jemals zu klatschen.

Doch dann, gleich am nächsten Tag, als sie gerade im Begriff war, den Campus zu verlassen, trat ein Professor, den sie kaum kannte, an sie heran und bat um ein Gespräch. Nathan Rosen galt als außerordentlich erfolgreich auf seinem

Gebiet: Er hielt vor allem Einführungskurse für Studienanfänger, ein Unterrichtsressort, das Kate für oberflächlich und zum Verrücktwerden repetitiv hielt. Ihre schuldbewußte Abneigung gegen diese Kurse veranlaßte sie zu großem Respekt gegenüber denjenigen, die einwilligten, solche Kurse Jahr für Jahr zu übernehmen und sie gut machten.

»Sollen wir einen Kaffee trinken?« fragte Kate.

»Ich mag die Restaurants hier nicht besonders«, sagte Nathan. »Ich lebe koscher.« Fast aus Versehen blickte Kate auf seinen Kopf. Er trug keine Kippa. Er fing ihren Blick auf. »Ich trage sie nur zum Essen und zu bestimmten anderen Anlässen«, sagte er. »Nicht hier. Aber ich wollte mit Ihnen über einen Studenten sprechen, der seine immer trägt. Könnten wir in mein Büro gehen?«

Kate nickte und folgte ihm, während sie sich fragte, ob sie nun gleich des Antisemitismus bezichtigt werden würde. Neuerdings beklagten sich die Studenten über die kleinste Bemerkung, die womöglich als Affront gedeutet werden konnte. Im großen und ganzen hatte Kate Verständnis für die Sensibilitäten, die mit der eigenen Herkunft zu tun hatten, und sie bemühte sich, die Ursache solcher Sensibilitäten zu verstehen. Aber Juden kannte sie schon ihr ganzes Leben, und gewiß hatte man sie noch nie beschuldigt, welche beleidigt zu haben. Sie spürte Ärger in sich hochsteigen, als Nathan die Tür zu seinem Büro öffnete, hineinging und auf einen Stuhl deutete. Kate setzte sich.

»Der Student, den ich erwähnte, sagte, Sie seien farbigen Studenten gegenüber die Geduld in Person, aber ihm gegenüber wären Sie grob gewesen.«

»Dürfte ich seinen Namen wissen, oder wollen Sie, daß ich mich zu anonymen Beschuldigungen äußere?«

»Er heißt Krasner. Saul Krasner.«

»Ah, ja«, sagte Kate. »Ich kenne ihn.«

»Und, wie ich wohl annehmen darf, mögen ihn nicht.«

»Na ja, er scheint sich für das Geschenk Gottes an die Welt zu halten. Kann sein, daß ich ungeduldig mit ihm war. Muß das etwas damit zu tun haben, daß er jüdisch ist? Ich gebe zu, daß ich Arroganz bei Studenten nicht mag, insbesondere wenn sie mit Ignoranz einhergeht. Von der Tatsache, daß er zu glauben scheint, Frauen – wie soll ich es ausdrücken – dürften nicht in einer Position sein, wo sie Autorität über ihn haben, will ich gar nicht reden. Vielleicht stimmen Sie ja mit dieser Empfindung überein.« Das war nicht direkt eine Frage, und Professor Rosen ließ sie unbeantwortet.

»Ich sprach nicht über Frauen«, sagte er. »Ich sprach über Schwarze. Laut Mr. Krasner haben Sie irgendeinem Schwarzen, der irgend etwas erläuterte, endlos zugehört, während Sie für ihn keine Zeit hatten.«

»Mr. Krasner hat die Neigung, anderen Studenten ins Wort zu fallen, und mir auch; Höflichkeit gehört nicht zu seinen hervorstechenden Eigenschaften. Aber es tut mir leid, wenn ich seine Gefühle verletzt habe, und natürlich würde ich das gern mit ihm besprechen.«

»Die eigentliche Frage, Kate, ist doch, warum sind Sie, wie so viele andere, Schwarzen gegenüber geduldig und Juden sowie anderen Weißen gegenüber ungeduldig?«

»Vielleicht muß ich mich schuldig bekennen, Geduld mit jenen zu haben, die mit einer ihnen fremden Literatur an einem fremden Ort umgehen, und die den Vorzug haben, uns anderen, den Studenten und mir, einen anderen Blickwinkel zu eröffnen, unter dem wir die Werke, mit denen wir uns beschäftigen, betrachten können.«

»Sie plädieren also für Multikulturalismus.«

»Nathan, ich will mich mit Ihnen nicht um Begriffe streiten. Wie ich schon sagte, bin ich gerne bereit, mit Mr. Krasner über jede denkbare Kränkung, die ich ihm womöglich zugefügt habe, zu sprechen.«

»Sagen Sie mir doch, wie Sie zu orthodoxen Juden stehen.«

»Ich wüßte nicht, warum ich diese Frage beantworten sollte, aber wenn ich unterstelle, daß Sie die Frage ernst nehmen – ich persönlich bewundere keinerlei fundamentalistische Religion. Jeder Krieg, der ausgetragen wurde – jedenfalls jeder Krieg heutzutage –, hat mit Religion zu tun. Als Frau mag ich die Art nicht, wie Frauen in fundamentalistischen Religionen, welcher auch immer, gesehen werden. Auch –«

»Darf ich Sie etwas fragen?« Nathan unterbrach ihre Antwort auf seine Frage, beugte sich nach vorn und richtete einen Finger auf sie. »Sie sitzen in der U-Bahn, keine Rush hour. Eine Gruppe halbwüchsiger Schwarzer steigt ein, sie reden laut und höhnisch. An der nächsten Haltestelle steigt eine Gruppe von Jeschiva-Studenten mit Kippas und Pajes ein. Vor welcher Gruppe haben Sie Angst?«

»Gute Frage«, sagte Kate und fragte sich, wie oft er sie wohl schon gestellt hatte. »Meine Antwort lautet, meinen Sie unmittelbar oder auf lange Sicht?«

»Was soll das heißen?«

»Es soll heißen, daß in dem akuten Moment die Gruppe der schwarzen Männer mich mit größerer Wahrscheinlichkeit ängstigt oder gar belästigt. *A la longue* aber fürchte ich die Jungs von der Jeschiva mehr.«

»Sie machen Witze!« Und in der Tat sah Nathan erstaunt aus.

»Die jungen Schwarzen werden alle ihren eigenen Weg

gehen. Vielleicht erreichen sie, wenn wir ihnen und ihren Familien als eines der reichsten Länder der Welt eine gewisse Unterstützung gewähren, sogar irgendwas Interessantes. Was, weiß ich wirklich nicht.«

»Ich schon«, warf Nathan ein.

»Aber«, fuhr Kate, ihn ignorierend, fort, »ich weiß ganz genau, was die Jungs von der Jeschiva für den Rest ihres Lebens denken werden, und vielleicht für den Rest des Lebens ihrer Kinder, und das ist keine Philosophie, die ich als Frau und als Linke in irgendeinem Sinne beruhigend finde. Um genau zu sein, sie macht mir angst. Ist Ihre Frage damit beantwortet?«

»Sie sind eine verdammte Idealistin.«

»Wahrscheinlich«, sagte Kate und stand auf. »Ich habe nie verstanden, warum es als Beleidigung gilt, jemanden als Idealist zu bezeichnen. Irgendwo heißt es in Ihrer Religion, daß Sie Ihren Nachbarn hassen dürfen, ihm aber helfen müssen, seinen Karren aus dem Dreck zu ziehen, wenn er feststeckt. Ich zitiere sinngemäß, nicht wörtlich.«

»Wo haben Sie das aufgeschnappt?«

»Wahrscheinlich bei all den humanistischen, idealistischen, liberalen Juden, die ich kenne. Leben Sie wohl, Nathan.« Und Kate verschwand und ließ Nathan Rosen, seine Antwort auf den Lippen, mit offenem Mund zurück.

Kate war dabei, Martinis zu mixen, als Reed nach Hause kam. Er sah sie fragend an, zog eine Augenbraue hoch und ging, um die Martinigläser zu holen.

»Erzähl mir nicht, daß du bereits einen Rechtsextremen getroffen hast, dem Mord und Entführung auf die Stirn geschrieben stand?«

»Nicht direkt. Man hat mich beschuldigt, antisemitisch zu sein, weil ich nicht mit der nötigen Sympathie auf einen arroganten Studenten einging, der nicht mal seine Hausaufgaben gemacht hatte.«

»Er hat sich bei dir beschwert?«

»Nein, ein jüdischer Kollege, genauer, ein jüdisch-orthodoxer Kollege. Er schien der Ansicht zu sein, daß ich so schlimm wie Hitler sei, außer daß ich nett zu Schwarzen bin.«

»Man kann den Juden das nicht vorwerfen«, sagte Reed und probierte seinen Drink. »Viele Schwarze sind heute offen antisemitisch, so wie die radikale Rechte. Das kann nicht leicht sein.«

»Nein, das stimmt«, sagte Kate. »Aber muß ich wirklich so tun, als schätzte ich fundamentalistische Juden mehr als fundamentalistische Muslime oder Christen?«

»Na ja, wie viele Muslime oder rechtsgerichtete Christen hast du in deinen Seminaren?«

»Genug, damit sie deine Entführung organisieren konnten, schon gut, Reed, ich weiß, was du meinst.«

»Die Frage ist, wäre es dir lieber, wenn es wie vor fünfzig Jahren wäre, als lauter männliche weiße, angelsächsische Protestanten, alles Gentlemen natürlich, an den Colleges lehrten? Vorausgesetzt natürlich, daß du auch weiß, angelsächsisch, protestantisch und männlich bist?«

»Nein, verdammt noch mal, wäre es mir nicht. Also gut, zumindest kann ich vielleicht einen meiner Kollegen von meiner Liste streichen. Dafür sei dem Himmel immerhin Dank.«

9

Kate spürte, wie das Entsetzen der letzten Tage schwand und stellte erleichtert fest, daß sie zu ihrer eigentlichen Persönlichkeit zurückfand – Zeichen dafür war ein Treffen mit Leslie in dem Loft, in das sie mit der Nachricht von Reeds Entführung geplatzt war. Nur äußerste Panik hatte Kate eine so unkultivierte Indiskretion wie »Hereinzuplatzen« ermöglicht. Die heutige Zusammenkunft war, wie es sich für Friedenszeiten gehörte, vorher verabredet worden, und zwar für einen Zeitpunkt, da Leslie ihre Arbeit für diesen Tag getan haben würde.

Als Kate eintraf, saß Leslie noch immer in ihrem Studio und starrte auf ihre unvollendete Arbeit. Eine riesige Leinwand, und Kate bewunderte sie eine Weile schweigend. Es war ein Zeichen ihrer Freundschaft, daß Kate unvollendete Arbeiten sehen durfte, ohne sie jedoch zu kommentieren, es sei denn, sie wurde gefragt.

»Ich habe ja diese ganze traurige Geschichte von Anfang an mitverfolgt«, sagte Leslie. »Erzähl mir doch, wo du im Moment stehst.«

»Nirgends«, sagte Kate. »Das heißt, ich habe mehr oder weniger beschlossen, Emma Wentworth zuzustimmen, daß nicht die Rechten für das, was geschehen ist, verantwortlich sind, zumindest nicht alleine. Ich habe die Liste mit den Professoren aus meinem Fachbereich sorgfältig durchforstet und versucht, zu entscheiden, wer diesen kindischen Plan möglicherweise ausgebrütet haben könnte.«

»Wer unter den *männlichen* Professoren, nehme ich an.«

»Ja. Unter den Frauen sehe ich ehrlich gesagt keine, die in Frage käme. Keine von ihnen haßt mich besonders, und da sie alle verheiratet sind und Kinder haben – das heißt, beschäftigt sind –, glaube ich nicht, daß sie die Zeit oder die Neigung hätten, einen derart aufwendigen und häßlichen Jux zu treiben.«

»Das ist wahrscheinlich richtig«, sagte Leslie. »Aber ich glaube nicht, daß du Frauen insgesamt ausschließen solltest. Meine Vermutung ist, daß es kein Professor ist. Vielleicht ist der springende Punkt der, daß sie keiner ist. Ich weiß, daß du überzeugt davon bist, daß es einer deiner männlichen Kollegen ist, den der Wandel der Zeit zum Wahnsinn getrieben hat, aber ich habe etwas anderes im Kopf. Willst du es hören?«

Kate nickte. »Deshalb bin ich unter anderem hier«, sagte sie.

Leslie war umhergegangen und hatte, während sie sprach, aus verschiedenen Winkeln auf die Leinwand gestarrt, aber jetzt hörte sie damit auf und setzte sich Kate gegenüber auf einen Stuhl.

»Ich glaube, du bist völlig auf dem Holzweg«, sagte Leslie.

»Wieso?«

»Für mich schmeckt das Ganze nach einer neidischen Frau, die dich seit langem kennt oder zumindest schon lange von dir weiß und die mit Blick auf ihr selbstverschuldetes

Scheitern oder ihren Mangel an Erfolg wütend über deinen ist.«

»Wie kommst du darauf?« fragte Kate.

»Persönliche Erfahrung, meine Liebe – Leiden und Aufruhr und der Erkenntnisgewinn aus einem einsamen Leben.«

Kate starrte ihre Freundin an. Leslies Leben war nicht eines, von dem Kate angenommen hätte, daß es einsam war. Sie hatte sich jung verheiratet und war es jahrelang geblieben; sie hatte Kinder bekommen, hatte gemalt, wenn sie konnte – was letzthin meistens war –, und sie hatte in Jane eine Partnerin gefunden, die ihr sowohl Freiraum gab als auch Gefährtin war. Wie wenig wir doch voneinander wissen, dachte Kate, und sie ist meine beste Freundin.

»Oh, nicht wenn man es von außen betrachtet«, sagte Leslie und bezog sich damit auf ihr einsames Leben. »Von außen betrachtet war es alles andere als einsam. Weißt du, ich habe nie allein gelebt. Ich bin sogar direkt aus meiner Ehe in das Leben mit Jane gegangen. Aber die Einsamkeit endete in dem Moment, als ich aus meiner Ehe ausstieg.«

»Und wie hast du aus dieser Erfahrung Einsicht in Reeds Entführungsfall gewonnen?« fragte Kate. »Es scheint keinen Zusammenhang zu geben, jedenfalls nicht auf den ersten Blick.«

»Na ja, der Zusammenhang ist nicht so abwegig, wie du denkst. Ich gehöre zu denen, die ihr Leben lang nach Freundschaft und etwas Erfolg in ihrem erwählten Beruf gestrebt haben. Nehmen wir an, ich schaue dich an, und siehe da, du hast eine gute Beziehung und du bist gut in deinem Beruf, und ich habe weder Jane noch sonst jemanden, und anstatt zu malen, müßte ich mir einen Job als Glückwunschkartenmalerin besorgen, um meinen Lebensunterhalt zu verdienen. Verstehst du, was ich meine?«

»Na ja«, sagte Kate, »nicht genau. Ich ahne es wohl, aber genau weiß ich nicht, was du meinst.«

»Okay, vergessen wir die Kunst, das ist nicht dein Ressort. Nehmen wir Schreiben und Lehren, das heißt, wie es ist, ein Professor an einer renommierten Universität zu sein und erfolgreiche Bücher zu publizieren.«

»Ich habe gewisse Zweifel hinsichtlich der verschiedenen Adjektive«, sagte Kate, »aber ich folge dir. Weiter.«

»Schau, neunzig Prozent aller Kritiken oder Besprechungen oder wie immer du es nennen willst, setzen sich, wie du sehr genau weißt, weitgehend aus Neid, Bosheit und der Verteidigung der eigenen eingefahrenen Meinungen zusammen. Aber ob man dich nun lobt oder angreift, man nimmt dich ernst. Kannst du mir folgen?«

»Kann ich.«

»Gut. Stellen wir uns jetzt eine Frau vor, so ähnlich wie ich, keine richtigen Freunde – was ihr eigener Fehler sein mag oder auch nicht – egal, richtige Einsamkeit, kein besonderer Erfolg im Beruf, der, das weiß ich, in deiner Vorstellung ein akademischer ist, aber nimm mal an, er ist es nicht. Nimm an, sie hat die akademische Hürde nicht geschafft oder sie hat nur nebenbei Schreibkurse gegeben – wie immer, ich erfinde das alles. Der Punkt ist, daß sie sich jetzt ihren Lebensunterhalt so gut es geht verdient, indem sie etwas tut, was sie nicht wirklich schätzt und wofür sie sich selbst nicht wirklich schätzt.«

»Zum Beispiel was?«

»Zum Kuckuck, wie soll ich das wissen? Das sollst du herausfinden. Betrachte deine Vergangenheit. Vielleicht kannte sie dich. Nein – wenn du das Objekt ihres Racheplans, ihres Hasses, bist, dann *muß* sie dich irgendwann gekannt haben. Was ich dir vorschlage, Kate, ist, die Rechtsextremen und deine Kollegen bei dem Ganzen erst mal zu vergessen und nach jemandem zu suchen, der durchaus rechts sein mag, vielleicht auch der rechten Bewegung angehört, aber dessen Impuls ganz persönlich ist und deshalb auch eine persönliche Stoßrichtung hatte.«

»Woher wissen wir, daß er nicht gegen Reed gerichtet ist? Er war derjenige, der entführt wurde. Er war derjenige, den man von der Straße weg schnappte, einsperrte und dem man mit sexueller Entblößung drohte.«

»Stimmt. Aber du warst diejenige, die öffentlich den Feminismus verdammen sollte. Und du wärst diejenige gewesen, die dem Gespött der Leute preisgegeben gewesen wäre, wenn du das hättest tun müssen und wenn sie die Photos bekommen hätten, hinter denen sie her waren, die von Reed mit einem Nymphchen. Nein, meine Liebe, dich zu demütigen war das Ziel. Der Rest war Jux und Tollerei, wenigstens für die, die das Ganze durchgeführt haben.«

»Und warum sollten sie eigens die Rechten bemühen? Ich meine, der ganze Ton war rechts, sie müssen zur Bewegung gehören.«

»Offensichtlich ließen sich die Rechten gern benutzen. Die Frage ist, ob sie es auch ausgebrütet haben. Ich weiß, du hast jede Menge Beweise für die Aktivitäten von Rechten in der akademischen Welt, so daß du es durchaus für möglich hältst, daß sie das geplant haben. Ich werfe dir nicht vor, daß du zu einer solchen Schlußfolgerung gekommen bist, ich schlage dir nur eine andere vor. Ich vermute eine persönliche gegen dich gerichtete Triebkraft als ursprüngliche Quelle dieser ganzen Vorkommnisse.«

Kate grübelte eine Weile darüber. »Was ich nicht kapiere«, sagte sie schließlich, »ist, wie du bei dieser Vorstellung des notorisch frustrierten Missetäters ohne Freunde landest.«

»Ich sagte es schon. Persönliche Erfahrung. Mein ganzes Leben lang, Kate, seit meine Eltern das Interesse an mir verloren hatten, weil sie den Sohn bekommen hatten, der wirklich zählte, habe ich einen Freund oder eine Freundin gesucht. Ich vermute, ich war zu ernst, oder, was der Wahrheit wohl näher kommt, meine Vorstellung von Freundschaft zu merkwürdig – wahrscheinlich den Geschichten von Kameradschaftlichkeit und Abenteuern unter Jungs nachempfunden und darin noch nicht mal realistisch. Ich erinnere mich, daß ich einmal im Ferienlager ein Mädchen fragte, ob sie meine Freundin sein wolle, und sie sagte: ›Wir sind alle Freunde.‹ Aber das stimmte nicht. Ich wollte eine besondere Freundin. Und dann, als ich jung heiratete, dachte ich: na gut, mein Mann ist mein Freund. Ich habe mir da eine ganze Weile etwas vorgemacht. Aber Ehemänner sind keine Freunde, wie freundlich und unterstützend sie auch sein mögen. Es bedurfte der Frauenbewegung, um das klarzustellen, glaube ich. Unterdessen sah ich Klassenkameradinnen aus der Schule und dem College, die etwas erreichten, jedenfalls dachte ich das. Ich schien niemals wirklich Zeit zum Malen zu haben. Ich versuchte, Kunstgeschichte zu studieren, aber auch das war nicht das Richtige; ich hatte es nicht so mit der Wissenschaft. Wenn ich die Ehe nicht aufgegeben und ernsthaft zu malen begonnen und Jane gefunden hätte, und wenn ich dann dich angesehen hätte – erfolgreich, viele Freunde und Kollegen, eine ordentliche Professur, eine gute Ehe und, na ja, all das, was nach einem erfüllten Leben aussieht – dann wäre ich womöglich verdammt sauer. Verstehst du, was ich meine?«

»Mehr oder weniger. Du übertreibst natürlich mit den unendlichen Vorzügen meines Lebens gewaltig. Von Zeit zu Zeit erscheint mir alles ziemlich sinnlos. Und voller belangloser Kabbeleien, Pflichten und willkürlicher Entscheidungen seitens tyrannischer Administratoren und eingebildeter, alternder Professoren.«

»Natürlich. Ich bitte dich nur, dich von außen zu betrachten. Ich sage nicht: ›So sehe ich dich.‹ Ich sage, so hätte ich dich sehen können, wenn mein Leben anders verlaufen wäre.«

»Und jetzt? Jetzt soll ich in meiner Vergangenheit nach einer gescheiterten Existenz ohne Freunde kramen? Du verlangst nicht viel.«

»Kate, versuch die Detektivin zu sein, als die du dich immer erwiesen hast. Der- oder diejenige hat irgendwie mit dem, was geschah, zu tun, auch wenn ich nicht weiß, wie. Ob es jemand hinter den Kulissen ist oder einer der Akteure selbst, ich weiß es nicht. Was ich dir vorschlage, liebe Freundin, ist, daß du von vorne anfängst, daß du die durch Reeds Entführung verursachte mentale Lähmung überwindest und deinen Kopf benutzt. Ist das klar genug? Ich könnte es ja für dich zeichnen – na, jedenfalls ein Schema. Wie wär's mit einem Drink?«

»O ja«, sagte Kate, tief in Gedanken versunken.

Als Leslie mit den Getränken zurückkam, brachte sie einen Toast auf Kate und die neue Losung aus.

»War ich keine Freundin?« fragte Kate. »Wir kennen uns seit, wieviel – seit fünfzehn Jahren. Hast du mich nie für eine Freundin gehalten?«

»Oh, Kate. Du tauchtest auf, als die Zeit der Freundlosigkeit und der künstlerischen Frustration wenn nicht überwunden, so doch schon besiegt war. Vielleicht half es mir sogar, daß ich dich kennenlernte. Hast du je daran gedacht?«

»Es können nicht fünfzehn Jahre sein!«

»Jetzt fängt sie an, die Jahre zu zählen! Fünfzehn Jahre,

vierzehn Jahre, was spielt das für eine Rolle? Und das beste an all dem ist, wenn du einen Freund hast, dann gewinnst du auch weitere.«

Kate drehte das Glas in ihrer Hand hin und her. »Glaubst du wirklich«, fragte sie, »daß jemand so weit gehen würde, nur um mich zu demütigen?«

»Ja, das glaube ich. Nicht viele Leute allerdings. Wenn dies alles nicht passiert wäre, hätte ich nie an so etwas gedacht; es gehört weiß Gott nicht zu den Dingen, mit denen man rechnet. Aber da es passiert ist, weise ich einfach auf eine mögliche Erklärung hin, eine, die nicht weniger wahrscheinlich ist als die mit der Rechten oder einem irren Professor, der oder die allein seine übergeschnappten Kreise zieht.«

»Ich werde das ernsthaft in Betracht ziehen«, sagte Kate. »Also – auf den beruflichen Neid als des Rätsels Lösung.«

»Faß es ins Auge«, war alles, was Leslie sagte, bevor sie von anderen Dingen sprach.

Als sie zu Hause war, wandte Kate sich in Gedanken ihrer Vergangenheit zu und versuchte, sich ihrer Freundschaften seit Kindergartenzeiten zu erinnern. Es war verblüffend und ein bißchen beunruhigend, wie viele Menschen sie vergessen hatte. Schule, Sommerferienlager, Reisen, College – die Aufgabe war entmutigend. Selbst wenn sie sich einer bestimmten Person erinnern sollte – was im Moment nicht der Fall war –, mit der sie einst befreundet war, die sie aber aus den Augen verloren und seit Jahren nicht getroffen hatte, wozu sollte das führen? Die Spur jeder Mädchen- oder Collegefreundschaft aufzunehmen, wäre eine Sache von Monaten, wenn nicht von Jahren. Kate war sich ganz und gar nicht sicher, daß Leslies Vermutung richtig war, aber darüber nachzudenken lohnte gewiß. Keine der anderen Theorien hatte irgendwelche hilfreichen Anhaltspunkte ergeben.

Etwas später nahm sie sich Reed vor und erzählte ihm von Leslies Deutung. Sie war einigermaßen überrascht und auch ein wenig enttäuscht, daß er ihre Interpretation nicht ganz von der Hand wies.

»Ich habe auch schon angefangen, unsere Prämissen in Frage zu stellen«, sagte er. »Je mehr ich darüber nachdenke, um so weniger wahrscheinlich erscheint es mir, daß ein Professor damit zu tun haben soll, selbst einer der Primitivlinge, die du in deiner Fakultät hast. Studenten, ja. Das ist genau die Art von Kapriole, auf die sie sich einlassen könnten. Es ähnelt den rüden Spielen, die Burschenschaften anscheinend reizvoll finden. Die Frage ist, wie wir bereits wissen, wer die Studenten angestachelt hat, wer hinter all dem steckt. Nehmen wir an, die Jungs haben, die Idee mit den Photos sexueller Aktivitäten im Kopf, die Mädchen angeheuert. Wer hat die Jungs auf diesen Plan gebracht? Nicht, daß sie nicht selbst hätten darauf kommen können; natürlich hätten sie das, aber ich bin mir ziemlich sicher, daß es nicht so war. Warum ich sicher bin? Weil sie es nicht auf mich abgesehen hatten, sondern auf dich. Jungs vom College könnten sich so einen Plan ausgedacht haben, um einem Typen, den sie verabscheuen, übel mitzuspielen, aber der entscheidende Punkt bei diesem Plan war es, dich zu demütigen. Daß mein Leben ruiniert werden würde, figuriert unter Begleitschaden, und wer immer hinter alldem steckt, hat daran vielleicht nicht mal gedacht.«

»Okay«, sagte Kate. »Seh ich ein. Aber wo stehst du? Wir scheinen immer nur Verdächtige auszuschließen, aber keine Schuldigen zu finden.«

»Wenn wir annehmen, daß es eine Frau ist, und wenn wir Leslies Erklärung für ihren Zorn auf dich gelten lassen, dann sollten wir vielleicht davon ausgehen, daß sie mehr oder weniger in deinem Alter ist.«

»Du machst Witze«, sagte Kate eher spontan als taktvoll.

Reed überging das. »Wir wollen uns auf die Frauen beschränken, denen du in der Schule, im College oder in den höheren Semestern begegnet bist.«

»Wunderbar. Ich bräuchte lediglich ein Jahr, um eine solche Liste aufzustellen. Davon, herauszufinden, wo diese Frauen sich jetzt aufhalten, gar nicht zu reden.«

»Schreib einfach die auf, an die du dich erinnerst, mit denen du irgendwie in engerem Kontakt warst.«

»Vielleicht schreib ich dann gleich meine Lebensgeschichte, wenn ich schon dabei bin.«

»Du triffst genau den Zeitgeschmack. Heutzutage schreibt jeder seine Erinnerungen.«

Das wiederum überging Kate. »Dir ist doch klar«, sagte sie, »daß wir diese Frau womöglich nie getroffen haben – daß sie sich im Verlauf dieser Ermittlungen vielleicht gar nicht gezeigt hat. Daß sie vielleicht nicht nur hinter den Kulissen ist, sondern auch beschlossen hat, dort zu bleiben.«

»Kann schon sein«, gab Reed zu. »Aber sie muß in Verbindung mit jemandem gewesen sein, den wir getroffen haben, jemandem, der sich oder die sich gezeigt hat.«

»Also befragen wir all die Mädchen, all die Jungs, all die Leute, die Harriet und Toni schon unter die Lupe genommen haben – Reed, wir können damit doch nicht noch mal von vorne anfangen.«

»Wir können Toni und Harriet bitten, damit noch einmal von vorne anzufangen. Schließlich ist das ihr Beruf, oder? Sie brennen sicher genauso darauf, die Sache aufzuklären, wie wir.«

»Stimmt. Ich ruf sie an.« Und sie überließ Reed seiner Arbeit.

Am nächsten Tag traf sie sich also mit Toni und Harriet. Sie skizzierte Leslies These, sagte, daß sie und Reed sie plausibel fanden, jedenfalls nicht weniger plausibel als irgend etwas anderes, was zur Diskussion gestellt worden war; nach wie vor ging es darum, den Urheber des Plans aufzuspüren. Jeder mußte darüber befragt werden, wer sie überredet hatte, bei der Sache mitzumachen, angefangen bei dem Typen, der das Auto bestellt hatte. Kate war willens, Tonis und Harriets Arbeitszeit zu bezahlen, wie lange sie auch brauchen mochten.

»Mit einem Wort«, sagte Toni, »wir fangen noch mal von vorne an.«

»So ungefähr. Es sei denn«, betonte Kate, »mich ereilt irgendwann ein Geistesblitz oder eine Wahnsinnsidee. Und ich habe nicht vor, einfach herumzusitzen und euch anzufeuern. Ich glaube, zuerst werde ich morgen noch einmal Dorothy Hedge besuchen.«

»Warum das?« fragte Toni. »Glauben Sie, sie könnte die einst-verlorene, böse Freundin sein?«

»Nein, Gott bewahre, das glaube ich nicht«, sagte Kate. »Aber sie ist die Schwester von diesem Trottel, der den rechten Brief geschrieben hat. Erinnert ihr euch? Und außerdem habe ich vor, wenn ihr es genau wissen wollt, sie vorher zu bitten, Banny noch mal von ihrer Besitzerin auszuleihen. Es kann nicht schaden, Banny einen kleinen Besuch abzustatten, oder?«

»Wirklich ratsam ist es nicht«, sagte Harriet. »Als würde man mal eben bei einem Kind vorbeischauen, das man zur Adoption gegeben hat. Ein klarer Schnitt sei das Beste, heißt es nicht so?«

»Heute, glaube ich, nicht mehr«, erwiderte Kate. »Meines Wissens kennen Adoptivmütter häufig die leibliche Mutter und sind mit ihr in Kontakt. Egal, ich adoptiere Banny ja nicht. Ich will nur mal bei ihr vorbeischauen.«

»Sind Sie sicher, daß das Banny gegenüber fair ist?« fragte Toni.

»Nein, ich bin nicht sicher. Ich will sie einfach nur wiedersehen. Vielleicht stellt sich heraus, daß sie mich gar nicht wiedererkennt, und das wird mich treffen, nicht sie.«

»Sollten Reed oder ich nicht besser mitkommen – was meinst du?« fragte Harriet.

»Keinesfalls. Reed will vielleicht, ja, aber ihr beide solltet besser mit den Ermittlungen weitermachen. Ich habe morgen den ganzen Tag Unterricht und Konferenzen, aber ich glaube, übermorgen könnte ich es einrichten. Ich werde Reed fragen, wenn euch das eine Beruhigung ist.«

Nachdem gewisse finanzielle Details besprochen waren und Kate einen Scheck ausgestellt hatte, damit anstehende Kosten und Honorare gedeckt waren, verließ sie das Büro der beiden.

10

Am übernächsten Nachmittag schickten Kate und Reed sich an, zu Dorothy Hedge und Banny zu fahren. Reed war, genau wie Harriet, nicht sehr begeistert von dem Vorschlag, den Welpen zu besuchen, der ihnen nicht gehörte und den sie vernünftigerweise vergessen oder als ein exotisches und unwiederbringliches Ereignis ihrer Vergangenheit betrachten sollten. Am Ende jedoch hatte er beschlossen, Kate zu begleiten – ob nun deshalb, um Kate bei dieser Hunde-Krise seelischen Beistand zu leisten oder um Banny selbst noch einmal zu sehen, war weder Kate noch ihm selbst klar.

Kate hatte heute Leslies Theorien über die alte Freundin, die sich plötzlich zur Feindin gewandelt hatte, nicht wieder erwähnt, aber sie hatte Reed ein wenig beunruhigt, indem sie Auden zitiert hatte: »Alles menschliche Tun ist das eines Amateurdetektivs/Der fragt, *wer war es?*« Immer wenn Kate Auden zitierte, machte Reed sich Sorgen.

Sie hatten Dorothy Hedge am Abend vorher angerufen, und sie hatte sich bereit erklärt, Marjorie zu fragen, ob sie den Hund ausleihen könne. Auch sie war skeptisch und hatte sogar versucht, sie von dem Besuch abzubringen, willigte aber angesichts ihrer Beharrlichkeit schließlich ein, die

Entscheidung wenigstens Marjorie zu überlassen. Spät abends hatte sie dann angerufen und gesagt, daß sie und Banny sie am nächsten Tag erwarten würden.

Kate und Reed waren schon fast aus der Wohnung, als das Telephon klingelte. Kate zögerte kurz, dann rannte sie zurück. Harriets Stimme schien so dicht vor dem Wahnsinn, wie Kate sie noch nie gehört hatte.

»Es geht um Toni.« Harriet schien nur mit Mühe Luft zu bekommen. »Jemand hat versucht, sie umzubringen.«

»Wo bist du?« fragte Kate.

»Im Krankenhaus. Ich fand sie im Büro am Boden liegen. Ich dachte, sie wäre tot, nur daß sie noch blutete. Tote bluten nicht – hat das nicht mal jemand gesagt? Ich weiß nicht mal, ob es stimmt.«

»Harriet«, unterbrach Kate. »Sag mir genau, wo ihr seid. Wir kommen.«

»Roosevelt Hospital; in der Notaufnahme. Es ist – ich glaube, Ninth Avenue.«

»Ich weiß, wo es ist. Wir sind gleich da, Reed und ich. Es dauert nicht lang.«

Kate hängte ein. »Jemand hat versucht, Toni umzubringen. Harriet ist im Krankenhaus. Ich sagte, wir würden kommen.«

»Wird sie durchkommen?«

»O Gott, das habe ich nicht gefragt. Harriet sagte, sie habe noch geblutet, als sie sie fand. Bei ihnen im Büro.«

Das Krankenhaus war nicht weit. Reed sprach kurz mit dem Taxifahrer, der sie daraufhin mit bemerkenswerter und nicht ungefährlicher Geschwindigkeit zum Eingang der Notaufnahme brachte. Kate sprang aus dem Taxi und ließ Reed zurück, damit er bezahlte, wobei es nur darum zu gehen schien, dem Fahrer hastig ein paar Scheine in die Hand zu drücken. Genau wie im Film, dachte Kate und fragte sich, ob sie wohl dabei sei, den Verstand zu verlieren, daß sie so was in einem derartigen Moment dachte. Sie fanden Harriet inmitten einer Ansammlung von Wartenden.

»Gott sei Dank, daß ihr gekommen seid. Sie haben sie mitgenommen, um ein EEG zu machen. Ich habe die Polizei verständigt, und vielleicht hat man sich deshalb hier schneller um sie gekümmert, vielleicht kam auch der Krankenwagen schneller. Ich weiß nicht. Jemand hat ihr mit aller Kraft auf den Hinterkopf geschlagen. Sie stirbt vielleicht. Die Ärzte waren nicht sehr zuversichtlich.«

Reed erspähte einen freien Stuhl. »Setz dich«, sagte er. »Sag ihr, sie soll sich hinsetzen« – dies zu Kate. Sie drängten Harriet auf den Stuhl.

»Sie sollte Tee mit sehr viel Zucker trinken«, sagte Kate. »So machen es die Engländer.«

»Ich brauche nichts; ich habe schon etwas getrunken«, sagte Harriet.

»Dann erzähl.« Reed ging in die Hocke, so daß sein Gesicht mit ihrem auf einer Höhe war. Kate beugte sich über Harriets Stuhl und nahm ihre Hand. Zum ersten Mal, seit sie Harriet kannte, registrierte sie, wie alt ihre Freundin war. Kate hatte immer gewußt, daß sie in den Sechzigern war – oder inzwischen sogar darüber –, aber noch nie hatte Harriet alt, erschöpft und zerbrechlich ausgesehen.

»Erzähl uns, was passiert ist«, sagte Kate und hielt Harriets Hand. »Von Anfang an. Und der Reihe nach.«

Harriet seufzte, eigentlich war es eher ein Schnappen nach Luft, als hätte sie die Luft angehalten und brauchte Sauerstoff. Sie schien nach einem Taschentuch zu suchen, und Reed gab ihr seines. Sie wischte sich die Augen und hielt sich das Taschentuch vor den Mund, während sie sprach.

»Ich war zur Bank gegangen«, sagte Harriet. »Wir hatten den Vormittag damit zugebracht, über unseren Neueinstieg in den Fall zu beraten. Eigentlich«, setzte sie hinzu, als habe sie eben erst selbst daran gedacht, »wirkte Toni, als sei sie mit ihren Gedanken woanders. Wir brauchten Bargeld, und sie drängte mich, zur Bank zu gehen – ihr wißt schon, zum Geldautomaten. Es ist nicht weit, aber um die Mittagszeit steht natürlich immer eine Schlange davor. Als ich ging, hörte ich, wie Toni anfing, herumzutelephonieren und, glaube ich, Verabredungen zu treffen. Ich habe nicht wirklich zugehört. Vor dem Geldautomaten war eine lange Schlange, und als ich zurückkam und die Tür zum Büro öffnete, lag sie da. Ich dachte, sie blutet noch, und das machte mir Hoffnung. Ich rief die Polizei und einen Krankenwagen an, zuerst den Krankenwagen, aber sie kamen gleichzeitig. Dann, als ich im Krankenhaus war, habe ich euch angerufen. Die Polizei war mir gegenüber sehr mißtrauisch. Ich glaube, sie haben es auf mich abgesehen. Sie stellten eine Menge Fragen. Die Polizei schätzt Privatdetektive nicht sonderlich. In Büchern ist der Privatdetektiv immer ein tougher Kerl, manchmal ein Ex-Polizist, und die Polizei kommt mit ihm klar. Ich glaube, der einzige Grund, weshalb sie mich nicht festgenommen haben, war mein Alter.«

Es schien, als könne Harriet, da sie einmal begonnen hatte zu sprechen, kaum mehr aufhören. Erst die Ankunft eines Arztes unterbrach ihren Redefluß.

Er sah Kate und Reed, vielleicht könnte man sagen – hoffnungsvoll an. »Sind Sie mit der Patientin verwandt?« fragte er.

Reed stand auf. »Nein«, sagte er. »Wir kennen sie nur beruflich. Sie arbeitet mit unserer Freundin hier zusammen«, er wies auf Harriet.

»Also ist sie auch nicht verwandt«, sagte der Arzt und warf einen Blick auf seine Karteikarte. »Wir müssen die Verwandten verständigen.«

Alle drei sahen Harriet an.

»Ich habe keine Ahnung, wo sie sind«, sagte Harriet. »Oh, mein Gott. Als sie anfing, an der Juristischen Fakultät zu arbeiten, erzählte sie, ihre Familie sei aus Idaho, aber ihre Eltern seien tot. Sie hat nie irgend jemanden sonst erwähnt. Ich weiß nicht mal, wo in Idaho. Ich kenne Idaho so gut wie gar nicht.« Sie fing an zu weinen und drückte Reeds Taschentuch an ihre Augen.

Reed wandte sich um, so daß er dem Arzt gegenüberstand. Ein offenkundig kompetenter professioneller Mann Auge in Auge mit einem anderen professionellen Mann. Der Arzt beschloß, daß Reed derjenige war, mit dem er reden würde.

»Diese Dame hier ist eine langjährige Freundin von uns«, sagte Reed, »sie ist, wie ich schon sagte, die Partnerin der Frau, auf die der Anschlag verübt wurde. Im Augenblick jedenfalls sind wir die einzigen, die Auskunft über sie geben können. Könnten Sie uns sagen, wie ihr Zustand ist?«

»Kritisch«, sagte der Arzt, mit unverhohlener Offenheit, die er der Familie vielleicht nicht zugemutet hätte, wie Kate hoffte. »Sie wurde mit einem schweren Gegenstand auf den Hinterkopf geschlagen. Wir vermuten, daß der Täter sie in dem Glauben, sie sei tot, liegengelassen hat. Wir haben es hier mit einem Schädelhirntrauma zu tun, aber wir können damit besser umgehen als manches andere Krankenhaus. Es war nicht genügend Zeit, sämtliche Formulare auszufüllen. Da die Polizei eingeschaltet wurde, spüren die vielleicht irgendwelche Verwandte auf; ich nehme an, sie ist nicht verheiratet.«

Reed schüttelte den Kopf.

»Wir können also nur abwarten. Aber ich warne Sie, sie wird sich womöglich an nichts erinnern. Bei Hirnverletzungen ist das häufig.«

»Dürfen wir Ihnen unsere Namen dalassen«, fragte Reed, »nur für den Fall, daß Sie jemanden erreichen wollen? Ich gehe davon aus, daß Sie Name und Adresse ihrer Partnerin hier bereits haben.«

Der Arzt sah aus, als wolle er ablehnen, aber Reed hielt seinem Blick stand und reichte ihm seine Karte.

»Ah«, sagte der Arzt, als er einen Blick darauf warf. »Ein Professor der Jurisprudenz.« Und damit eilte er davon.

»Komm doch mit uns nach Hause«, bat Kate. »Wir können ihnen sagen, wo du bist.«

»Ich möchte hierbleiben«, sagte Harriet. »Vielleicht lassen sie mich zu ihr. Vielleicht spürt sie, daß ich da bin, selbst wenn sie bewußtlos ist. Es heißt, Menschen im Koma spüren, daß man da ist.«

Kate beschloß, nicht darauf hinzuweisen, daß Toni vielleicht gar nicht im Koma lag. Sie wußte auch gar nicht, ob man sofort nach so einem Schlag ins Koma fiel oder erst nach einer gewissen Zeit. Im Wartezimmer der Notaufnahme herrschte ständig Bewegung und eine geradezu fühlbare Atmosphäre von Besorgnis und Furcht. Kate blickte Reed an, um zu sehen, ob er einen Vorschlag hatte.

»Schaut«, sagte er. »Dort drüben sind zwei Stühle. Warum setzt ihr beide euch nicht da hin und wartet? Vielleicht gibt es bald etwas Neues. Und ich sehe zu, ob ich irgendwelche Informationen bekomme – vielleicht finde ich heraus, wie weit sie in der Zwischenzeit gekommen sind, und kann sie überreden, Harriet gehen zu lassen.« Er warf einen Blick zu der Polizistin hinüber, die am Eingang stand. Die Polizistin beobachtete sie, als sie jetzt zu den beiden freien Stühlen gingen. Harriet galt, das wurde Kate klar, als Verdächtige. War derjenige, der eine Leiche fand, immer verdächtig? Sie nickte Reed zu. Was sie nicht erwähnten, weil es sich von selbst verstand, war, daß Reed aus jenen Jahren, da er als Bezirks-Staatsanwalt gearbeitet hatte, noch immer Beziehungen hatte. Vielleicht hatte er unterdessen auch anderswo welche.

»Wir warten hier, es sei denn, sie sagen uns in der Zwischenzeit so viel, daß wir gehen können. In diesem Fall sind wir zu Hause.« Kate drängte Harriet auf einen der Stühle und setzte sich auf den anderen.

Reed legte seine Hand auf ihre Schulter, dann ging er. Kate sah, daß er kurz stehenblieb, um mit der Polizistin zu sprechen, dann war er fort. Stundenlang, so schien es, erzählte Harriet Kate jede Einzelheit, wie sie Toni auf dem Boden ihres Büros fand, sie legte Rechenschaft über jede Minute ab, da sie nicht im Büro gewesen war und so den Anschlag auf Toni ermöglicht hatte, und drehte jede mögliche Erklärung für das, was geschehen war, hin und her, Kates Fall, andere Fälle, an denen sie arbeiteten. Kate hatte keine Ahnung, wieviel Zeit vergangen war, als der Arzt abermals erschien. Sie hatte Harriet reden lassen, teils, weil sie glaubte, daß es ihr vielleicht half, vorausgesetzt, es wurde ihr nicht zur Gewohnheit, sich endlos zu wiederholen – was auf eine mögliche neurotische Reaktion hätte schließen lassen – und teils, weil sie, Kate, wirklich darauf brannte, alle Ereignisse und Begleitumstände dieses Nachmittags zu erfahren.

Und dann erschien abermals der Arzt. Harriet brach mitten im Wort ab. Schwankend zwischen Hoffnung und Furcht, wandten sie sich ihm zu.

»Ich glaube, Ihre Kollegin wird wieder gesund«, sagte er

zu Harriet. »Jedenfalls gesünder, als wir auch nur zu hoffen wagen konnten. Sie hat bereits das Bewußtsein wiedererlangt, was ein außerordentlich gutes Zeichen ist, auch wenn sie noch nicht wirklich ansprechbar ist. Womöglich wird sie sich an nichts von dem, was passiert ist, erinnern können, selbst wenn sie Menschen erkennt und sich an andere Dinge erinnert. Das ist nichts Ungewöhnliches. Wenn alles gut geht, kehrt die Erinnerung an den Überfall mit der Zeit vielleicht zurück. Sie hatte ein Blutgerinnsel, aber wir haben es gefunden und aufgelöst. Wir haben einen Arzt hier, der auf Hirntraumata spezialisiert ist, was die meisten Neurologen nicht sind.« Hier schien es, als habe er beschlossen, daß er zuviel redete – sei es aus Erschöpfung, Erleichterung oder Stolz –, und er wandte sich zum Gehen.

Harriet streckte die Hand aus und berührte seinen Arm. »Heißt das, daß sie wieder ganz gesund wird? Daß sie nicht – na ja, gelähmt oder taub oder so etwas sein wird?« Oder nur noch dahinvegetiert, wollte Kate hinzufügen, unterließ es aber Harriets wegen.

»Ich kann nichts versprechen. Es sieht recht gut aus – mehr kann ich Ihnen nicht sagen. Entschuldigen Sie mich jetzt bitte.«

Harriet wollte ihn offensichtlich abermals zurückhalten, aber Kate fiel ihr in den ausgestreckten Arm. »Für einen Arzt war er bemerkenswert mitteilsam«, sagte Kate. »Die meisten äußern entweder irgendwelchen Unsinn im Telegrammstil oder fragen, was mit der Leiche geschehen soll. Sei dankbar. Ich glaube, er hat uns wissen lassen, daß wir jetzt gehen können und sollen. Laß uns das tun. Du fragst diese nette Polizistenperson, ob du gehen darfst, gibst ihr meine Adresse, wenn sie danach verlangt, und ich vergewissere mich inzwischen, daß das Krankenhaus meine Nummer hat, obwohl ich glaube, daß Reed sie ihnen schon gegeben hat. Ich will nur sichergehen. Nun mach schon«, sagte Kate und gab Harriet einen ganz sanften Schubs. Sie hatte Harriet nie anders erlebt als absolut beherrscht, und sie fühlte sich, obwohl sie das ungern wahrnahm, wie ein Kind, das feststellt, daß sein Idol nicht allmächtig ist. Kate ging zu der Frau an der Anmeldung und wartete, um ihre Nummer noch einmal zu hinterlegen. Nichts brauchte sie so dringend wie ein paar Minuten, um sich wieder zu fassen.

Als sie zu Hause ankamen, war Harriet – die im Taxi so heftig gezittert hatte, daß weder die Schlaglöcher noch die Fahrweise des Fahrers dafür verantwortlich sein konnten – zu Kates Verwunderung abermals den Tränen nahe. Harriet hatte einige bizarre Abenteuer in ihrem Leben bestanden, ohne zusammenzubrechen; sie hatte Entschlossenheit und Willenskraft aufgeboten und getan, was getan werden mußte. In dieser Situation hatte sie zweifellos die Übersicht verloren; hier konnte sie nichts tun, zumindest fiel ihr nichts ein, um den Lauf der Dinge zu beeinflussen. Reue gemischt mit Ohnmacht verursacht Verzweiflung.

Kate bot ihr Single Malt an, Harriets Lieblingsdrink, sie war jedoch nicht überrascht, daß der Whisky wenig Einfluß auf Harriets Stimmung und Verfassung hatte. Es gibt, das hatte Kate vor langer Zeit gelernt, Sorgen, denen weder Whisky noch verschreibungspflichtige Medikamente beikommen können, jedenfalls nicht sofort. Aber Kate schenkte ihr nach, in der Hoffnung, daß Harriet, die völlig erschöpft war, vielleicht einschlafen würde.

Als Reed nach Hause kam, hatte Harriet wenigstens ihren Kopf auf die Lehne der Couch gelegt und war eingedöst. Reed schlug vor, daß sie sie allein und ungestört ausruhen lassen sollten, aber Kate glaubte, daß sie eher weiterschlafe, wenn sie, sei es auch unbewußt, das Gefühl habe, noch immer mitten im Geschehen zu sein. In diesem Moment öffnete Harriet die Augen, sah Kate und schloß sie wieder. Sie hörten ihre Atemzüge wieder regelmäßig werden.

»Woher weißt du solche Dinge?« fragte Reed.

Kate zuckte die Achseln. »Es gibt Dinge, die ich weiß, und andere, die du weißt. Zusammen verfügen wir über ein gewisses Maß an Stärke. Ich hoffe nur, daß wir sie effizient einsetzen können, bei diesem Desaster. Was hast du bisher in Erfahrung bringen können? Der Arzt, übrigens, klingt so verhalten hoffnungsvoll, wie Ärzte, wenn sie ehrlich sind, nur irgend klingen, aber ich vermute, daß es eine ganze Weile dauern wird, bis sie wirklich außer Gefahr ist.«

»Wie ich sehe, hast du deine Meinung über den Arztberuf nicht geändert«, bemerkte Reed, nachdem sie ihm den Bericht des Arztes wiedergegeben hatte. »Aber es klingt, als hätten sie in diesem Fall ziemlich gute Arbeit geleistet.«

»Okay, das sei ihnen zugestanden. Was gibt's bei dir Neues?«

Kaum hatte Reed den Mund geöffnet, da klingelte das Telephon. Sie hatten ihr schnurloses Telephon mit ins Wohnzimmer gebracht, und Reed nahm den Anruf sofort entgegen. Kate warf einen Blick auf Harriet, aber sie hatte sich nicht geregt.

Unterdessen säuselte Reed Entschuldigungen. »Ein Notfall«, sagte er. »Ich kann jetzt nicht näher darauf eingehen. Wir müssen die Leitung freihalten. Nein, nicht in der Familie. Wir melden uns sobald wie möglich, und bitte vergeben Sie uns.« Er beendete das Gespräch, indem er auf einen Knopf drückte und die Antenne einschob. Unangemessenerweise dachte Kate daran, wie befriedigend die Geste gewesen war, den Hörer entschlossen zurück auf die Gabel zu legen. »Dorothy Hedge«, sagte Reed. »Sie wunderte sich, wo wir abgeblieben sind. Du hast gehört, was ich gesagt habe.«

»Was ist mit Banny? Wird sie eine Weile bei Dorothy bleiben? Weiß der Himmel, was mich in dieser Situation dazu bringt, daran zu denken.«

»Ich habe nicht gefragt. Ich glaube, sie wollte noch etwas sagen, aber ich wollte das Gespräch beenden, bevor ich irgendwelche weiteren Fragen hätte beantworten müssen. Denk daran, daß wir nicht wissen, wer versucht hat, Toni zu töten.«

»Aber warum um alles in der Welt ...?« begann Kate.

»Jeder, der Toni kennt oder von ihr weiß, ist momentan verdächtig. Willst du jetzt meine Neuigkeiten hören?«

»Ich hasse es, wenn du so offiziös wirst, aber natürlich will ich. Meine Hauptfrage ist: Hat der Attentäter sie im Glauben, sie wäre tot, liegengelassen, oder nicht? Dachte er oder sie, sie sei tot?«

»Das war auch meine erste Frage«, sagte Reed anerkennend, womit er seinen offiziösen Tonfall wieder wettmachte. »Das wissen sie nicht mit Sicherheit, aber der Ermittlungsbeamte, dessen Intuition ich zu vertrauen gelernt habe, glaubt, daß es so war. Damit unterstellen wir, daß es jemand war, der nicht gewohnheitsmäßig Leute zusammenschlägt, jemand, der in Panik geriet und entsetzt davonlief. Ich halte das für eine schlüssige Vermutung.«

»Das müßte sie doch davon überzeugen, daß es nicht Harriet war, oder?« fragte Kate und warf einen Blick zur Couch hinüber. Sie hatten Harriets Beine hochgelegt und sie zugedeckt; sie schlief fest. Vielleicht, dachte Kate, hatte der Scotch schließlich doch das seine getan. »Ich meine, sie hätte doch kaum die Polizei gerufen, wenn sie sich nicht sicher war, ob Toni tot war. Sie können Harriet doch nicht im Ernst verdächtigen, oder?«

»Nicht lange jedenfalls, hoffe ich. Was wir herausfinden müssen, ist, welches Motiv irgend jemand haben konnte, Toni zu töten. Es ist durchaus denkbar, daß es mit einem anderen Teil ihres Lebens zusammenhängt und mit uns überhaupt nichts zu tun hat, aber irgendwie bezweifle ich das. Wenn Harriet aufwacht, werden wir sie fragen, woran sie und Toni derzeit noch gearbeitet haben. Jemand muß ihre Unterlagen im Büro durchgehen. Entweder läßt Harriet mich das mit ihr zusammen machen, oder die Polizei kommt mit einem Durchsuchungsbefehl. Aber da ich annehme, daß Toni wegen deines Falls überfallen wurde, finde ich, daß wir schnellstens Klarheit in das Ganze bringen müssen.«

»Was meinst du damit?«

»Wir haben unsere Taktik geändert. Wir haben beschlossen, Leslies Vorschlag zu folgen. Wir haben in eine völlig andere Richtung ermittelt. Und keine vierundzwanzig Stunden, nachdem du diese neue Richtung mit Harriet und Toni besprochen hattest, wurde Toni überfallen. Ich neige dazu, da eine Verbindung zu sehen. Oder? Zumindest will ich ganz sicher sein, daß es keine gibt.«

»Du meinst also«, sagte Kate, nachdem sie das im stillen überdacht hatte, »daß, wer immer verantwortlich war für deine Entführung und den Versuch, mich zu zwingen, den Feminismus zu verwerfen, und für all das andere, angesichts der Möglichkeit, wir könnten Leslies These nachgehen, derartig Angst bekam, daß er versuchte, Toni umzubringen? Zu welchem Zweck?«

»Reine Furcht – eine hysterische Reaktion. Oder der Versuch eines Ablenkungsmanövers. Bis jetzt sind das alles nur bloße Vermutungen. Vielleicht fürchtete jemand, daß irgendwas, worauf Toni zufällig gestoßen war, sie auf die Person bringen könnte, die hinter all dem steckt. Wer weiß? Eine andere Möglichkeit ist, daß sie oder er vorhatte, Harriet zu belasten und so die ganze Firma lahmzulegen, aber irgendwas unterbrach ihn oder sie, und deshalb ist Toni nicht tot.«

»Mein Gott«, sagte Kate. Ihr wurde klar, daß sie sich jetzt mit etwas auseinandersetzen mußte, was sie, während sie sich ganz und gar Harriet widmete, sorgsam verdrängt hatte. »Mit anderen Worten, ich bin verantwortlich für das, was Toni widerfahren ist.«

»In gewisser Weise bist du das«, sagte Reed. Er versuchte nie, die Wahrheit vor ihr zu verbergen, und dafür liebte sie ihn. »Aber das ist so, als sagte man, der Ladenbesitzer sei schuld, wenn ein Polizist von jemandem, der das Geschäft überfallen hat, erschossen wird. Toni arbeitete als Detektivin, als zugelassene Detektivin. Das Risiko gehört zum Job. Und sie muß denjenigen, wer immer es war, ins Büro gelassen haben. Ich habe Harriet diesbezüglich noch nicht gefragt, aber in New York läßt man keine Bürotür offen, es sei denn, drinnen sitzt jemand am Empfang, und selbst dann gibt es im allgemeinen einen Summer, mit dem die Tür geöffnet wird.«

»Daran hatte ich gar nicht gedacht.« Kate sah beschämt aus. Es war irritierend, zu merken, in welchem Ausmaß sie noch gar nicht begonnen hatte, überhaupt zu denken.

»Also«, sagte Reed, »was du jetzt zu tun hast, ist, noch intensiver nach der Frau zu suchen, deren mögliches Motiv Leslie beschrieben hat. Sie mag nicht der Schlüssel zu der ganzen Geschichte sein; vielleicht ist sie nur ein kleiner Teil davon. Aber der Zeitpunkt des Anschlags auf Toni legt die Möglichkeit eines Zusammenhangs gewiß nahe. Intuitiv glaube ich, daß die Lösung in dieser Richtung liegt.«

»Reed, wir wissen nicht einmal, ob sie überhaupt existiert. Und wenn sie existiert, wie um alles in der Welt soll ich auf sie kommen? Das Ganze ist absurd. Wir brauchen wenigstens ein paar Hinweise. Mein Gott, sie kommt womöglich aus meiner Kindergartenzeit, und ich kann mich an niemanden erinnern, den ich vor mehr als zehn Jahren kennengelernt habe – und an die meisten danach auch nicht.«

»Unsinn. Was hast du gemacht, als du dachtest, es könnte ein Professor aus deinem Fachbereich sein? Du hast Listen erstellt: möglich, unwahrscheinlich, unmöglich.«

»Es gibt nur dreißig Professoren in meinem Fachbereich. Vielleicht einunddreißig – ich habe sie nicht gezählt in letzter Zeit.«

Reed ging darauf nicht ein. »Wenn du einen solchen Eindruck auf sie gemacht hast, daß sie seither vor Wut kocht, dann mußt du wenigstens irgendeine Erinnerung an sie haben, wie tief versenkt sie auch sein mag. Du mußt sie ausgraben. Es ist kaum wahrscheinlich, daß eine beiläufige Bemerkung während einer einzigen Begegnung die Ursache für all das ist. Es ist möglich, aber in diesem Fall hätten wir es mit einer Irren zu tun – nicht nur mit einer Besessenen«, fügte er angesichts Kates hochgezogener Augenbrauen hinzu. »Du weißt, was ich meine. In diesem Fall werden wir sie oder ihn vielleicht niemals finden, und vielleicht hat der Anschlag auf Toni mit dir auch gar nichts zu tun. Wenn aber hinter ihm und dem Vorangegangenen ein und dieselbe Person steckt, was ich vermute, dann ist es um so besser, je eher du mit einer Liste der Eventualitäten aufwartest.«

»Und bis zum Kindergarten zurückgehe?« Kate wurde sarkastisch.

»Laß uns ein bißchen später einsteigen – sagen wir mit der High School. Dann weiter: College, Jobs, Liebhaber, Reisen – das sind die Situationen, in denen ihr miteinander zu tun gehabt haben könntet.«

»Gut, danke, daß du mir die Kindheit ersparst. Kindheiten langweilen mich zu Tode. Heutzutage scheinen alle über nichts anderes zu schreiben. Es gibt einen neuen hippen Theoretiker namens Adam Phillips, den alle Literaturwissenschaftler lesen. Ich hatte kürzlich ein Buch von ihm in der Hand, mit dem Titel *Über das Flirten*, und er zitiert etwas von Philip Larkin, was ich höchst erfreut vermerkt habe.«

Reed, den es früher an diesem Tag beunruhigt hatte, daß sie Auden zitierte, schöpfte jetzt, angesichts ihrer Rückkehr zu angestammten Denkmustern, Hoffnung. »Ich weiß, daß du Philip Larkins Gedichte bewunderst, aber ich dachte, du liest noch diese Biographie über ihn.«

»Das war letztes Jahr.«

»Nie schaffe ich es, Schritt zu halten mit deiner Lektüre.«

»Es gibt Menschen, die lesen viel und schnell. Andere lesen langsam, ein paar Seiten abends im Bett, bevor der Schlaf sie überkommt.«

Die gewohnte Kate war wieder da, und Reed lächelte. Sie lächelte zurück.

»Das Zitat von Larkin ist wichtig«, sagte sie – sie verstand seine Erleichterung. »Er sagte in einem Interview: ›Immer wenn ich eine Biographie lese, neige ich dazu, in der Mitte zu beginnen, wenn der Kerl erwachsen ist, dann wird es interessant.‹ So empfinde ich auch mein Leben. Ich werde mir also einen schnellen Überblick über die High School und das College verschaffen und mich dann konzentrieren.«

»Du konzentrierst dich besser gleich«, sagte Reed. »Wir suchen nach einem Mörder, selbst wenn er, wie wir hoffen, als solcher versagt hat. Denk daran. Tut mir leid, wenn ich schon wieder offiziös klinge.«

Vom Krankenhaus hörten sie in dieser Nacht nichts Neues mehr über Toni. Harriet wachte auf und willigte schließlich ein, sich ins Bett zu legen, eine Schlaftablette und noch ein bißchen Scotch zu schlucken. Als alles ruhig war, rief Kate Leslie an.

»Ein schöner Schlamassel, in den du mich da reingeritten hast«, sagte sie.

»Du erinnerst dich an deine Vergangenheit, stimmt's?«

»Ja, verdammt«, sagte Kate. Und erzählte ihr von Toni. Sie sprachen eine Weile darüber, und wieder hoffte Kate auf irgendeine Bestätigung dafür, daß Leslies Situationsanalyse sich als halbwegs richtig erweisen würde.

»Es ist nur eine Annahme, eine Vermutung, ein Versuchsballon«, sagte Leslie. Kate sah sie vor sich, in ihrem Studio, wie sie auf ihrem Stuhl hockte, ihre Beine um die Beine des Stuhls geschlungen. Sie zog sich abends oft in ihr Studio zurück, um über ihr Gemälde zu brüten und die Arbeit des nächsten Tages zu bedenken. »Schlimmstenfalls verschwendest du ein paar Stunden mit Listenschreiben und Erinnern. Wer weiß, vielleicht wird am Ende ein Bestseller draus, wie der Lebensroman von Gore Vidal.«

Kate beschloß, das zu überhören. »Das eigentliche Problem ist, daß ich mir niemanden vorstellen kann, der so zornig wird, ganz zu schweigen davon, es so lange zu bleiben, oder ein derartiges Desaster zu planen.«

»Das liegt an deiner Persönlichkeitsstruktur«, sagte Leslie. »Schneller Ärger, kurzer Wutausbruch, völliges Vergessen. Aber du mußt jetzt mal mit Vergessen aufhören. Und unterschätze den Zorn von Frauen nicht. Bleib mal eben dran, ich hole schnell ein Buch.«

»Was für ein Buch?«

»Warte einen Moment.« Kate hörte, wie der Hörer hingelegt wurde, dann Leslies Schritte. Es dauerte eine ganze Weile, bis sie zurückkam. »Entschuldige«, sagte sie. »Ich hab es nicht gleich gefunden. Es ist *Kleine Frauen.*«

»*Kleine Frauen!*« schrie Kate.

»Ah, hier ist es«, sagte Leslie, Kates Zwischenruf ignorierend. »Marmee spricht. Du erinnerst dich an Marmee – ein Herz aus Gold und geduldig wie Griselda. Sie redet natürlich mit Jo. Wer würde sie sonst auch verstehen? Sie sagt: ›Fast jeden Tag meines Lebens bin ich voller Zorn, aber ich habe gelernt, ihn nicht zu zeigen; und ich hoffe noch immer, zu lernen, den Zorn nicht zu fühlen, selbst wenn ich hierfür vielleicht noch einmal vierzig Jahre brauche.‹ Kate, Frauen wie du und ich haben gelernt, ihrem Zorn Luft zu machen, ihn nicht nach innen und in Depression zu wenden, sondern ihn auszudrücken. Manche finden vielleicht, zu sehr, aber das ist hier nicht von Belang. Wenn selbst Marmee diesen Zorn empfinden konnte, wenn Louisa May Alcott so viel von Zorn wußte, kannst du da bezweifeln, was Zorn in einer Frau bewirken kann, die weniger engelsgleich als Marmee ist?«

»Wie ist es möglich, daß du dich an diese Stelle erinnerst?« fragte Kate.

»Sie tröstete mich, vor vielen Jahren, als ich *Little Women* meinen Kindern vorgelesen habe.«

»Meine Güte«, sagte Kate. »Okay, okay, du hast mich zweifellos bekehrt.«

11

Tonis Zustand besserte sich zusehends. Die Auskünfte waren ermutigend: Sie hatte die Augen geöffnet, auf Fragen geantwortet und versichert, daß sie ihren Namen kenne. Die Ärzte waren noch immer überzeugt, daß sie sich zum gegenwärtigen Zeitpunkt an nichts von dem erinnern könne, was in ihrem Büro an dem Tag, als sie überfallen wurde, passiert war, und Reeds Berichte über die Fortschritte der Polizei waren kaum hilfreich. Reed hatte einmal zu Kate gesagt, der am schwierigsten zu lösende Mordfall sei der, wo jemand einem Fremden den Schädel einschlägt und verschwindet. Das Motiv und die Verbindung zum Opfer waren das, was – zusammen mit den hervorragenden neuen technologischen Möglichkeiten natürlich – die meisten Mörder oder jene, die einen Mordversuch unternommen hatten, am Ende zur Strecke brachte.

»Woher wissen wir, daß wer immer es war nicht einfach vorhatte, sie eine Weile außer Gefecht zu setzen?« hatte Kate gefragt. »Gibt es irgendeinen Grund anzunehmen, daß der Angreifer wollte, daß Toni stirbt?«

»Nichts, was ich den Geschworenen würde vorlegen wollen, jedenfalls nicht zum gegenwärtigen Zeitpunkt«, sagte

Reed. »Ich vermute, daß Mord beabsichtigt war, daß aber die Person, wer immer er oder sie war, nicht genau wußte, wieviel Kraft dazu nötig ist, und wahrscheinlich gegen Ende in Panik geriet und davonlief, ohne sich Tonis Zustands zu vergewissern.«

»Gründe?«

»Wie ich schon sagte, kaum ein überzeugendes Beweismittel. Aber wenn jemand in ein Büro geht, dem Inhaber mit einem Baseballschläger oder etwas Ähnlichem über den Hinterkopf schlägt und dann davonstürzt, dann muß die Hypothese so lauten.«

»Woher weißt du, daß er oder sie davonstürzte?«

»Das ist ganz evident. Nichts wurde berührt außer dem Türknauf. Er oder sie trug Handschuhe. Tonis Körper wurde überhaupt nicht berührt, nicht mal flüchtig, um ihren Zustand festzustellen. Und Harriet kam ziemlich bald nach dem Anschlag herein – das wissen wir von den Ärzten. Ich glaube, daß der Attentäter so schnell er konnte floh, ohne irgend etwas im Büro durcheinanderzubringen. Tatsächlich hat Harriet Toni vermutlich sogar das Leben gerettet.«

»Sie verdächtigen Harriet nicht mehr, oder?«

»Sie verdächtigen jeden, bis sie jemanden verhaftet haben, und manchmal sogar noch danach. Ich denke, du solltest der Tatsache ins Auge sehen, daß es einigermaßen triftige Gründe gibt, die gegen Harriet sprechen.«

»Das kann doch nicht dein Ernst sein.«

»Ist es vielleicht auch nicht, aber es liegt auf der Hand. Bedenke: sie sagt, sie ging hinaus, um Bargeld zu holen, und wir wissen, daß sie genau das auch tatsächlich tat, weil die Geldautomaten freundlicherweise Zeit und Höhe jeder Abhebung registrieren. Nun ist es, was du fraglos einräumen wirst, ein Leichtes für jemand anderen, der die Karte hat und die Geheimzahl oder das Paßwort kennt, Geld abzuheben und ebendiese Aufzeichnung zu hinterlassen und damit ein falsches Alibi zu liefern. Nein, nein, unterbrich mich nicht. Ich sage nicht, daß Harriet das getan hat, aber deine oder meine Beteuerungen werden die Polizei kaum zufriedenstellen. Die Polizei hat die Bank jedoch überredet – was nicht leicht ist –, die Namen derer herauszugeben, die Einzahlungen oder Abhebungen zur selben Zeit wie Harriet gemacht haben. Man befragte sie, und einige der Leute haben Harriet gut genug beschrieben, um die Polizei davon zu überzeugen, daß sie tatsächlich dort war. Man hätte vielleicht jemanden so verkleiden können, daß er aussieht wie sie, aber glücklicherweise kam das niemandem in den Sinn außer mir, der ich beeinflußt bin von dir und deinen eigentümlichen Abenteuern. Derlei Dinge geschehen in deiner Welt, hab ich recht?«

Kate starrte ihn an. »Mach weiter. Falls du vorhast, mich aus der Fassung zu bringen – das gelingt dir.«

»Tut mir leid. Harriet sagt, daß sie noch auf die Toilette ging, als sie von der Bank zurückkam, sie wußte ja nicht, daß Toni im Büro lag und fast verblutete. Sie sagt, daß dort noch eine Frau war, und die Polizei ermittelt eingehend in den übrigen Büros auf dem Flur, um die Frau ausfindig zu machen. Aber sie kann natürlich auch eine Klientin oder eine Besucherin gewesen sein. Das ist alles noch offen. Der Punkt ist: wenn Harriet die Toilette nicht aufsuchte, dann hatte sie hinreichend Zeit, Toni zu überfallen, das Büro zu verlassen und wieder zurückzukehren, um sie zu finden.«

»Und was sollten Harriets Motive sein in diesem bizarren Szenario?«

»Wer weiß? Ein Streit unter Partnern, irgendwelche Vorgänge, von denen wir bis jetzt noch nichts wissen. Immer bei versuchtem Mord, wenn es nicht um Raub oder sexuelle Gewalt geht, verdächtigt die Polizei naheliegenderweise jemanden, der mit dem Opfer in Verbindung stand.«

»Es ergibt keinen Sinn«, sagte Kate und versuchte ihre Stimme nicht zu erheben. »Harriet hätte Toni auf millionenfach andere Weise töten können, bei Millionen anderen Gelegenheiten. Außerdem wäre Harriet, wenn sie einen Mord hätte begehen wollen, viel cleverer vorgegangen. Sie liebt die List, das weißt du.«

»Sie hätte aber clever genug sein können, um sich vorzustellen, daß das genau das ist, was jeder denken würde. Wie ich schon sagte, der Mörder, der zuschlägt und davonrennt, ist am schwersten zu fassen. Nein« – er hob eine Hand, als Kate beunruhigt aussah –, »ich glaube nicht, daß Harriet in ernsthaften Schwierigkeiten ist, es sei denn, natürlich, sie versucht den Fall auf eigene Faust zu lösen und kommt der Polizei in die Quere oder gar dem Möchtegern-Mörder. Aber mein Glaube gründet sich auf das, was ich von ihr weiß und was du von ihr weißt. Ich glaube, du solltest sie vielleicht durch die Blume wissen lassen, daß sie gewissermaßen eine Verdächtige ist.«

»Ich werde sie anrufen. So wie ich Harriet kenne, ist sie bereits selbst darauf gekommen und wird es mir gegenüber erwähnen, es sei denn, sie ist mal wieder in Beschützerstimmung. Aber ich werde auf einer Begegnung von Angesicht zu Angesicht bestehen. Da kann man sich nicht so leicht rauswinden.«

Kate rief also Harriet an, konnte aber nur eine Nachricht hinterlassen. Die Nachricht war dringend, enthüllte jedoch nichts von den Sorgen, die Kate umtrieben. Mehr konnte sie im Augenblick nicht tun.

»In der Zwischenzeit«, sagte sie zu Reed, der sich anschickte zu gehen, »werde ich mich hier der Aufgabe widmen, die du und Leslie mir zugedacht haben. Ich weiß, daß jeder auf der Welt derzeit seine Lebenserinnerungen schreibt, aber es ist irgendwie unfair, daß ausgerechnet ich, der einzige Mensch, der sich nicht für die Vergangenheit interessiert, auf diese Weise darin herumstochern muß.«

Reed setzte den Blick eines Menschen auf, der entschlossen ist, ein bestimmtes Thema nicht mehr zu diskutieren – einen Blick, dachte Kate manchmal, wie er für Ehemänner charakteristisch ist.

Leslie war nicht weniger hartnäckig, aber dafür hilfreicher. Sie tauchte bei Kate auf, als Reed gerade ging, und bot Kate an, ihr beim Einstieg in die unwillkommene Aufgabe zu helfen. Sie bestand darauf, sofort mit der Arbeit zu beginnen, winkte Kate zu ihrem Schreibtisch, setzte sich in Kates Klubsessel und begann, Kategorien vorzuschlagen.

»College«, sagte sie.

»Undenkbar«, erwiderte Kate prompt.

»Sag niemals undenkbar. Hattest du irgendwelche engen Freundinnen dort? Mitbewohnerinnen? Leute, neben denen du im Unterricht gesessen hast?«

»Leslie, Gott im Himmel, das ist dreißig Jahre her, und ich habe seither keinen Gedanken mehr daran verschwendet.«

»Du mußt doch mit irgend jemandem in Kontakt geblieben sein.«

»Ich hatte drei gute Freundinnen im College. Am nächsten stand mir eine Kinderärztin hier aus New York. Sie starb vor ein paar Jahren an Brustkrebs. Du erinnerst dich bestimmt an sie. Ich vermisse sie noch immer, und ich würde sie gerne eines Mordes verdächtigen, wenn sie dadurch wieder lebendig würde.«

»Natürlich erinnere ich mich an sie. Und was ist mit den anderen beiden?«

»Eine ist Therapeutin in Minneapolis und viel zu beschäftigt, um mal eben auf einen Sprung nach New York zu kommen. Sie ist sehr gut in ihrem Fach und altmodisch, wie ich. Das heißt, wir schreiben uns und telephonieren. Seit einiger Zeit benutzen wir E-Mail. Irgendwelche weiteren Einzelheiten vonnöten?«

»Mach weiter.«

»Die dritte ist eine episkopalische Priesterin in Pennsylvania, und auch mit ihr bin ich in ständigem Kontakt. Wenn sie irgend jemanden umbrächte, dann nicht Toni, sondern jemanden aus der episkopalischen Hierarchie. Was die übrigen College-Freundinnen angeht, so fällt mir keine ein, die etwas gegen mich hätte. Stimmt, ich gehe nicht zu Ehemaligentreffen, aber das ist doch sicher kein hinreichendes Motiv für Entführung und Mord?«

»Wir suchen nicht nach einem hinreichenden Motiv, du Idiotin. Genau darum geht es. Wir suchen nach etwas, das gärte und gärte und in eine Obsession mündete, die mit Vernunft nicht das geringste zu tun hat. Also vergiß die Logik hier. Hast du gleich nach dem College weiterstudiert?«

»Nein, ich habe ein Jahr ausgesetzt und auf der Wall Street gearbeitet. Nicht direkt *auf* der Wall Street. Metaphorisch gesprochen.«

»Aber damals hattest du die Metaphern satt?«

»Wahrscheinlich. Als ich einundzwanzig wurde, mußte ich der Tatsache ins Auge sehen, daß ich ein Einkommen hatte, mit dem wenigstens die Hälfte aller amerikanischen Familien ihren Lebensunterhalt hätte bestreiten können. Ich entschied, daß ich lernen mußte, zu verstehen, wie es verdient wurde.«

»Etwa so wie Lord Peter Wimsey einer Hinrichtung durch den Strang beiwohnt, weil alle, die er schnappt, so enden. Es sei denn, sie erschießen sich vorher in der Bibliothek ihres Clubs, wie es sich für anständige Gentlemen gehört. Was hast du also gelernt, wenn überhaupt?«

»Ich arbeitete in einem Maklerbüro, als Aushilfssekretärin. Einer meiner Brüder besorgte mir den Job. Er glaubte vermutlich, ich würde auf diese Weise eher zur Republikanerin werden. Was nicht der Fall war. Aber ich begriff dort vieles. Wollen wir jetzt wirklich da einsteigen? Ich lernte dort niemanden kennen, der mich nicht entweder bemitleidete oder ignorierte. Sie bemitleideten mich, weil sie meine Brüder kannten. Es gab damals dort sehr wenige Frauen oberhalb der Sekretärinnenebene, und ich bezweifle, daß auch nur eine einzige sich meiner aus diesem Jahr im entferntesten erinnert.«

»Weiter zur Uni. Laß uns jetzt ein bißchen langsamer zu Werke gehen. Ich habe den starken Verdacht, daß du ihr hier begegnen wirst. Und vielleicht war sie gar nicht lange dort.«

»Du bist immer noch überzeugt, daß es eine Frau ist?«

»Zunächst ja. Ich sehe da einfach das männliche Hirn nicht in diesen Kreisen. Nehmen wir doch zunächst einfach weiter an, es sei eine Frau. Erstellen wir erst mal eine Liste von allen Frauen, die mit dir studiert haben.«

»Du mußt wahnsinnig sein.«

»Vertrau mir. Hast du deine Vorlesungspläne gemäß den Anweisungen deiner schikanösen Freundin Leslie herausgesucht?« Kate wedelte ihr damit zu. »Okay, her damit. Laß sie uns Kurs für Kurs durchsehen, Vorlesung für Vorlesung und Seminar für Seminar. Ich lese die Kurse vor, und du schreibst jede Frau darin auf, an die du dich erinnern kannst – egal, ob dir ihr Name einfällt oder nicht. Sie hat ihn seither vielleicht sowieso fünfmal geändert.«

»Leslie –«, begann Kate stöhnend.

»Leslie, Schmeslie. Überblick über die englische Dichtung.«

»Das war eine Vorlesung mit Hunderten von Hörern, und außerdem die ›Abteilung Männer‹, wie wir das damals nannten. Es waren *alles* Männer, ich hätte nie geglaubt, diesen Umstand mal mit Gott sei Dank zu kommentieren.«

»Neben wem hast du gesessen?«

»Jedesmal neben jemand anderem. Leslie, wenn jemand Amok läuft und versucht, Toni umzubringen, weil ich einst zufällig erwähnt habe, daß ich mir nichts aus Milton mache, dann können wir genausogut auch gleich aufgeben.«

»Gut, andere Kurse. Fang an mit den Listen.«

Kate starrte auf die Pläne, erstaunt, zu entdecken, welche Kurse sie damals belegt hatte und an wie wenige davon sie sich erinnerte. An die Seminare, diese wöchentlichen langen und intensiven Zusammenkünfte, deren es weniger gab, konnte sie sich besser erinnern. »Da waren gar nicht so viele Frauen«, sagte sie, als sie die Teilnehmerschaft rekonstruierte. »Ist es nicht seltsam, ich erinnere mich an die Räume, in denen wir, oft am selben Platz, um die Tische saßen, wer viel sprach, wer wenig oder überhaupt nicht, und an die Seminararbeiten, die jeder von uns schrieb und die wir alle lasen. Ich kann sogar die Menschen den Arbeiten zuordnen, selbst wenn mir ihre Vor- und Nachnamen nicht mehr einfallen. Das Gedächtnis ist wirklich seltsam.«

»Irgendwelche Frauen, die dich wie die Pest haßten, weil du ihre Meinung über *Jane Eyre* nicht teiltest, oder die dich aus irgendeinem Grund verabscheuten? Oder die so taten, als hätten sie dich gern und sich dann als gemein erwiesen?«

»Was du anscheinend nicht begreifst, Leslie, ist, daß ich, falls sie mich haßten, es nicht wußte oder mich nicht daran erinnere.«

»Du erinnerst dich an niemanden weiblichen Geschlechts an der Universität, der dich nicht mochte?«

»Nicht wirklich. Irgendwie spielte Mögen oder Nichtmögen keine so große Rolle, oder wenn, dann erinnere ich mich nicht daran. Doktoranden regen sich über Professoren viel mehr auf als über ihre Kommilitonen. Wenn du einen Kommilitonen nicht leiden kannst, dann gehst du mit einem Achselzucken darüber hinweg. Jedenfalls erinnere ich mich so daran, und so ist auch mein Eindruck von den Doktoranden heute. Natürlich, schwule Studenten hassen Homophobe und umgekehrt, nehme ich an, aber ich gehöre keiner dieser beiden Kategorien an und tat es auch nie.«

»Du bist nicht wirklich hilfreich, Kate, wie du hoffentlich merkst. Du hast mir doch schon Geschichten erzählt von Frauen, die dich falsch beurteilt, zu Unrecht beschuldigt haben oder was auch immer. Wenn ich mich daran erinnere, dann du doch sicher auch. Was ist mit der Frau, die wollte, daß du ihre Anthologie als Doktorarbeit durchbringst, und die dann schlecht über dich redete, als du es nicht tatest oder konntest oder wolltest? Dann war da diese Frau, die keine Anstellung bekam und der die Männer sagten, es sei deinetwegen.«

»Ja, das war ein üblicher Trick, wie sich zeigte, genauso wie man Männern sagte, man könne sie nicht anstellen, weil man eine Frau nehmen müsse. Manchmal stimmte das, aber sehr selten. Ich erinnere mich an diese Vorkommnisse, aber keiner der beiden Fälle scheint mir –«

»Kate. Sieh mich an. Versuch das in deinen sturen Schädel zu kriegen: irgend jemand, wahrscheinlich eine Frau, haßt dich, und zwar aus persönlichen, nicht aus politischen Gründen, obwohl sie außerdem politische Ansichten unterstützt, die du verabscheust. Ich dachte, ich könnte dir helfen, aber ich habe mich offenbar geirrt. Du benutzt mich nur, um mir zu widersprechen, das ist alles. Ich gehe jetzt. Ich würde weiß Gott gerne noch bleiben und etwas trinken und über andere Dinge sprechen, aber du mußt endlich anfangen, über dieses Problem nachzudenken. Ruf mich an, wenn du die eine oder andere Idee hast.«

»Erpressung. Schlicht und einfach. Das hätte ich nicht von dir gedacht, Leslie.«

»Nenn es, wie du willst. Wenn du auch nur den leisesten Hinweis auf eine Spur hast, komme ich und helfe dir. Denk daran: Als sie Reed geschnappt haben, warst du einem Zusammenbruch näher, als ich es je zuvor bei dir erlebt habe; sie haben versucht, eine Detektivin zu ermorden, die für dich arbeitete – und fast wäre es ihnen gelungen. Also setz dein Gedächtnis in Gang. Ich weiß, daß es nicht leicht ist, mit der Tatsache fertigzuwerden, daß jemand einen so sehr haßt, daß er so etwas tut, aber darum geht es. Klar?«

»Ich finde nach wie vor, es ist Erpressung«, sagte Kate, aber Leslie hatte bereits die Tür hinter sich geschlossen.

Kate suchte noch immer nach Ausflüchten, um etwas anderes zu tun, als das Telephon klingelte. Es war Harriet. Sie erklärte, sie sei auf dem Weg zu Toni, der jetzt kurze Besuche erlaubt waren – und sie komme auf dem Rückweg bei Kate vorbei. Kate verspürte den plötzlichen Impuls, Harriet wegen Toni (und Toni wegen Harriet) zu warnen, aber sie hielt sich zurück. »Wir sehen uns dann«, sagte sie.

Während sie sich auf dem Sofa ausstreckte, gestand Kate

sich ein, daß sie tatsächlich weniger besorgt wegen Harriet war, als sie es hätte sein können. Nicht, weil sie überzeugt war – das realisierte sie mit Schrecken –, daß Harriet Toni nicht hätte töten können. Harriet, so glaubte Kate, war fähig und geneigt, das zu tun, was immer sie für nötig hielt, wenn der Grund nur wichtig und unumstößlich genug war. Wozu Harriet nicht in der Lage wäre, das wußte Kate, war, Sorge um Toni vorzutäuschen, so wie sie sie im Krankenhaus und bei ihrem Anruf gezeigt hatte, als sie Kate und Reed alarmierte. Eher würde Harriet, wenn sie jemanden ermorden wollte, es wahrscheinlich tun und sich dann der Polizei stellen oder wenigstens verschwinden. Sie würde nicht mit der Professionalität einer vollendeten Schauspielerin Sorge und Betroffenheit mimen.

Was Kate natürlich Sorgen machte, war, ob sie, die das wußte, auch die Polizei würde davon überzeugen können. Von Reed und anderen wußte sie nur zu gut, wie sehr die Polizei darauf aus war, schnell einen Täter zu finden und – nicht unbedingt immer mit koscheren Methoden – eine Verurteilung zu erwirken. Aber Sorge führte zu gar nichts. Harriet würde in einer Stunde kommen. Kate konnte genausogut in der Zwischenzeit den Versuch unternehmen, sich vorzustellen, wann und wo sie genügend Haß geschürt hatte, um Reeds Entführung und die darauffolgenden Forderungen an sie zu provozieren.

Sie dachte an Banny, die vielleicht, wenn sie noch hier wäre, einen Sprung auf die Couch getan und sie mit ihr geteilt hätte. Kate hob ein Kissen auf und drückte es gegen ihre Brust, als wäre es Banny. Sie gab den Kampf auf, sich an eine Frau zu erinnern oder sie sich auch nur vorzustellen, die sie genügend haßte, um diese ganze blödsinnige Geschichte ersonnen zu haben, und ließ ihren Gedanken freien Lauf.

Es kam nicht oft vor, daß Kate in dieser Weise halb döste, halb träumte, aber Kopf und Körper verspürten eine unvertraute Kraftlosigkeit, die von Reeds Entführung und der ausgestandenen Angst herrührte. Die Arme um das Kissen geschlungen, die Augen geschlossen, fragte sie sich, ob das Alter – über das sie während der letzten Jahre nicht viel nachgedacht hatte – sie jetzt einholte. Hatte sich ihre Spannkraft erschöpft? Waren unbekannte Schrecken in ihr wachgerufen worden?

Also, wenn sie darüber nachdachte, nie zuvor war jemand, den sie liebte und mit dem sie lebte, bedroht worden. In ihrem Leben hatte es überhaupt weniger Aufruhr gegeben als in den meisten anderen. Was sie bedroht hatte, wenn sie sich überhaupt je wirklich bedroht gefühlt hatte, waren nicht heftige Gefühle, sondern von Zeit zu Zeit eine Anwandlung von Sinnlosigkeit der Existenz, das Fehlen eines Sinns bei so vielem, was geschah. Das war eine Sünde des Geistes, sie wußte das; ein Versagen des Glaubens an die Unanfechtbarkeit des Universums – Gottes, mit einem Wort. Und doch bezweifelte sie, daß Acedia, die Gleichgültigkeit des Geistes, nur den Agnostikern und denen, die ihren Glauben verloren hatten, eigen war. Ja, sie wußte, daß dem nicht so war. Dieses Gefühl der Sinnlosigkeit des Lebens suchte bei weitem eher jene heim, deren Leben im großen und ganzen befriedigend war, die jedoch – unter der vielbeneideten Oberfläche – das Fehlen von etwas verspürten. Jemand, den sie einst kannte, hatte es die spirituelle Unzufriedenheit genannt.

Wer? Es war Moon, lange, lange war es her. »Sei abgeklärt«, pflegte er zu sagen, »oder nütze die lästigen Gedanken, um zu besseren oder sinnvolleren zu gelangen.«

Und plötzlich erinnerte sie sich einer Feindin, ihrer einzigen Feindin, auch wenn sie es damals kaum so gesehen hatte, sie war nur froh gewesen, eine so niederträchtige Bekanntschaft los zu sein, froh vor allem, eine solche Person nicht als Verwandte zu haben. Himmel, dachte sie, daß am Ende meine Familie dahintersteckt!

12

Es war in den Sechzigern, natürlich in den Sechzigern. Die Familie Fansler hatte in Maine von einem Cousin ein Ferienhaus an der Küste gemietet. Das Haus lag am Meer, es verfügte über einen Swimming Pool und einen Tennisplatz, für diejenigen, die die Wellen verschmähten. Die eigentlichen Gastgeber waren Kates ältester Bruder Lawrence und Janice, seine ach so patente Gattin – in der Tat dachte Kate nie anders als so an sie. Janice wußte immer das Richtige zu tun, und sie tat es. Sie war ferner der Ansicht, daß alles gutginge, wenn einfach jeder das täte, was von ihm erwartet wurde, »an dem Platz im Leben, den Gott für ihn vorgesehen hat« (wobei Kate diejenige war, die diesen viktorianischen Satz immer angefügt hatte, veranschaulichte er doch Janices Einstellung vollendet, auch wenn sie selbst das, in den Zeiten, in denen sie lebten, natürlich nicht so ausgedrückt hätte).

Auch der jüngste von Kates drei älteren Brüdern war an diesem Wochenende zu Gast gewesen, zusammen mit seiner Frau und den kleinen Kindern und deren Kinderfrau. Kate hatte auf Drängen ihres mittleren Bruders, dessen Verlobung gefeiert wurde, eingewilligt, auch zu kommen. Nachdem er der einzige Bruder war, mit dem Kate anders als nur oberflächlich und mit kühler Höflichkeit sprach, hatte sie seinen Bitten nachgegeben, ihm in seinem zu erwartenden Martyrium beizustehen: die Familie sollte seine Verlobte gutheißen, und er brauchte Kates Unterstützung. Die Billigung der Familie, das erkannte Kate, war sogar noch niederschmetternder, als es ihre Mißbilligung gewesen wäre.

Kate war – höchst ungewöhnlicherweise, da sie ihre Familie mied, wenn es nur irgend ging – für das ganze Wochenende gekommen, aber sie hatte ihren Liebhaber mitgebracht, ihren ersten Liebhaber, um genau zu sein. Sie hatten sich im College kennengelernt, dann eine Weile aus den Augen verloren und sich als Doktoranden an der Universität wiedergetroffen. Er hieß Moon Mandelbaum. Er war nicht nur jüdisch, sondern fraglos das, was ihre Familie für schrecklich, entsetzlich »sechziger-typisch« hielt. Er spielte Gitarre, hatte lange Haare, er trat für die Studentenrevolten ein, war strikt für die Gegenkultur und, anders als ihre Familie, verteidigte er nicht das Verhalten Mayor Daleys bei dem berüchtigten Parteitag der Demokraten. Ganz im Gegenteil: er war dort gewesen und hatte gesehen, wie die Polizei auf die Demonstranten einstürmte und sie brutal zurückdrängte; man nahm seine Zeugenaussage nicht sehr begeistert auf.

Moon besaß kein Dinner-Jacket, und er weigerte sich, mit Kates Unterstützung, sich auch nur eine Krawatte zum Hauptereignis des Wochenendes umzubinden – der Verkündung der Verlobung ihres Bruders William mit der Frau, die Kate und Moon bei ihrer Ankunft erstmals zu Gesicht bekommen hatten. Moon war liebenswürdig, lässig, wie man so sagt, und vermutlich imstande, jeden, der Anstoß an ihm nahm, zu überreden, es locker zu sehen, die Dinge leicht zu nehmen, sich nicht aufzuregen – Vokabeln, die nur allzu geeignet waren, jeden der anwesenden Fanslers auf die

Palme zu bringen. Er und Kate schwammen im Meer, spielten ein bißchen Tennis und verschwanden für längere Zeitabschnitte, um sich in einer Weise zu beschäftigen, deren Natur niemand in der Familie auch nur einen Moment bezweifeln noch kommentieren mochte.

Die Atmosphäre war anfangs gespannt, aber schließlich, erklärte Kate Moon, war sie das immer bei Familientreffen, zumindest seit dem Tod ihrer Eltern. An diesem Wochenende jedoch hatte sie Moon, um sie bei Laune zu halten, und ihren Lieblingsbruder – den einzigen Bruder, den sie überhaupt mochte –, den sie unterstützen mußte. Weder begann noch endete das Wochenende für irgend jemanden vielversprechend, außer für Kate und Moon.

Die Fansler-Familie, welche Tanten, Onkel und eine bemerkenswerte Anzahl von Cousins und Cousinen umfaßte, war beeindruckend, ebenso wie das Haus – das groß genug für fast alle von ihnen war; die anderen waren in nahegelegenen Gasthöfen untergebracht. Moon staunte ob ihrer Zahl. Seine Familie bestand aus seiner Mutter, dem Vater, dem Großvater und ihm selbst. Sie waren alles, was von einer weitaus größeren österreichischen Sippe übriggeblieben war. Moon aber, der erlebt hatte, wie Trauer und der Schrecken der Erinnerung seinen Großvater und seine Eltern beherrschten, wurde zu einem Amerikaner, der in die Zukunft blickte. Als er klein war, hatte er eine Geige bekommen, doch als Jugendlicher verlegte er seine musikalischen Fähigkeiten, die beträchtlich waren, auf die Gitarre. Das war ungefähr alles, was Kate über seinen Hintergrund wußte, außer, daß er Literatur schätzte und beschlossen hatte, sie zu lehren, wie sie selbst auch.

Die erste, durch die Kate von einem Problem erfuhr, war ihre Gastgeberin und Schwägerin, die während der Cocktails Kate mit Beschlag belegte und sie unmißverständlich anwies, sich nicht nur Williams Verlobter anzunehmen, sondern auch dafür zu sorgen, daß sie sich herzlich aufgenommen fühlte. »Hör nicht auf irgendwelchen Unsinn von William«, fügte sie hinzu. »Jeder bekommt beim Gedanken ans Heiraten kalte Füße, aber niemand nimmt auch nur die geringste Notiz von solchen Dingen. Ich zähle auf dich, Kate.«

Das war nicht sehr klug von Kates Schwägerin, denn bis zu diesem Moment hatte Kate nicht die leiseste Ahnung gehabt, daß William irgend etwas anderes als glücklich war. Jetzt fühlte sie sich natürlich auf den Plan gerufen, ihn auszuhorchen und herauszufinden, ob es wirkliche Probleme gab oder nur kalte Füße wegen der Hochzeit.

Kate war durchaus bereit, an die Macht von kalten Füßen zu glauben; sie selbst hatte nicht die Absicht, je zu heiraten, und sie verstand auch nicht, warum irgend jemand sonst sich damit abgab, es sei denn, man sehnte sich über die Maßen nach Kindern. (Der erste Zweifel an Moon regte sich in Kate, als dieser begeistert mit ihren Nichten und Neffen herumtobte; als Kate gegen seine Liebe-Onkel-Nummer protestierte, lachte er nur und verließ die kleinen Fanslers, um mit ihr schwimmen zu gehen. Kate liebte das Meer.)

William, dessen sie endlich im Billardzimmer habhaft wurde, wo er allein spielte und alles andere als eheversessen aussah, willigte ein, einen Spaziergang die Küste entlang zu machen. Es war Abend, und der Strand würde weitgehend verlassen sein. Kate zog ihre Abendschuhe aus und lief barfuß durch den Sand. William tat es ihr gleich. Sie ließen ihre Schuhe auf einem Felsen, liefen nah am Saum der anrollenden Flut entlang, so daß ihre Füße und Kleider naß wurden. Da war etwas, was in William – jedenfalls vermutete Kate das später gegenüber Moon – ihre alte Vertrautheit wachrief. Wie auch immer, er begann zu sprechen.

»Glaubst du an den Ödipuskomplex?« fing er an. »Du weißt schon, diese Vorstellung, daß man jemanden heiratet, der wie die eigene Mutter ist?«

»›Ich will ein Mädchen, grad wie das Mädchen, das der gute alte Dad geheiratet hat‹«, sang Kate. »Ist es das, was du meinst?«

»Das ist das, was mich beunruhigt. Der gute alte Dad war ein Mistkerl, zweifellos, aber er wäre vielleicht ein bißchen besser gewesen, wenn er nicht Mutter geheiratet hätte. Ich meine, abwechselnd Kreischen und Schmollen sind wohl kaum dazu angetan, einen Sauertopf in einen Charmebolzen zu verwandeln.«

»Muß ich also annehmen, daß du Muriel« – so hieß seine Verlobte – »im Verdacht hast, so wie Mutter zu sein, und wenn ja, warum hast du dann eingewilligt, sie zu heiraten?«

»Das ist es ja, Kätzchen.« Unwillkürlich kehrte er zu dem Kosenamen zurück, den er ihr als Kind gegeben hatte, nachdem man ihm bei Kates Geburt erklärt hatte, daß er eine kleine Katze bekommen hatte und seine Mutter Kate. »Ich fühle mich wieder genau wie als Kind, da ich zusah, wie sich eine liebende und geliebte Mutter in einen Alptraum verwandelte. Na, du weißt ja, wie sie wurde, wenn sie nicht die perfekte Dame war. Es war nur ein paar Jahre nach deiner Geburt, als die Verwandlung einsetzte, wenn ich jetzt daran zurückdenke.«

»Ich möchte vermuten, daß sie nicht sonderlich glücklich war, wieder schwanger zu sein. Immerhin war ihr jüngster Sohn sechs, und du warst acht. Ich finde, das genügt, um jeden an den Rand seines Verstandes zu bringen. Nicht, das sollte ich dazu sagen, daß ich je irgendeinen Grund gefunden hätte, ihr zu verzeihen oder sie zu mögen. Vermutlich hat sie mich mehr allein gelassen als euch Jungs, jedenfalls solange ihr klein wart.«

»Du schienst ihr immer zu entwischen. Ich habe dich beneidet. Das Leben war die Hölle, bis wir ins Internat kamen.«

Eine große Welle spülte heran, und Kate raffte ihr Kleid hoch, zu spät. Lachend wrang sie es aus und zog William ein Stück weiter den Strand hinauf. »Was willst du jetzt tun?« fragte sie ihn. »Wenn Muriel so ist wie Mutter, dann mußt du das doch schon vorher bemerkt haben.«

»Das ist das Seltsame; ich habe es nicht bemerkt. Ich bin nicht in sie verliebt, aber das erwarte ich auch nicht. Du erinnerst dich an das Theater mit Deborah; so etwas würde ich nicht noch einmal ertragen. Muriel ist okay; sie fährt gern Ski, die Familie akzeptiert sie, sie sieht gut aus, und sie mag Sex. Sie wollte mich heiraten, also warum nicht? Ich weiß, das klingt alles ein bißchen kalt, aber ich habe bis vor kurzem nicht so darüber nachgedacht. Bis vor ein paar Wochen, genauer gesagt.«

»Erzähl.«

»Unsere Verlobung war eine abgemachte Sache. Wir hatten uns auf dieses Wochenende geeinigt. Die Verlobung sollte nicht vor nächster Woche bekanntgegeben werden, aber eigentlich wußte jeder Bescheid. Ich dachte, sie und ich könnten diese Zeit genießen, aber plötzlich war sie anders. Völlig anders – wie Mutter. Wie heißt dieses schöne Wort, nach dem ich suche?«

»Sie mutierte?«

»Das ist es. Sie verwandelte sich in ein Monster. Es begann mit der Frage, wo wir leben würden. Ich hatte beschlossen, daß es nicht die East Side sein sollte. Ich mag die West Side.

Ich mag die Leute dort, das Feeling. Ich mag übrigens Moon«, fügte er hinzu und präzisierte damit seine Gefühle gegenüber der West Side. »New Yorker sind entweder East Side oder West Side, und ich bin West Side. Ich dachte, da wären wir uns einig. Aber der liebe große Bruder bot uns ein Apartment in seinem vornehmen Mietshaus an, und ich sagte nein. Sie bekam einen Anfall. Sie schmollte, brüllte, knallte die Türen, knallte den Hörer auf, sie benahm sich wie eine Irre.«

»Und?«

»Ich war wirklich wütend, als wir uns trafen, und sie entschuldigte sich und sagte, sie habe irgendwelche Pillen genommen, gegen Angst oder Krämpfe oder so was, und daß sie nicht wirklich so sei. Wir ließen das Thema Wohnung fallen, aber natürlich kam es später wieder zur Sprache, und mir wurde klar, daß sie nicht nachgeben würde. Sie wollte auf der East Side leben. Sie wollte in einem vornehmen Haus leben.«

»Die Sorte, wo Jackie Kennedy lebt. Keine Juden.«

»Genau. Sie war abwechselnd reizend und verärgert. Und verdammt, Kate, ich weiß nicht, wie ich da jetzt noch rauskommen soll, nach diesem Scheiß-Wochenende und allem. Letzte Nacht gerieten wir in Streit über etwas, was mit der Hochzeit zu tun hat – frag nicht was, es spielt keine Rolle –, und plötzlich war ich wieder in dem Haus, in dem wir aufwuchsen, und Mutter schrie mich an, daß ich den Knickerbocker-Grays oder wie immer die hießen, beitreten müsse. Ich lernte ziemlich schnell, daß mein Leben die Hölle sein würde, wenn ich nicht tat, was sie von mir verlangte. Ist das zu fassen, daß ich mich an eine Frau gebunden habe, die genau wie Mutter ist? Kann Freud so recht gehabt haben? Bin ich dabei, verrückt zu werden, Kate?«

»Ich habe gehört – frag mich nicht, ob es stimmt –, daß wir dazu neigen, Menschen zu heiraten, die wie unsere Eltern sind, weil wir damit umzugehen gelernt haben. Vielleicht bist du ein Opfer dieses Syndroms. Vielleicht wurdest du aber auch einfach irregeführt. Jeder kann eine Weile eine Rolle spielen, bis etwas diesen Menschen ruckartig in sein eigentliches Verhalten befördert. Zum Teufel, Will, ich weiß nicht, wovon ich rede, aber ich denke, wie immer die Dinge liegen, du kannst nicht jemanden heiraten, den du nicht heiraten willst, nur weil jeder weiß, daß du sagtest, du würdest es tun.«

»Meinst du, daß ich sie vielleicht falsch einschätze?«

»Scheint mir nicht so.«

»Hättest du etwas dagegen, mal mit ihr zu sprechen, sie ein bißchen auszuforschen? Mal sehen, was du denkst.«

»Ich spreche mit ihr, wenn du das möchtest. Ich frage sie, ob sie mit mir Tennis spielt. Spielt sie Tennis?«

William nickte. »Sie spielt alles – sehr gut.«

»Okay, wir werden spielen, wir werden reden. Aber erwarte nicht, daß ich sie durchschaue, wenn sie versucht, mich hinters Licht zu führen. Ich bin nicht das Delphische Orakel. Ich bin nicht mal eine Fansler, außer dem Namen nach. Ich hatte Mutter immer im Verdacht, etwas mit dem Hauslehrer oder sonstwem gehabt zu haben.«

»Wir hatten keinen Hauslehrer.«

»Ich weiß. Ich denke an die Gerüchte um Edith Whartons Vater – alles Quatsch, im übrigen. Ich versuche nur, dir zu vermitteln, daß ich möglicherweise keine große Hilfe dabei sein werde, herauszufinden, wie sie wirklich ist. Aber wenn du rauswillst, William, dann stehe ich dir zur Seite, wenn die Dinge ins Rollen kommen.«

Er umarmte sie, und dann gingen sie schweigend weiter, während Kate sich den Kopf zerbrach, worüber sie mit Muriel sprechen sollte.

Wie sich herausstellte, war es überwiegend Muriel, die redete, während sie den Ball hin- und herschlugen, um sich für ein Match warmzuspielen.

Sie schwärmte von der Schönheit des Hauses, von der Gastfreundschaft der Fanslers, dem Vergnügen, eine solche Familie zu kennen.

»Vergnügen?« war es Kate herausgerutscht.

»Oh, ja. Sie alle sind so warmherzige, freundliche Menschen, und sie haben mir das Gefühl gegeben, so willkommen zu sein. Untere oder obere Seite für den Aufschlag?«

»Untere«, sagte Kate – nicht prophetisch, wie sie hoffte. Es kam die obere. Muriel hatte den Aufschlag.

Kate war eine ziemlich gute Tennisspielerin, und die beiden stellten fest, daß sie einander ebenbürtig waren. Der erste Satz stand drei zu drei, als Kate behauptete, Durst zu haben, und sie zusammen zu einem kleinen Pavillon neben dem Tennisplatz gingen, um sich Getränke aus dem Kühlschrank zu holen. Schließlich ging es, erinnerte sich Kate, nicht um Tennis, worauf sie sich anscheinend sowieso nicht konzentrieren konnte, sondern eher darum, Muriel kennenzulernen.

»Sie finden es offenbar angenehmer, mit den Fanslers zusammenzusein, als ich«, sagte Kate auf eine, wie sie hoffte, provokante Weise.

»Aber sie sind alle wundervoll«, sagte Muriel. »Ich weiß, daß William auch seine Probleme mit ihnen hat, aber ich glaube, es ist immer schwierig, seine Familie im richtigen

Blickwinkel zu sehen, und ich habe ihm angeboten, ihm dabei zu helfen, ein besseres Augenmaß zu bekommen.«

»Haben Sie dabei Ihre eigene Familie im Blick?« fragte Kate. »Wenn ja, beneide ich Sie darum.«

»Da liegen die Dinge ganz anders«, sagte Muriel ein wenig schroff. »Meine Familie war eine Katastrophe. Kein bißchen wie Ihre. In jeder Hinsicht *anders* als Ihre.«

Kate sah sie aufmerksam an.

»Mein Vater war ein schwerer Alkoholiker«, sagte Muriel und starrte auf ihre lackierten Fingernägel. »Wir alle sind so schnell wie möglich aus dem Haus gegangen. Meine Mutter kam nicht mit ihm zurecht und hatte solche Angst, ihn zu kränken, daß wir ganz auf uns allein gestellt waren. Eine gräßliche Familie, wirklich überhaupt nicht wie Ihre.«

Kate fiel keine vernünftige Antwort ein, also blieb sie stumm. Sie konnten sich schließlich hinsichtlich der Frage, welche Familie die größere Katastrophe sei, kaum in gegenseitigen Beschimpfungen ergehen. Unbestreitbar war, daß Kates Familie Geld hatte und Muriels nicht. Kate versuchte, großzügig zu denken: Wenn sie nie genug Geld gehabt hätte, würde sie die Fanslers nicht auch überaus annehmbar finden? Die Frage, rief Kate sich ins Gedächtnis zurück, war jedoch, ob Muriel in William oder in den gesellschaftlichen Status der Familie Fansler verliebt war.

»Ich weiß, was Sie denken«, sagte Muriel und drehte dabei ihren Tennisschläger hin und her. »Sie denken, ich will William nur wegen seines Geldes. Na ja, ich gebe zu, das Geld spielt eine Rolle. Aber ich würde nie jemanden, den ich nicht liebe, heiraten, nur weil er Geld hat.«

»Aber würden Sie jemanden, den Sie lieben, auch heiraten, wenn er kein Geld hat?« fragte Kate beiläufig.

»Natürlich«, sagte Muriel. »William ist ein Mensch, den

man lieben muß, das kam zuerst. Sollen wir weiterspielen, oder war das nur ein Vorwand, um mit mir zu sprechen?«

»Ja, ich wollte mit Ihnen sprechen«, sagte Kate, »aber lassen Sie uns auf jeden Fall zu Ende spielen.«

William kam zu Kate ins Zimmer, als sie sich gerade zum Abendessen umzog. Sie hatte für den Rest des Nachmittags ihre Tennissachen anbehalten und war nachdenklich umhergewandert. Dabei war sie von Moon abgefangen worden und hatte ihm ihr Problem anvertraut. Zum Schluß erzählte sie ihm alles, ihre intuitive Antipathie und ihr Mißtrauen gegenüber Muriel und Williams Ängste eingeschlossen.

»Was mich beunruhigt«, sagte sie zu Moon, »ist nicht, daß sie sich für sein Geld interessiert. Warum sollte sie nicht? Ich werde bloß das Gefühl nicht los, daß sie sich *nur* dafür interessiert. Außerdem ist sie nicht besonders helle. Sonst hätte sie anders mit mir gesprochen – verstehst du, was ich meine, Moon? – sie hätte versucht, herauszufinden, was für ein Mensch ich bin. Sie hat William ganz offensichtlich nicht richtig zugehört, und sie kann sich nicht vorstellen, daß irgend jemand, der das Glück hat, ein Fansler zu sein, den Wunsch eines anderen, auch einer zu sein, nicht versteht. Ich glaube nicht, daß sie William glücklich machen wird, aber ich hasse es, Entscheidungen für andere zu treffen. Vielleicht irre ich mich. Ich weiß nicht, was ich tun soll.«

Moon wußte nicht, was er ihr raten sollte, aber er wies darauf hin, daß Williams Dilemma uralt war und einige der ältesten Geschichten der Welt inspiriert hatte: der reiche Mann (oder die reiche Frau natürlich), der das Gerücht verbreitet, kein Geld zu haben, um herauszufinden, wie aufrichtig die Liebe der Geliebten ist.

»Du meinst, man sollte ihr erzählen, daß William kein Geld bekommen wird? Warum sollte sie das glauben? Und überhaupt, sie müßte nur bei meinen anderen Brüdern und deren Ehefrauen, die Muriel ziemlich gern mögen, nachfragen, um herauszufinden, daß das nicht stimmt.«

»Laß mich darüber nachdenken«, sagte Moon. Und sie gingen eine ganze Weile schweigend nebeneinander her, während Moon nachdachte. Etwas, was Kate an Moon entzückte, war, daß man ihn nachdenken hören konnte – das heißt, man *spürte*, wie er dachte. Schließlich verkündete Moon zögernd eine Idee. Eine Idee, die Kate dann William unterbreitete, als er in ihr Zimmer kam.

»Magst du Moon?« fragte Kate William.

»Ja, das tue ich. Sehr sogar. Ich bezweifle, daß die Familie sich viel aus ihm macht. Sie sind tatsächlich beinahe unhöflich zu ihm. Warum mußten wir in so eine Familie hineingeboren werden, Kate?«

»Wenigstens trank unser Vater nicht, wie Muriels.«

»Trank? Muriels Vater? Sei nicht albern. Ich hab den alten Knaben kennengelernt. Ich glaube nicht, daß er je lange genug von der Leine gelassen wurde, um auch nur einen Schluck zu trinken. Wie um alles in der Welt kommst du darauf, daß er trank?«

»Ach, egal. Schau, William, glaubst du, du könntest eine Rolle spielen?«

William sah sie verständnislos an. »Eine Rolle? Was meinst du?«

»Also, mein Lieber, Moon hat da eine Idee. Hör sie dir an. Verbring morgen möglichst viel Zeit mit Moon. Dann erzähl Muriel, Moon habe dich davon überzeugt, daß ein Leben in Reichtum kein gutes ist, erzähl ihr, Gott habe dir gesagt, du solltest alles, was du hast, verkaufen und das Geld den

Armen geben. Sag ihr, daß du mit Moon ein einfaches Leben in einer Art Kommune führen willst – ja, ich weiß, es klingt verrückt, aber es gibt viele Leute, die heutzutage solche Einfälle haben. Du mußt dafür sorgen, daß es glaubhaft klingt. Tu so, als würdest du erwarten, daß sie freudig mit dir geht. Sag, du würdest etwas Geld als Leibrente zurückbehalten, um euer Alter zu sichern, aber jetzt wolltest du erst mal allein zurechtkommen. Herrgott, William, ich weiß auch nicht. Versuch es.«

William, der auf Kates Bett gesessen hatte, ließ sich zurückfallen. Es gab ein langes Schweigen. »Ist Moon bereit, mir in dieser Sache sozusagen Privatunterricht zu geben? Mir den richtigen Jargon und all das beizubringen?«

»Natürlich. Aber denk daran, wenn sie sagt, sie wolle unter allen Umständen bei dir bleiben, dann sitzt du fest.«

»Kate, ich habe gesagt, sie ist wie Mutter; ich habe nicht gesagt, daß sie hinter meinem Geld her ist.«

»Ich weiß, aber ich weiß nicht, ob sie dich wirklich liebt. Alles, was wir wissen, ist, daß sie durchdreht, wenn du vorhast, ihr solche Annehmlichkeiten wie eine Wohnung in der Nähe unserer Familie vorzuenthalten. Wenn sie *dich* will, wirst du, da du dachtest, du liebst sie, dafür sorgen müssen, daß es funktioniert. Aber«, ergänzte Kate, »fühl dich nicht zu irgendwas gedrängt. Es ist nur ein Vorschlag, und nicht mal ein besonders brillanter oder origineller.«

Den Rest des Abends und die meiste Zeit des nächsten Tages verbrachte William mit Moon. Er schien Muriel aus dem Weg zu gehen – das war natürlich ein Anzeichen für seine neu entdeckte Sympathie und Anhänglichkeit gegenüber Moon, genauso wie für seine Hemmung, ihr seinen Entschluß mitzuteilen, Moon in eine Kommune zu folgen. Kate wußte, daß Moon nicht im Traum daran denken würde, einer Kommune beizutreten, und sie hoffte, daß Muriel keine Gelegenheit bekam, ihn geradeheraus zu fragen, denn Moon, das wußte sie, würde nicht lügen.

Moon mußte jedoch einen mächtigen Einfluß auf William gehabt haben, denn William führte den Plan durch und hielt selbst angesichts seiner gesamten wutentbrannten Familie daran fest. Muriel war zu ihnen gerannt, und sie waren über den armen William hergefallen, der jedoch alt genug war, zu entscheiden, was er mit seinem Leben anfangen wollte, und beherzt genug, ihnen zu sagen, daß er sich berechtigt fühle, seine Entscheidungen selbst zu treffen. Muriel bekam einen Anfall, sie schrie, machte eine Szene, aber schließlich mußte die Verlobungsparty abgeblasen werden, und Muriel reiste ab. Die Familie hatte versucht, ihr zuzureden, William käme schon zur Besinnung, doch William blieb eisern, und am Schluß fuhr er einfach ab, ohne daß es ihm jedoch gelungen wäre, den ziemlich großen Verlobungsdiamantring, den er Muriel geschenkt hatte, von ihr zurückzubekommen. Sehr viel Mühe hatte er sich auch nicht gegeben.

»Sie hat ein Recht auf ihn«, sagte er später zu Kate. »Ich finde, ich habe mich sehr schlecht benommen, aber mein Gott, Kate, das war knapp. *Das* war knapp.«

Schließlich heiratete William jemand anderen, passend, angenehm, aber nicht sonderlich aufregend. Sie war jedoch eine gute Mutter, und Kate mochte die Kinder der beiden. Die ganze Episode jenes Sommers hatte sich in Kates Gedächtnis schnell verflüchtigt, um nicht zu sagen, war verdrängt worden, weil sie sich ziemlich schämte. Kurz danach waren sie und Moon ihrer eigenen Wege gegangen, gewissermaßen eine Folge jener Scharade, die sie inszeniert hatten, und Kate traf Moon erst viele, viele Jahre später wieder, und zwar ausgerechnet in Harvard. Bei diesem zufälligen Treffen hatte keiner von beiden an das gedacht, geschweige denn davon gesprochen, was Kate jetzt als die Muriel-Episode apostrophierte, die beschämende – ja, wirklich beschämende – Muriel-Episode.

Kate raffte sich von der Couch hoch, warf das Kissen beiseite, das für Banny hatte herhalten müssen, und ging Leslie anrufen, um ihr von ihrer just ausgegrabenen Erinnerung zu berichten. Aber warum, fragte sie sich, während das Telephon klingelte, hatte der Gedanke an Banny ihrer Erinnerung auf die Sprünge geholfen?

Und dann fiel es ihr ein: Moon hatte damals, in jenem Sommer, einen Hund gehabt, keinen Bernhardiner, aber einen großen, wuscheligen, freundlichen Hund, der sie beide überall hin begleitet hatte, und der von allen geliebt wurde, wenn auch von den älteren Fanslers mit Zurückhaltung. Kate war ziemlich überrascht gewesen, daß der Hund Muriel besonders mochte und umgekehrt. So sehr sie sich auch den Kopf zerbrach, sie konnte sich nicht an den Namen des Hundes erinnern. Aber es schien Kate, daß Moon wegen der gegenseitigen Zuneigung zwischen Muriel und dem Hund ein bißchen unglücklich darüber war, daß er an dem Komplott beteiligt gewesen war. Doch Moon glaubte nicht, daß irgendwer irgendwen heiraten sollte, und schon gar nicht, wenn einer von beiden es nicht wollte.

»Hallo, Leslie«, sagte Kate in den Hörer. »Ich glaube, ich hab's. Laß alles stehen und liegen. Ich komme vorbei. Ich denke, ich werde Reed bitten, nachher dazuzukommen, wenn du einverstanden bist.«

13

Stunden später besprachen Kate, Reed, Leslie und Jane noch immer die Lage, ein Essen vom Chinesen vor sich, und erörterten ungefähr zum elften Mal die schwierigeren und folgenreicheren Fragen.

»Bist du ganz sicher, daß du dir das nicht alles ausgedacht hast?« fragte Jane, die sich für die am praktischsten Denkende unter den Anwesenden hielt. Reed dachte zweifellos auch praktisch, aber wenn es um Kate ging, hielt Jane ihn für nicht ganz so objektiv, wie man es unter anderen Umständen von ihm erwarten durfte.

»Natürlich«, sagte Kate zwischen zwei Mundvoll gebratener Reisteigbällchen. »Ich weiß, es klingt unwahrscheinlich, daß sie darauf hereingefallen sein soll, aber wir hatten zwei Dinge auf unserer Seite, das heißt, auf Williams. Das eine war, daß sie die Loyalität der Fanslers ihr gegenüber deutlich überschätzt hatte. Sie waren bereit, sie zu akzeptieren als jemanden, der in jeder Hinsicht besser war als andere, die William hätte anschleppen können, aber sie waren ihr nicht so zugetan, daß sie die Möglichkeit, sie könnte hinter Williams Geld hersein, völlig ausschlossen. Waren nicht alle hinter dem Geld der Fanslers her? Auch wird mir jetzt, wenn ich so darüber nachdenke, klar, daß die Tatsache, daß ich mit Moon da war, die Familie gewissermaßen schon zermürbt hatte. Ich habe sie immer provoziert, und sie waren so entsetzt von Moon, daß sie durchaus bereit waren zu glauben, es könnte ihm und mir auf magische Weise gelungen sein, den armen, lieben William zu verhexen.«

»Wir sind uns also einig«, ließ Leslie sich im scharfen Ton eines Menschen vernehmen, der eine ausufernde Zusammenkunft beenden will, »daß Muriel all die Jahre über vor Wut kochte und schließlich auf die uns bekannte Weise Rache übte. Sind wir uns einig?«

»Es ist eine Möglichkeit«, sagte Reed, während er und Kate sich über das Moo-Shu-Schweinefleisch hermachten. »Aber eine Möglichkeit, die auf mehreren Annahmen beruht. Man akzeptiert die erste Annahme, dann die zweite, und ehe man sich's versieht, hat man eine ganze, wunderbar zusammenhängende Theorie, wenn man imstande ist, zu vergessen, daß man nicht den geringsten Beweis für die Richtigkeit der ersten Annahme, für die Basis des Ganzen, besitzt. Andererseits, wenn wir uns einig sind, was offenbar der Fall ist, daß dies ein Racheakt gegen Kate ist, und wenn Kate partout keine andere Quelle tiefen Grolls gegen sie ausmachen kann, dann sollten wir dieser Hypothese nachgehen, meine ich. Wenn wir Muriel nicht aufspüren können, werden wir Kate zwecks gründlicherer Vergangenheitserforschung in die Psychoanalyse schicken müssen.« Er lächelte Kate an, die, wie er wußte, von klassischer Psychoanalyse ebenso wenig hielt wie er selbst.

»Also«, hielt Leslie fest, »die Frage: Wer ist Muriel, wie ist sie? bleibt handlungsweisend.«

»Vielleicht weiß William, was aus ihr geworden ist«, schlug Jane vor. »Man weiß doch oft etwas über seine verflossenen Lieben, zumindest in einem irgendwie allgemeinen Sinn.«

»Ist unwahrscheinlich«, sagte Kate. »William ist mit den Jahren kein bißchen weniger muffig geworden. Er hat erwachsene Kinder und arbeitet an der Wall Street. Womöglich erinnert er sich nicht mal mehr, wer Muriel war. Ich meine, sehen wir der Sache doch ins Auge, wenn ich diese Geschichte schon verdrängt hatte, dann hat William sie womöglich völlig aus seinem Gedächtnis gestrichen.«

»Du hast dich erinnert«, sagte Leslie, »weil für dich ziemliche Schuldgefühle damit verbunden sind. Ich bezweifle, daß das auch auf William zutrifft, obwohl ich wie Jane finde, daß du ihn fragen solltest, nur für den Fall, daß er irgend etwas von ihr weiß. Ich meine, falls sie seit Jahrzehnten tot ist, dann graben wir natürlich am falschen Ende. Der springende Punkt aber ist, soweit ich sehe –« und damit legte Leslie entschieden ihre Stäbchen ab –, »ob Muriel wußte oder ahnte oder vermutete, daß Kate hinter ihrem Fiasko mit den Fanslers steckte. Weißt du denn, ob Muriel dir die Schuld gab, oder tut sie das möglicherweise gar nicht und kommt also hinsichtlich der gegenwärtigen Umstände auch gar nicht in Betracht?«

»Gute Frage«, sagte Kate. »Aber ich bin mir wirklich sicher, sie wußte, daß ich dahintersteckte; ich erinnere mich jetzt sogar, daß sie es mir gesagt hat. Das ganze Debakel war noch in vollem Gange, als Moon und ich abfuhren. Sie kam zu uns herüber, als wir gerade in den Wagen steigen wollten. Moon schenkte sie gar keine Beachtung, und immerhin war es seine Kommune, der William angeblich beitreten wollte. Sie stand einfach da, sah mich an und sagte: ›Ich vermute, du bist zufrieden mit dir, du miese Hexe‹, oder so ähnlich. Und sie spuckte mich an und stolzierte davon. Ich erinnere mich jetzt. Moon zog sein T- Shirt raus und wischte mir ihre Spucke aus dem Gesicht. Das hatte ich ganz vergessen.«

Absolute Stille war dieser Erinnerung beschieden. Kate sah mitgenommen aus.

»Ich denke nach wie vor, daß Kate sich mit William über Muriel unterhalten sollte«, sagte Leslie in das Schweigen hinein. Und Kate stimmte ihr zu.

Sie begannen die Essenskartons zusammenzuräumen. Man schien sich einig, ohne daß es jemand aussprach, daß weitere Fragen zu Muriel – wer sie war, was sie war – auf morgen verschoben werden würden.

Als Kate jedoch ihren Bruder William dazu verführt hatte, mit ihr am nächsten Tag etwas trinken zu gehen, stellte sich heraus, daß er keine Ahnung hatte, was aus Muriel geworden war. William war nicht ganz wohl gewesen beim Gedanken, Kate zu treffen, weil er annahm, wie es ihre Brüder immer taten, wenn Kate sie treffen wollte, daß sie entweder um Geld oder, was sie sogar fast noch mehr beunruhigte, um Finanzberatung bitten würde. Wenn sich dann herausstellte, daß ihr Anliegen nichts mit Geld zu tun hatte, war ihre Erleichterung immer so groß, daß sie ziemlich bereitwillig mit ihr besprachen, was immer sie auf dem Herzen hatte. (Obwohl sie es weder wußte noch ahnte, stimmten ihre Brüder ihr insgeheim bei, daß ihre eigensinnige Schwester nicht die Tochter ihres Vaters war, sondern das Wechselbalg irgendeines verspäteten und ziemlich untypischen Seitensprungs ihrer Mutter. Die sexuellen Gepflogenheiten der Neunziger ließen einen solchen Gedanken über die eigene Mutter eher romantisch als ungehörig erscheinen.) Aber über Muriel wußte William nichts.

Tatsächlich erinnerte er sich der Angelegenheit eher vage und widerstrebend. »Du hättest mich einfach überreden sollen, ihr zu sagen, sie soll zum Teufel gehen«, sagte er jetzt. Kate beherrschte sich sehr, diese bemerkenswerte Äußerung nicht zu kommentieren.

»Du hast wirklich keine Ahnung, was aus ihr geworden ist?« fragte sie noch einmal.

»Nein. Sie hat mir eine Einladung zu ihrer Hochzeit geschickt. Daran erinnere ich mich. Natürlich habe ich sie weggeworfen, bevor Patricia mich fragen konnte, wer sie war.« Patricia war Williams Frau. »Es ist jedenfalls Jahre her. Warum in aller Welt willst du etwas über Muriel erfahren? Das ist alles vergessen, sollte man meinen. Schreibst du etwa – Gott bewahre – deine Memoiren?«

»Nein«, versicherte ihm Kate. »Ich hab mich nur neulich an sie erinnert und fing an, mir Gedanken zu machen. Du weißt nicht mehr, wie sie jetzt heißt?«

»Ich erinnere mich nicht mal mehr an ihren Mädchennamen. Das ist dreißig Jahre her, Kate, und sie gehörte schon damals nicht mehr zu den Allerjüngsten. Sie mag jetzt so um die Sechzig sein. Ich wünschte, du würdest mir verraten, was hinter all dem steckt.«

Kate verriet es ihm nicht und gab der Unterhaltung eine andere Richtung. Aber als William im Begriff war, die Rechnung zu bezahlen, hielt er plötzlich inne. »Mir fällt gerade etwas ein«, sagte er. »Komisch, wie Erinnerungen so plötzlich aus dem Nichts wieder auftauchen. Mir ist eingefallen, was sie zuallerletzt zu mir gesagt hat. Ich habe versucht, wenigstens höflich zu sein, als sie abreiste, aber davon wollte sie nichts wissen. Also dann, sagte ich, alles Gute jedenfalls, oder irgendwas ähnlich Blödes, und dann schnaubte sie und sagte: ›Ich wette, deine Schwester wird nie heiraten, aber wenn sie es tut, dann tut der Typ mir leid. Sehr leid.«

»Und wie war das zu verstehen?« fragte Kate.

»Wie sollte man das verstehen? Ihr tat eben der Mann leid, der dich heiratet. Entschuldige, meine Liebe, aber das dachte ich, und du hast mich nach jeder kleinen Erinnerung gefragt. Was könnte sie sonst schon damit gemeint haben?«

»Ich bin sicher, daß sie genau das gemeint hat«, erwiderte Kate. Sie waren jetzt draußen auf dem Trottoir, und Kate küßte William zum Abschied schwesterlich. Dann gingen sie in verschiedene Richtungen davon.

An diesem Abend, als Kate und Reed beide von der Arbeit nach Hause gekommen waren und, einen Drink in der Hand, die Füße hochgelegt hatten, klingelte das Telephon und Reed stand auf, um abzuheben. Als er zurückkam, las Kate an seinem Gesichtsausdruck ab, daß er schlechte Nachrichten hatte.

»Toni ist tot«, sagte er. »Harriet war am Apparat. Die Polizei will sie verhören. Sie ist auf dem Ersten Revier. Ich werde bei dem Verhör dabeisein, es sei denn, sie möchte lieber allein mit ihnen reden.«

»Aber ich dachte, Toni ginge es besser – sie war doch aus dem Koma erwacht«, sagte Kate fassungslos.

»Da war noch ein Gerinnsel. Harriet hatte keine Zeit, mehr zu sagen. Ich glaube nicht, daß Harriet wirklich in Gefahr ist, aber ich werde lieber zusehen, daß ich hinkomme.«

»Ich komme mit.«

»Besser nicht. Die Polizei ist in solchen Fällen ziemlich eigen, und es könnte so aussehen, als würden wir uns gegen sie verschwören.«

»Wir verschwören uns auch gegen sie. Werden sie sie nach dem Verhör gehen lassen?«

»Natürlich. Sie haben keinen Grund, sie festzuhalten. Es gibt keinen Beweis gegen sie und kein wahrscheinliches Motiv. Sie fischen im trüben. Aber wie dem auch sei, sie befragen immer diejenigen, die dem Opfer am nächsten standen, meist ist das die Familie, aber eben auch Geschäftspartner. Ich muß ihr unbedingt einen Anwalt besorgen. Ich weiß einen guten, den ich hoffentlich überreden kann, diesen Fall zu übernehmen.«

»Kannst du nicht ihr Anwalt sein?«

»Keine gute Idee. Ich berate sie natürlich.« Reed zog seinen Mantel an.

»Ich komme trotzdem mit«, sagte Kate. »Ich will, daß sie weiß, ich bin da, auch wenn ich draußen auf einer Bank oder sonstwo warten muß.«

Reed zuckte die Achseln, half ihr in den Mantel, und draußen waren sie. Als Kate sich im Taxi zurückgelehnt hatte, wurde ihr klar, daß der Gedanke an Harriet ihr weit mehr zu schaffen machte als an Toni.

Toni war tot. Natürlich war das schrecklich. Aber Harriet bedeutete Kate viel, und sie konnte den Gedanken nicht ertragen, daß Harriet wegen Mordes angeklagt werden könnte. Was Kate empfand, war tiefes Bedauern darüber, daß Toni in den ganzen Fall verwickelt worden war, daß sie zugelassen hatte, daß Harriet sie einbezog. Kate hatte von Anfang an – das mußte sie sich jetzt eingestehen – große Vorbehalte gegen Toni gehabt. Aber sie war jung gewesen, und jetzt war sie tot, und man würde um sie trauern, wenn Harriet außer Gefahr war. Solche Gedanken waren hart, das wußte Kate, und sie hatte nicht die Absicht, sie mit jemandem zu teilen. Reed, da war sie sich sicher, würde sie sowieso vermuten.

Wie Reed es erwartet hatte, erlaubte man Kate nicht, mit ihm zu gehen, um Harriet zu sehen. Sie saß in der Tat, wie sie es vorausgesehen hatte, auf einem Stuhl und wartete. Aber Reed würde Harriet sagen, daß sie mitgekommen war, und darauf kam es an.

Relativ bald kam Reed wieder heraus. »Ich denke, sie wird das durchstehen«, sagte er, »obwohl Tonis Tod sie sehr erschüttert hat; natürlich fühlt sie sich dafür verantwortlich. Ich habe versucht, ihr klarzumachen, daß sie diejenige ist, die jetzt all unsere Unterstützung braucht, ihre eigene eingeschlossen; Toni können wir nicht mehr helfen. Wenn jemand in einem solchen Zustand wie Harriet ist, dann muß man die einfachsten Dinge sagen und sie ständig wiederholen. Ich sagte ihr, daß ich ihr bis morgen einen Anwalt besorgen würde, mit dem sie die ganze Angelegenheit besprechen könne, und daß die Polizei sie sicher nicht festhalte. Sie stammelte fortwährend etwas von Kaution. Ich wundere mich immer wieder, wie wenig die Bürger, selbst Privatdetektive, vom Strafrecht wissen. Weißt du, wie lange man Menschen nach einer Verhaftung festhalten darf, Kate?«

»Natürlich nicht«, sagte Kate.

»Sechs Tage oder hundertvierundvierzig Stunden. Ich erzählte ihr, daß du mit mir gekommen seist und daß keiner von uns beiden auch nur einen Augenblick glaube, sie hätte Toni umgebracht. Harriet ist genauso schlimm wie du; sie schien sich nicht im klaren darüber zu sein, daß man sie nicht verhaftet hatte, ganz zu schweigen davon, daß, wenn dem so gewesen wäre, man sie angeklagt und in Untersuchungshaft behalten hätte und eine Kaution erst zu einem späteren Zeitpunkt durch einen Richter bestimmt worden wäre. Ich finde es einigermaßen irritierend, daß zwei der intelligentesten Frauen, die ich kenne, im Hinblick auf die Gesetze derartig ahnungslos sind.«

»Ist das wahr?« sagte Kate. »Ich denke, das liegt daran, daß wir nicht davon ausgehen, in polizeilichen Gewahrsam genommen zu werden, und wenn doch, wir uns einen Anwalt nehmen können. Selbstgewißheit, die zu unentschuldbarer Unwissenheit führt, um es mal deutlich zu sagen.«

Schweigend saßen sie eine Zeitlang in dem Taxi, das sie nach Hause brachte, von wo aus Reed den Anwalt anrufen würde, den er für Harriets Fall interessieren wollte. »Glaubst du wirklich keinen Augenblick, daß Harriet Toni getötet hat?« fragte Kate nach einer Weile.

»Ich kann mir zum Beispiel vorstellen, daß Harriet irgend etwas über Toni erfährt, was ihr nicht gefällt, und daß sie ihr wütend die Zusammenarbeit aufkündigt und die Tür hinter sich zuknallt. Aber ich kann mir nicht vorstellen, daß sie Toni oder irgendwem sonst einen stumpfen Gegenstand über den Kopf schlägt. Ich habe jedoch den Verdacht, daß sie und Toni mehr herausgefunden haben als sie uns erzählt hat. Ist dir klar, Kate, daß Toni vielleicht sterben mußte, weil sie kurz davor war, herauszufinden, wer hinter unserem kleinen Drama steckte? Und vielleicht hat sie Harriet davon erzählt, vielleicht aber auch nicht.«

»Kannst du das Harriet fragen?«

»Das hoffe ich natürlich, wenn sie bereit ist, offen mit uns über Toni und ihre Partnerschaft zu sprechen, die Klienten eingeschlossen. Sie wird damit rechnen, von uns befragt zu werden, da kannst du sicher sein. Weißt du, Kate«, fuhr er fort, »mir wird langsam klar, daß ich Toni nie besonders mochte und daß ich nie gestutzt und mir das eingestanden oder mich gefragt habe, warum dem so ist.«

»Du meinst, wir sollten betroffener sein, als wir es sind?«

»Na ja, betroffener, in einem persönlicheren Sinn. Der Tod ist immer entsetzlich und beängstigend, aber manche Tode erschüttern uns mehr als andere. Wenn Harriet gestorben wäre …«

»Ich weiß, was du meinst. Und Toni war noch jung, das macht es noch schlimmer. Ich merke jetzt, daß ich ganz selbstverständlich davon ausgegangen bin, sie werde sich erholen, wenn sie erst mal aus dem Koma erwacht ist.«

»Ich weiß nicht, ob man von irgend jemandem, der schwere Kopfverletzungen hatte, behaupten kann, er habe sich vollständig erholt. Manchmal melden sich diese Traumata plötzlich wieder.« Er nahm Kates Hand, und den Rest der Fahrt schwiegen sie.

Am Ende brauchte Reed ein paar Tage, um den Anwalt zu überreden, den er für Harriets Fall im Auge hatte. Der Terminkalender des Mannes war übervoll. »Wie die aller erfolgreichen Strafverteidiger, stimmt's?« kommentierte Kate. »Entweder sie sind zu beschäftigt oder keiner will sie – so ist die Welt.« Reed und Kate waren sich einig, die Anwaltskosten zu übernehmen. Harriet widersetzte sich natürlich und wollte einen Pflichtverteidiger vom Gericht nehmen. Reed machte ihr klar, daß ein solcher Anwalt erstklassig oder aber auch nicht sein konnte, und daß ihm und Kate mit einem abschätzbaren Maß an juristischer Erfahrung auf Harriets Seite wohler wäre.

»Ich werde euch das Geld zurückzahlen, und wenn ich dafür den Rest meines Lebens brauche«, warnte Harriet sie.

»Natürlich wirst du das«, sagte Reed. »Wenn nicht, werden wir dich dafür arbeiten lassen. Jetzt wollen wir uns auf das konzentrieren, was im Augenblick ansteht.«

Und so setzten sie sich einen Abend zusammen, um den Fall zu diskutieren: der Anwalt Archie Press, Harriet, Kate und Reed. Reeds Ansicht – die sich wenigstens anzuhören er Archie und Harriet überredet hatte – war, daß sie beweisen mußten, daß Harriet das Verbrechen nicht begangen haben konnte und daß es kein plausibles Motiv gab, das die Polizei angeben konnte.

»Es würde helfen«, betonte Archie, »wenn wir den wirklichen Mörder fänden, falls es einen gibt.«

»Na ja«, sagte Kate, »sie hat sich nicht selbst über den Schädel geschlagen.«

»Tut mir leid«, stimmte Archie zu. »Ich meine einen Mörder im Gegensatz zu einem dahergelaufenen Irren, der zufällig in das Büro kam und Toni zu seinem Feind erklärte. Das kommt in New York leider vor. Sie alle lesen die Zeitungen, ich muß also keine Beispiele bemühen.«

»Hinterlassen die nicht meistens Spuren?«

»Nein. Gewöhnlich schnappt man sie wegen eines anderen Verbrechens, und dann gestehen sie schließlich auch die übrigen. Wir sprechen hier von Killern, die nichts über ihre Opfer wissen; diese haben einfach das Pech, dem Killer in die Quere zu kommen, seinen Weg zu kreuzen, da zu sein, wenn er gerade etwas stehlen will.«

»Und Sie meinen, es wäre schwierig, zu beweisen, daß es diese Art von Mord war?« fragte Kate.

»Schwierig bis unmöglich. Wir haben nur zwei Hoffnungen. Natürlich werden wir dabei bleiben, daß Harriet es nicht getan hat; das ist der Weg, den ich vorschlage. Die eine Hoffnung ist, daß Sie herausfinden, wer es war und daß der Mörder in irgendeiner Verbindung mit dem Opfer stand. Das ist der Weg, den, wenn ich es richtig verstehe, Harriet vorschlägt. Ich glaube, es lohnt sich, dem nachzugehen, aber ich werde das Ihnen überlassen müssen, es sei denn, Sie können mir etwas mehr anbieten als wir bis jetzt haben. Unsere größte Hoffnung«, setzte Archie hinzu, »gilt im Augenblick den Papieren in Tonis Büro. Sie mögen sich als wertlos erweisen, oder sie wurden womöglich schon konfisziert. Die Polizei hat die Räumlichkeiten versiegelt, aber sie müssen mir Zutritt gewähren. Vielleicht gibt es dort etwas, was uns zu dem Täter führt. Aber wetten möchte ich nicht darauf.«

»Sie klingen nicht sehr optimistisch«, sagte Harriet, in einem Ton, als spräche sie übers Wetter.

»Es ist auch nicht mein Job, optimistisch zu sein«, gab Archie zurück. »Betrachten wir die Tatsachen und lassen wir einen Moment außer acht, welche Beweise die Papiere in dem Büro vielleicht liefern mögen. Sie hatten jede Möglichkeit, das Verbrechen zu begehen. Wir können die Frau, die Sie in der Toilette getroffen haben, nicht finden, obwohl wir es versuchen. Ich habe jemanden beauftragt, jeder Spur aus jedem Büro auf diesem Stockwerk nachzugehen, aber ohne Erfolg. Sie hatten einen Schlüssel zur Bürotür, die abgeschlossen war und mit einem Schlüssel geöffnet worden ist. Auch wenn die Polizei bis jetzt kein Beweismaterial hat, kann ich nicht behaupten, daß mir unsere Lage sonderlich gefällt.«

»Toni könnte dem Besucher, den sie vielleicht kannte, die Tür von innen geöffnet haben«, sagte Harriet.

»Zweifellos. Ihre Fingerabdrücke sind natürlich an der Tür. Aber hat sie dann dem Besucher einfach den Rücken zugewandt und ihm ihren Kopf für einen gewaltsamen Angriff dargeboten?«

»Sie könnte sich durchaus abgewendet haben, wenn es jemand war, den sie kannte, oder selbst, wenn sie ihn nicht kannte«, beharrte Kate. »Wir erwarten nicht von jedem, der unser Büro betritt, daß er eine schwere Körperverletzung plant. Wer immer es war, schlug auf sie ein und verschwand, wobei sie oder er die Waffe mitnahm.«

»Möglich«, räumte Archie ein. »Zumindest, meine ich, stimmen wir theoretisch überein, daß Toni die Person kannte, die sie niederschlug, wer immer sie war – sie vielleicht sogar gut kannte. Oder ihn«, setzte er etwas verspätet hinzu.

»Warum glauben wir alle, daß es eine Frau war?« fragte Kate. »Ich glaube es jedenfalls.«

»Das hat mit der Art zu tun, wie es geschah«, sagte Reed. »Toni wäre höchstwahrscheinlich einem Mann gegenüber mißtrauischer gewesen, selbst wenn sie ihn gekannt hätte. Wir haben genug über ihr Leben erfahren, um zu wissen, daß es darin zur Zeit keinen Mann gab; kein Liebhaber oder irgendeine andere Männerbeziehung weit und breit. Harriet ist sich diesbezüglich ziemlich sicher, und die Polizei konnte niemanden aufspüren, der auch nur in Frage käme. Außerdem, und ich weiß, daß das vielleicht übertrieben klingt«, sagte Reed, »aber irgendwie kann ich mir nicht vorstellen, daß ein Mann sie in dieser Weise niedergeschlagen hat. Ich weiß, das ist nicht sehr überzeugend. Es ist nur ein Eindruck.«

»Und zwar einer, den wir alle teilen«, stimmte Harriet zu.

»Ich schlage folgendes vor«, sagte Reed und nickte Archie zu, um anzudeuten, daß sie diesen Vorschlag schon besprochen hatten. »Kate sollte, finde ich, mit Harriets Hilfe Muriel ausfindig machen. Kate wird dir erklären, wer Muriel ist«, ergänzte Reed für Harriet. »Archie und ich werden die Papiere durchsehen, die noch im Büro sind, und dafür sorgen, daß ein paar Privatdetektive gewisse Spuren verfolgen.«

»Glaubst du nicht, ich könnte euch bei den Papieren helfen?« fragte Harriet. »Ich war schließlich ihre Partnerin.«

»Wir werden dich besser nur dann zu Rate ziehen, wenn es nötig ist«, sagte Reed. »Diese Papiere sind als Beweismittel sowohl der Staatsanwaltschaft als auch der Verteidigung zugänglich, und es ist besser, wenn Archie einen formalen Umgang damit pflegt. Du und Kate, ihr arbeitet vom anderen Ende aus. Vielleicht beginnt Kate mit den rechten Typen, die wir ursprünglich im Verdacht hatten; vielleicht bringen sie uns auf irgendeine Spur. Harriet könnte versuchen, Muriel aufzuspüren. Oder umgekehrt. Ist dann alles soweit klar?«

Archie nickte. Kate und Harriet sahen ihn an, ihre vage Ungewißheit im Hinblick auf ihr weiteres Vorgehen war evident. »Gut«, sagte Reed, »darauf wollen wir trinken.« Und er ging hinaus, um das Nötige zu holen.

Später, als Harriet und Archie gegangen waren, fragte Kate ihn abermals, ob er ganz und gar von Harriets Unschuld überzeugt sei und wirklich glaube, daß es eine gute Idee sei, wenn sie beide zusammenarbeiteten.

»Bist du denn nicht ganz und gar überzeugt?«

»Ich hab dich zuerst gefragt.«

»Ich denke, ich bin, wie du wahrscheinlich auch, zu neunundneunzig Prozent überzeugt. Falls wir uns irren, wirst du, wenn du eng mit ihr zusammenarbeitest, vielleicht auf einen Hinweis stoßen, warum wir uns irren. Ich befürchte absolut nicht, daß sie dir etwas antun könnte; ich hoffe, du auch nicht. Denn wenn dem so wäre, dann sollten wir besser anders vorgehen.«

»Keine Befürchtungen«, sagte Kate, »ich fühle mich nur verdammt unwohl bei der ganzen Sache.«

»Das spricht nur für deine Intelligenz«, sagte Reed.

»Ich wünschte, Toni wäre nicht gestorben.«

»Ich auch«, sagte Reed. »Durch ihren Tod wurde es

Mord. Laß uns zu Bett gehen; ich bin groggy. Einen Mord steckt man nicht einfach so weg.«

»Ich frage mich, wie es Banny geht«, sagte Kate. Reed, der noch immer etwas empfindlich war, reagierte, indem er sie anflehte, diesen verflixten Hund nicht zu erwähnen, den er auch vermisse, verdammt noch mal.

»Und wir hatten das Vieh nur ein paar Tage, ich jedenfalls. Wir spinnen doch.«

»Das ist immer ein gutes Zeichen«, versicherte ihm Kate.

14

Am nächsten Tag, es war ein Montag, begannen Kates einwöchige Frühlingsferien. Diese Ferien lagen immer genau in der Mitte des Frühjahrssemesters, hatten weder eine Verbindung zu Ostern noch zu sonstigen Feiertagen, aber sie waren immer willkommen als die einzige Unterbrechung in einem langen Semester. Kate war entschlossen, wenn der Unterricht wieder begann, Muriel entweder gefunden oder sie als Schuldige ausgeschlossen zu haben. Harriet und Kate saßen in Kates Arbeitszimmer beisammen, und Kate erzählte erneut von Leslies Idee mit dem alten Groll (alt deswegen, weil Kate sich an keinen erinnerte), und dann berichtete sie von Muriel und der Gedächtnisarbeit, die schließlich zu ihrer Identifizierung geführt hatte, wenn man von Identifizierung überhaupt reden konnte.

Harriet lauschte und demonstrierte dabei ihre Gewohnheit, aufmerksam zuzuhören, wenn man ihr Informationen bot. Dann schwieg sie eine Weile.

»Das Problem ist«, sagte sie schließlich, »wie dir natürlich auch klar ist, daß Muriel, wer immer sie jetzt sein mag, bei unseren ganzen Nachforschungen bisher nicht aufgetaucht ist. Entweder wissen wir gar nichts von ihr, oder wir müssen sie unter den Menschen vermuten, die wir bis jetzt haben. Es ist zum Beispiel undenkbar, daß Dorothy Hedge Muriel sein könnte, denn du hättest sie sicher erkannt, selbst nach all diesen Jahren.«

»Vermutlich hätte ich sie erkannt«, sagte Kate zweifelnd. »Aber als ich mit Dorothy sprach, dachte ich nicht an Muriel oder an die Vergangenheit.«

»Nein, aber du hattest deine Antennen ausgefahren, sozusagen. Selbst das kleinste bemerkenswerte Detail wäre bemerkt worden.«

»Laß uns das unterstellen, zumindest im Augenblick. Ich schlage vor, daß wir zu der Idee mit den Rechtsextremen zurückkehren und versuchen herauszufinden, wer da dahintersteckt, wobei wir davon ausgehen, es sei Muriel, wer immer es ist. Du hast doch die Mutter von unserem Bad Boy, der den Brief geschrieben hat, getroffen. Könnte das Muriel gewesen sein?«

»Himmel, Kate, wie um alles in der Welt soll ich das wissen?«

»Wegen ihres Alters beispielsweise.«

»Stimmt. Dein Bruder sagte, daß Muriel inzwischen etwa sechzig sein müßte. Die rechtsextreme Mama könnte durchaus sechzig sein. Ich würde sie etwas älter schätzen, aber wer weiß? Du mußt dir die Universitätsunterlagen ihres Sohnes beschaffen, das sollte dir ein paar Hintergrundinformationen geben. Besorg dir, wenn möglich, seine Unibewerbungsunterlagen. Unterdessen werde ich sie wohl noch mal besuchen und mich von ihr überreden lassen, ihrer reaktionären Gruppe beizutreten.«

»Möglicherweise weiß sie, daß du im Zusammenhang mit dem Mord verhört wurdest.«

»Wahrscheinlich nicht, aber wenn sie davon weiß, dann

wissen wir, wie genau sie diese ganze Geschichte verfolgt. Das gibt mir zudem Gelegenheit, mich darüber auszulassen, wie verkommen unsere Regierung und unsere Polizei ist.«

»Es läuft darauf hinaus«, seufzte Kate, »daß wir wieder ganz zum Anfang zurückkehren müssen.«

»Das ist immer gut«, sagte Harriet. »Ich hoffe sehr«, setzte sie nach einer Pause hinzu, »daß du auch nicht den leisesten Verdacht hegst, ich könnte Toni überfallen haben. Nicht daß mich das von diesen Ermittlungen abhielte, denn alles, was ich herausfinde, wird nur dazu da sein, meine Unschuld zu beweisen. Ich wollte dich einfach fragen.«

»Ich hege nicht den leisesten Verdacht«, sagte Kate. »Die große Frage ist für mich, ob wir davon ausgehen können, daß, wer immer sie getötet hat, irgendwie mit unserem Fall zu tun hat? Wenn es jemand aus ihrer Vergangenheit war oder aus einem anderen Fall, dann mache ich mir doch Sorgen, ob wir deine Unschuld beweisen können.«

»Darüber habe ich auch nachgedacht. Aber ich glaube nicht, daß Toni irgendwelche Fälle hatte, von denen ich nichts wußte, und keiner von denen, die ich kenne, könnte zu Mord geführt haben, am allerwenigsten zu Mord an ihr. Nicht, daß sie keine Geheimnisse vor mir gehabt hätte. Es gab gewiß Verabredungen, die sie nicht mit mir oder in meinem Beisein besprach. Aber ich bin immer davon ausgegangen, daß das Teil ihres Privatlebens war und nichts mit einem Fall zu tun gehabt hat; wir haben alle unsere Fälle ständig miteinander diskutiert, und dein Fall war im Augenblick unser wichtigster.«

»Aber die Polizei hat, laut Archie, keinerlei Hinweis auf ein Privatleben gefunden, jedenfalls auf kein irgendwie kompliziertes oder eines, das Gewaltsamkeiten nahelegt. Das hast du doch auch nicht geglaubt.«

»Nein. Aber ich war fast nie bei ihr zu Hause. Wir hatten auf privater Ebene nichts miteinander zu tun – du weißt schon, mal ein Drink, Spaziergänge, gemeinsame Abendessen und Gespräche. Unsere Beziehung war ausschließlich beruflicher Natur. Wenn ich jetzt so darüber nachdenke, dann ist das vielleicht ein bißchen seltsam. Aber ich bin selbst so ein Eigenbrötler, daß es mir gar nicht auffiel. Weißt du, Kate, du bist der einzige Mensch, dem ich erlaubt habe, mir in den letzten Jahren wirklich nahe zu kommen, und das lag einerseits daran, daß ich dich mag, andererseits, daß du mir in einer schwierigen persönlichen Angelegenheit geholfen hast.«

»Ich wünschte wirklich«, sagte Kate, »daß nicht immer alles, was wir ausgraben, in eine Sackgasse führen würde.«

»Also dann, an die Arbeit, wie besprochen«, sagte Harriet und erhob sich. »Ich zu Mama, du zu des Sohnes Unterlagen. Laß uns heute abend noch mal miteinander sprechen, falls eine von uns irgendwas entdeckt haben sollte.«

Für Kate gestalteten sich die Dinge schwieriger als erwartet. Der Anglistische Fachbereich hatte Unterlagen, das wußte sie, aber Bad Boy, wie sie und Harriet ihn inzwischen zu nennen pflegten, war nicht Student des Anglistischen Fachbereichs. Das hieß, man mußte die Sekretärin des Dekans ansprechen und um die Studentenakte bitten. Das tat Kate, zunächst auf ihre höflichste Art und Weise, dann etwas nachdrücklicher, als die Sekretärin sich strikt an die Anweisung hielt, keine Studentenakte herauszugeben, es sei denn, auf schriftliche Anweisung des Dekans, und der Dekan hatte sich während der Frühlingsferien auf die Bahamas abgesetzt, wohin genau, sei nicht bekannt, jedenfalls behauptete die

Sekretärin das. Erst nachdem Kate den stellvertretenden Dekan ausfindig gemacht hatte, der zu Hause war und einen Schnupfen auskurierte, gelang es ihr, der gewissenhaften Sekretärin die Unterlagen zu entwinden.

»Ich habe nur meine Anweisungen befolgt«, sagte die Sekretärin etwas entschuldigend, als sie Kate die Unterlagen aushändigte. »Sie werden sie sich doch hier ansehen, nicht?«

»Natürlich, und Sie haben sich absolut korrekt verhalten«, sagte Kate, ebenfalls versöhnlich.

Die Akte von Bad Boy war weit aufschlußreicher als Kate zu hoffen gewagt hatte. Er hatte sich mehrfach an der Universität beworben und war abgewiesen worden. Schließlich wurde er aufgrund der Empfehlung eines der bedeutenderen Universitätsmäzene aufgenommen, ein Mann, den Kate als Mitglied einer Stiftung kannte, die rechtsextreme Publikationen und Vereinigungen in vielen Universitäten unterstützte. (Diese Beschreibung des Mäzens stand natürlich nicht in den Unterlagen; Kate wußte seit langem von dem Mann, wie auch viele andere, die den enormen finanziellen Einfluß rechtsextremer Stiftungen im Universitätswesen bedauerten.)

Die Unterlagen von Bad Boy verzeichneten auch sein Scheitern in verschiedenen Kursen und daß man ihn wegen Plagiats und Betrugs zur Rechenschaft gezogen hatte. Er war jedoch nicht von der Universität verwiesen worden – aus Gründen, die zu ahnen jedem freistanden. Zumindest hatte man ihn gewarnt, die Verstöße keinesfalls zu wiederholen. Kate fand es interessant, daß sein unbesonnener Brief an die Studentenzeitung seiner Akte beigelegt war. Der Name seiner Eltern war natürlich in seiner ersten Bewerbung angegeben: der Vater tot; die Mutter gebürtig aus Georgia und auch dort wohnhaft. Der Erstbewerbung von Bad Boy lag ein

Photo bei. Er sah nicht schlecht aus, abgesehen von einem unangenehmen Grinsen, das sein normaler Gesichtsausdruck zu sein schien. Sein voller Name war Kenneth Lawrence Thomas. Der Name seiner Mutter war Electra Thomas, ein wunderbar passender Name, ob sie nun von Geburt an damit behaftet war oder ihn angenommen hatte, weil sie so ganz im Sinne der patriarchalen Vorrechte handelte.

Es überraschte Kate nicht, bei Lektüre der Aufzeichnungen über Bad Boy (so nannte sie ihn weiter bei sich, da sich mit »Kenneth Lawrence« nichts verband, was von besonderem Interesse gewesen wäre) zu entdecken, daß er in Literatur nur die Pflichtkurse belegt hatte, und es waren diese gewesen, daran zweifelte sie nicht, wo er es mit Plagiaten versucht hatte. Plagiate waren derzeit eine Plage unter den Studenten, und Kate hatte die Unbeholfenheit der meisten Plagiatoren immer wieder mit Erstaunen zur Kenntnis genommen. Ein Student hatte seine Seminararbeit sogar aus der Einführung zu dem Text abgeschrieben, den sie in ebendiesem Seminar behandelten. Und dann gab es diese Firmen, die Seminararbeiten auf Bestellung schrieben.

Kate zwang ihre umherschweifenden Gedanken zurück zu diesem speziellen Studenten. Das einzige weitere bemerkenswerte Faktum war, daß Bad Boy einer Burschenschaft angehörte, die schon vor Jahren in die Schlagzeilen gekommen war, weil ihre Mitglieder einigen schwarzen Studenten Provokationen zugebrüllt und so einen Tumult vom Zaun gebrochen hatten. Zu ihrer Verteidigung, daran erinnerte Kate sich, brachten die Burschenschaftler vor, sie hätten lediglich geäußert, daß Schwarze krauses Haar hätten, was eine unbestreitbare Tatsache sei. Warum mußten die Schwarzen so empfindlich sein, wenn man ihr Haar beschrieb? All das war sehr interessant, aber es legte kaum eine Verbindung zu Muriel nahe. Kate, die sich weder sicher war, *was* sie da entdeckt hatte, noch ob es von irgendwelchem Nutzen sein würde, dankte der Sekretärin freundlich, gab die Mappe zurück und ging nach Hause, um auf Harriet zu warten. Sie hoffte, daß Harriet irgend etwas Bedeutsameres entdeckt hatte oder wenigstens etwas Überraschendes.

Anders als Kate leckte sich Harriet bei ihrer Rückkehr förmlich die Lippen. Electra könne nicht Muriel sein, versicherte sie. Ihr Südstaaten-Akzent war echt, und sie war die Mutter von Dorothy Hedge und deren älterer Schwester, was bedeutet, daß sie viel älter war, als Muriel es sein konnte. »Aber ich habe doch noch ein paar delikate Einzelheiten herausgefunden«, beruhigte Harriet Kate. »Ich habe einen Single Malt Whisky verdient, da stimmst du mir sicher zu.«

Kate erhob sich, um ihn zu holen, und bestand, als sie zurückkam, auf sofortiger Berichterstattung.

»Also«, sagte Harriet und leckte sich diesmal die Lippen buchstäblich, in froher Erwartung des Scotch, »zunächst mal, Tochter Dorothy Hedge ist keine Abtrünnige vom politischen Standpunkt der Familie. Ganz im Gegenteil. Mama war durchaus bereit – nachdem ich meine inbrünstige Zustimmung hinsichtlich all ihrer Anschauungen deutlich gemacht hatte, und da sie nicht wußte, daß es zwischen uns eine Verbindung gibt –, damit zu prahlen, wie ihre Tochter Dorothy dich dazu gebracht hat, ihr von der Entführung deines Mannes zu erzählen.«

»Willst du damit sagen, daß diese Hedge Muriel ist?«

»Natürlich nicht, Kate. Versuch, dich zu konzentrieren. Du selbst hast mir gesagt, daß Muriel nicht aus dem Süden war. Nein, der Punkt ist, daß die liebe Dorothy von der Sache wußte, sie unterstützt, angeheizt und vorangetrieben hat. Sie hat dich angelogen und dich mit deiner lauteren Vertrauensseligkeit dazu gebracht, ihr dein Herz auszuschütten.«

»Kein Kommentar meinerseits. Ich habe rein gar nichts dadurch verloren, daß ich ihr *mein Herz ausgeschüttet* habe, wie du es ausdrückst. Hätte ich das nicht getan, hättest du vielleicht ihre wahren Überzeugungen gar nicht entdeckt – wenn Mama dir die Wahrheit gesagt hat, was man nie mit Sicherheit weiß.«

»Da würde ich sogar noch weitergehen: Ich glaube überhaupt nichts aus dem Munde dieser Frau, es sei denn, es gibt weitere Beweise. Die, wie ich hoffe, Reed mit seinen Beziehungen beibringen wird.«

»Was für Beweise?«

»Mama sagte«, – Harriet hielt ihr Glas hin, um es noch mal füllen zu lassen –, »daß Dorothy mindestens einmal die Woche vorbeikommt, um Mama und Bad Boy zu besuchen. Wenn sie so oft kommt, dann hat sie wahrscheinlich ein Dauerticket. Hat sie ein Dauerticket, dann wird jedes einzelne Mal, wenn sie die Mautschranken auf der Henry Hudson Bridge passiert, registriert.«

»Was du meinst«, sagte Kate mit einer gewissen Schärfe, »ist, daß ihr Auto die Mautschranken passiert. Die Identität des Fahrers wird dabei nicht enthüllt, oder?«

»Mach nur weiter mit dieser Wortklauberei. Mir genügt das als Beweis, wenn wir ihn kriegen. Ich könnte mir vorstellen, daß der Usus der Betreibergesellschaft, den Kunden jeden Monat eine gedruckte Auflistung zu schicken, nicht wenige unbekümmerte Zeitgenossen in Verlegenheit bringt, die behauptet haben, zu dieser und jener Zeit anderswo gewesen zu sein. Das interessiert uns jedoch momentan nicht.«

»Okay, was hast du also noch herausgefunden?«

»Na ja, eben daß Mama und Bad Boy mit Reeds Entführung zu tun hatten. Ich weiß, daß wir das vermutet hatten, aber jetzt wissen wir es. Leider wissen wir deshalb noch nicht, wer hinter dem ganzen Plan steckt, und ich gebe zu, daß ich das bei diesem Besuch nicht aus Mama herausholen konnte. Wenn sie es überhaupt weiß – und da bin ich mir nicht sicher.«

»Sie muß es wissen, wenn sie willentlich mitgemacht und zugelassen hat, daß ihr Sohn mitmacht.«

»Nicht unbedingt. Möglicherweise weiß sie, wer mit ihr Verbindung aufgenommen hat, aber diese Person ist vielleicht nicht der eigentliche Drahtzieher.«

»Also wirklich, Harriet, du hörst dich langsam an, als hätten wir es mit der Mafia zu tun.«

»Ganz recht. Der Vergleich ist alles andere als an den Haaren herbeigezogen. Denk mal drüber nach.«

Kate gehorchte und dachte nach. Nach einer Weile sagte sie: »Harriet, von wem stammte eigentlich die Idee, Banny als Nachrichtenübermittlerin einzusetzen?«

»Von Toni, natürlich. Sie sagte, sie habe diese Methode schon einmal bei einem Fall praktiziert.«

»Und wer hat Banny als den speziellen Übermittlungs-Hund ausfindig gemacht?«

»Toni. Sie sagte, für sie seien Bernhardinerwelpen die absolut hinreißendsten Welpen der Welt, also hat sie in einem Hundezüchterverzeichnis nachgesehen und herausgefunden, wer Bernhardiner züchtet.«

»Und die Person, die sie züchtete, kannte zufällig Dorothy Hedge, die zufällig die Tochter von Mama und die Schwester von Bad Boy ist. Welch ein Zufall!«

»Nicht wirklich. Die Leute in der Gegend, die Hunde züchten, leben relativ nah beieinander, in Connecticut oder Upstate, und natürlich kennt man als Züchter eine Frau, die eine Hundepension betreibt. Toni stieß durch eine Annonce auf Banny. Sie hat erzählt, wie das alles war.«

»Hat sie dir die Annonce gezeigt?«

»Ja, das hat sie. Es stand drin Bernhardinerwelpen mit Papieren, geboren an dem und dem Tag – das übliche halt für eine Hundeannonce, nahm ich jedenfalls an.«

»Aha«, sagte Kate. »Na ja, ich werde mir das bei Gelegenheit noch mal genauer überlegen. Alle scheinen untereinander so verbunden, und doch läßt sich alles rational erklären. Ich werde Reed fragen, ob er die Registrierungen von Dorothys Fahrten nach Manhattan beschaffen kann, das heißt, die der Fahrten ihres Autos.«

Und damit endete ihre Unterredung, wobei Harriet versprach, Mama noch einmal zu besuchen und zu versuchen, das Gespräch auf Reeds Entführung zu bringen und weitere Details auszukundschaften.

Am selben Abend trafen sich Reed und Kate mit Archie. Jeder hatte etwas zu berichten. Nichts war von besonderer Bedeutung, aber alles in allem hatten sie doch den Eindruck, wie Reed bemerkte, daß sie auf dem richtigen Weg waren. Reed hatte ohne große Anstrengung herausgefunden, daß Dorothy tatsächlich regelmäßig nach Manhattan gefahren war – auch an dem Tag, an dem Toni überfallen wurde. Auf Kates Einwurf hin gab Reed zu, daß er mit Bestimmtheit nur aussagen konnte, daß Dorothys Auto an bestimmten Tagen zu bestimmten Zeiten die Henry Hudson Bridge passiert habe. Er wußte auch, durch welche Mautspur sie gefahren war, aber als er Kate diese Information mit einem Anflug von Gründlichkeit unterbreitete, streckte sie ihm die Zunge heraus.

Archies Neuigkeiten waren nicht weltbewegend, aber doch klärend. Er hatte sich das Ergebnis der polizeilichen Ermittlungen in Tonis Büro und ihrer Wohnung, einem Studio im East Village, beschafft. Weder hier noch dort hatten sich überraschende Resultate ergeben. Doch Archie hatte erfreut festgestellt, daß Tonis Bankkonto eine ganze Reihe größerer Einzahlungen vermerkte, deren Quelle nicht ermittelbar war.

»Heißt was?« fragte Kate.

»Heißt, daß Toni oder jemand anderer regelmäßig Bareinzahlungen auf ihr Konto vornahm.«

»Wie haben Sie das herausgefunden?«

»Kate, meine Liebe«, sagte Archie, wie Reed es so oft getan hatte, »Ihre Naivität ist bezaubernd. Es gibt nichts im Computerzeitalter, was jemand mit gewissen Zugangsmöglichkeiten und ein klein wenig Sachverstand nicht herausfinden könnte. Na ja, tatsächlich fand es die Polizei auf meinen Vorschlag hin heraus. Nicht, daß wir damit viel anfangen könnten, außer daß Toni für irgend etwas bezahlt wurde, was weder sie noch der Einzahler dokumentiert wissen wollten. Außerdem, und das ist das Wichtigste, die Zahlungen hörten nach dem Anschlag auf.«

»Das ist doch klar.«

»Ihnen vielleicht.« Archie lächelte. »Wir etwas weitschweifigeren Typen denken bei so etwas gern an Dinge wie den Zufall oder daß es sich um Beträge handelte, die Toni persönlich und bar ausgezahlt bekam, was nicht mehr ging, nachdem sie überfallen worden war. Dabei müssen die Person, die sie überfiel, und die, die ihr das Geld zukommen ließ, nicht dieselbe sein.«

»Unwahrscheinlich«, sagte Kate.

»Vielleicht.«

»Würden Sie in Anbetracht all unserer Entdeckungen vermuten, daß Dorothy Hedge Toni überfallen hat?« fragte Kate.

»Es wäre eine Möglichkeit. An *ihr* Bankkonto ranzukommen war etwas schwieriger –«

»Wirklich, Archie, ich frage mich besorgt, ob es irgendwo noch irgendeinen Rest Privatsphäre gibt.«

»Heben Sie sich Ihre Besorgnis für bessere Gelegenheiten auf. Es gibt keine Privatsphäre, wenn jemand wirklich dahinterkommen will. Es ist doch so, Kate«, sagte Archie, »daß Leute wie wir ein so offenes Leben führen, daß wir uns um unsere Privatsphäre keine Sorgen zu machen brauchen. Aber manche Leute, die Heimlichkeiten haben, sind überraschend unvorsichtig. Ich hatte einen Klienten, dessen Frau sich von ihm scheiden lassen wollte. Er hatte sich mit seiner Geliebten in einem Hotel getroffen und mit Kreditkarte bezahlt. Das hätte keine Rolle gespielt, weil er die Kreditkartenrechnungen bezahlte und damit seine Frau nicht weiter belästigte, es sei denn, sie hatte das Konto beklagenswert überzogen. In diesem Fall aber vergaß er seine Kreditkarte an der Hotelrezeption, und der Assistant Manager rief freundlicherweise bei ihm zu Hause an, um ihn davon zu unterrichten. Seine Frau war zu Hause und nahm das Gespräch entgegen.«

»Klingt nach einem besonders dämlichen Assistant Manager«, sagte Reed, »ich bezweifle, daß er es weit bringt.«

»Der wirklich Dämliche war mein Klient. Leidenschaft entzieht dem Hirn das Blut. Aber zurück zu unserem Fall: Lassen Sie mich festhalten, daß keine Summen, die denen auf Tonis Konto entsprächen, von Dorothy Hedges Konto abgehoben worden sind.«

»Sie könnte einen großen Bargeldvorrat gehabt haben«,

sagte Kate. »Allerdings habe ich beobachtet, wie jemand, der einen Hund abholte, während ich da war, mit Scheck bezahlt hat, wenn das irgendwie von Bedeutung ist.«

»Alles kann irgend etwas bedeuten, wenn wir nur herausfinden könnten, was«, bemerkte Reed trübsinnig.

»Aber wir wissen«, sagte Kate, um ihn zu trösten, »daß Dorothy Toni überfallen haben könnte; daß jemand, wahrscheinlich nicht Dorothy, Toni für etwas bezahlt hat; daß Dorothy mich belogen hat; und daß Mama und Bad Boy wirklich sehr unangenehme Leute sind. Gibt es noch etwas?«

»Nicht viel«, sagte Reed in seinem liebenswürdigsten Tonfall, »außer, wer hat sich den Entführungsplan ausgedacht, warum wurde Toni überfallen, und wer steckt hinter all dem und warum?«

»Kein Grund zur Sorge«, sagte Archie. »Wir können zumindest darlegen, daß die Hedge ein Motiv hatte und in Verbindung mit einer rechtsextremen Gruppe steht, was Harriet vor weiteren Verdächtigungen schützen sollte.«

»Hat sich seine Frau von ihm scheiden lassen?« fragte Kate.

Archie schaute sie verständnislos an.

»Der Typ mit der vergessenen Kreditkarte.«

»Oh, nein. Sie hat sich mit einem ansehnlichen Teil seines Aktienvermögens zufriedengegeben. Beide wurden sich schließlich darüber klar, daß es auf lange Sicht gesehen billiger war, zusammenzubleiben.«

»Was für entsetzliche Klienten Sie haben.«

»Deshalb konnte Reed mich überreden, Harriets Fall zu übernehmen. Schließlich ging es bei ihr nur um Mordverdacht, und obendrein ist es wahrscheinlich bloß Körperverletzung mit Todesfolge.«

15

Am Nachmittag des nächsten Tages saß Reed zu Hause, hörte Bach und versuchte, seine Notizen zu einem Vortrag zu ordnen, den er im Frühjahr halten sollte. Er hatte zu einem Zeitpunkt zugesagt, da das Frühjahr noch sehr weit entfernt schien. Das Klingeln des Haustelephons riß ihn aus seinen Gedanken. Er mußte in den Anrichteraum gehen, um abzunehmen, und er fragte sich, wer zum Teufel das sein konnte. Der Portier ließ ihn wissen, daß eine Miss Furst gerne heraufkäme. »Schicken Sie sie rauf«, sagte Reed und ging zur Tür, um sie zu empfangen.

»Also, Harriet, falls du gekommen bist, um Kate zu besuchen, sie ist nicht hier. Trifft sich mit jemandem wegen eines Hundes, sagte sie. Das war absolut alles, was man mich wissen ließ. Hast du dir das Telephonieren abgewöhnt?«

»Tut mir leid, dich zu stören«, erwiderte Harriet. Reed bot ihr an, im Wohnzimmer Platz zu nehmen, aber Harriet lehnte das Angebot ab. »Ich wollte Kates Gesicht sehen, wenn ich es ihr erzähle«, erklärte sie. »Warum ist sie bloß nicht hier?«

»Wenn du ihr was erzählst?« fragte Reed. »Oder darf ich es nicht vor ihr erfahren?«

»Vielleicht setze ich mich doch hin«, sagte Harriet, nahm sich einen Stuhl in der Diele und demonstrierte so, daß sie nicht die Absicht hatte, lange zu bleiben. Reed blieb stehen, seine Haltung verriet verhaltene Neugier.

»Ich habe den Baseballschläger gefunden«, sagte Harriet.

»Den Baseballschläger?«

»Reed«, sagte Harriet und erhob sich, »du weißt, ich verehre Kate – wie Jonson über Shakespeare sagte, ›beinah vergöttere ich sie‹ –; aber ich finde ihre Angewohnheit, zu wiederholen, was man sagt, extrem ermüdend, und ich wünschte, du würdest nicht auch damit anfangen.«

»Tut mir leid. Welcher Baseballschläger?«

»Der, welcher wahrscheinlich Toni getötet hat, natürlich. Ich dachte, du hättest dich mit dem Fall beschäftigt, Reed.«

»Hab ich auch. Aber der Baseballschläger war nur eine Spekulation, eine spontane Vermutung. Wo hast du ihn gefunden, und warum glaubst du ...?«

»Ich fand ihn in dem Zimmer, das Bad Boy bewohnt, wenn er bei Mama ist. Sie und ich sind dicke Freundinnen geworden, unterstützen wir doch bekanntlich beide die National Rifle Association, Bombenanschläge auf Abtreibungskliniken, die Todesstrafe und die Abschaffung des Mitleids als einer Regierungspolitik, die dem Wachstum im Wege steht. Sie hat mich kurz allein gelassen, um mit jemandem an der Tür zu sprechen, und ich schnüffelte herum, wie es meine Art ist. Der Schläger war im Schrank in seinem Zimmer, und er war ganz eindeutig abgewaschen worden, aber ich nehme an, ein Labor für Spurensicherung würde ihn nichtsdestotrotz zum Sprechen bringen.«

»Hast du ihn mitgenommen?«

»Das konnte ich wohl kaum. Ich dachte, du könntest vielleicht die Polizei oder sonstwen um eine Hausdurchsuchung bitten, oder was immer du tust, wenn du auf Beweismaterial hoffst. Ich glaube, es gibt einen Beweis, daß Bad Boy Toni mit dem Baseballschläger niedergeschlagen hat. Jedenfalls lohnt es sich, das zu untersuchen.«

»Sicher tut es das«, sagte Reed. »Aber irgendwie kommt es mir komisch vor. Ich kann mir nicht vorstellen, daß Toni einem jungen Mann, den sie nicht kannte, den Rücken zugekehrt haben soll. Deshalb war ich mir so sicher, daß der Attentäter eine Frau ist.«

»Zugegeben, das ist ein Problem. Vielleicht hat Dorothy Hedge den Schläger geschwungen. Eine Hausdurchsuchung wäre in jedem Fall sinnvoll.«

»Bist du sicher, Mama argwöhnt nicht, daß du ihn gesehen hast?«

»Absolut. Wir treffen uns morgen mit einer Gruppe sympathisierender Studenten, um gegen die Brady-Resolution zu protestieren und die Regierung zu bestärken, die Sozialleistungen, so wie wir sie kennen, aufzugeben. Ich kann es kaum erwarten. Mama ist hocherfreut, eine Verbündete ihres Geschlechts und Alters zu haben; ältere Frauen haben sie im großen und ganzen schwer enttäuscht.«

Harriet wandte sich zur Tür, die Reed für sie öffnete. »Ich werde Kate berichten, sobald sie kommt oder anruft«, sagte er. »Du bist auf deine eigene, besondere Art wirklich ganz wundervoll, Harriet.« Er küßte sie auf die Wange und versprach, sich so schnell wie möglich um den Durchsuchungsbefehl zu kümmern.

»Wenn möglich, bevor ich mich aufmachen und an einer öffentlichen Protestveranstaltung gegen die Wohlfahrt teilnehmen muß«, drängte ihn Harriet, als sie in den Lift trat.

Kate war unterdessen auf dem Weg nach Upstate New York; sie hatte in einer Schlange warten müssen, um bar zu zahlen, da sie kein Dauerticket besaß; sie hatte sich eine Marke für die Rückfahrt gekauft, obwohl sie inständig hoffte, diesen Weg nicht noch mal nehmen zu müssen. Sie hatte den Vormittag damit zugebracht, endlose Gespräche mit Mitgliedern des Amerikanischen Hundezüchter-Verbandes zu führen, wobei sie in ihren eigenen Ohren klang wie ein Fall für die Klapsmühle, aber offensichtlich wirkte sie auf die Hundezüchter wie eine ganz gewöhnliche Interessentin. Ihr Ziel war es gewesen, Marjorie ausfindig zu machen, deren Nachnamen sie nicht wußte, geschweige denn ihre Adresse. Zuerst hatte sie daran gedacht, Dorothy Hedge zu fragen und, was deren wahre Überzeugungen anging, die Ahnungslose zu spielen, aber die Hedge hätte Marjorie zweifellos gewarnt. Auch ohne eine ausdrückliche Warnung wäre Marjorie vielleicht beunruhigt gewesen, ein Resultat, das unbedingt vermieden werden mußte.

Und so hatte Kate vom Amerikanischen Hundezüchter-Verband eine Liste mit Züchtern in der Gegend bekommen – schon das hatte Zeit gekostet – und hatte dann die in Upstate New York angerufen und nach dem Namen einer Frau gefragt, die Bernhardiner züchtete. Schließlich hatte sie ihre Erkundigungen auf zwei Möglichkeiten eingeengt. Eine der beiden war, wie sich herausstellte, dabei, die Zucht aufzugeben und hatte bereits seit Jahren keinen Wurf mehr gehabt. Die andere war Marjories Zwinger, zu dem Kate jetzt fuhr, ohne sich jedoch bei Marjorie angekündigt zu haben. Möglich, daß irgendein beflissener Typ vom Züchter-Verband Marjorie vielleicht anrief und ihr erzählte, jemand habe sich nach einem Bernhardinerzüchter erkundigt, aber sicher gab es genug unverdächtige Anfragen dieser Art. Kate hatte natürlich vor, einfach aus ihrem Auto auszusteigen und zu sagen, daß sie plötzlich das unwiderstehliche Bedürfnis verspürt habe, Banny wiederzusehen. Dann – na ja, Kate hatte sich auf den Weg gemacht, ohne Reed zu sagen, wohin sie fuhr, denn er hätte wissen wollen, was sie damit bezweckte, und – dies war eine Tatsache – das wußte sie selbst nicht.

Einen Augenblick lang dachte sie daran, daß sie sich womöglich in Gefahr begab, aber sie beruhigte sich mit der Überlegung, daß, wenn jemand sie hätte töten wollen, anstatt Reed zu entführen, dies längst und mühelos hätte tun können. Nachdem sie sich, während sie den Taconic Parkway entlangfuhr, mit derartigen Scheinargumenten beruhigt hatte, fühlte sie sich ziemlich gefaßt, als sie in Marjories Zufahrt einbog.

Kate hatte natürlich damit gerechnet, daß Marjorie auf sie zukommen und scharf fragen würde, wer sie sei und was sie wolle. Als sie aber das Ende der ziemlich langen Zufahrt erreichte, hatte Kate nichts weiter als einige Zwinger gesichtet und eine junge Frau, die gerade dabei war, sie zu säubern. Die junge Frau hatte auf Kates Frage hin gesagt, die Besitzerin sei im Haus, und dabei unbestimmt in die entsprechende Richtung gedeutet.

Kate stellte den Wagen auf dem Parkplatz ab und ging auf das Haus zu. Doch bevor sie weit gegangen war, blickte sie auf und sah sich einer Frau mit einer Schrotflinte gegenüber, einer ziemlich langen Schrotflinte, die in der Mitte abgeknickt war, wie Kate es bei sich ausdrückte; sie wußte so gut wie nichts über Waffen, aber sie hatte die Vorstellung, daß Faustfeuerwaffen am gefährlichsten seien, und daß jeder, der auf dem Land lebte, eine Schrotflinte hatte, um seinen Besitz zu schützen. Genaugenommen hatte Kate diese kleine Information in ihrer Kindheit von Nachbarn auf dem Lande aufgeschnappt, die das ganze Jahr über dort lebten und ihr immer erzählten, daß in ihr Haus nie eingebrochen werde, weil jeder wußte, daß die Besitzer bewaffnet waren.

Die Frau mit der Schrotflinte stand da und wartete, daß Kate näher kam. Kate dachte keinen Augenblick daran, daß die Frau auf sie schießen könnte. Der Gedanke kam ihr überhaupt nicht, wie sie Reed später versicherte. Als die beiden Frauen nur noch einen Meter voneinander entfernt waren, starrte Kate die andere einen Moment an und sagte dann: »Muriel.«

»Ich heiße jetzt Marjorie, Kate Fansler.« Und die Frau ließ den Lauf der Flinte einschnappen und richtete sie auf den Boden. »Sie kommen wegen Banny? – Judith« – rief Marjorie zu der jungen Frau hinüber, die noch immer die Zwinger reinigte – »hol Banny, ja?«

Sie standen da wie zwei Figuren, die, in Positur gebracht, darauf warteten, photographiert zu werden, bis Judith mit etwas zurückkam, was zweifellos ein großer, tapsiger Bernhardiner war, der auf Kate zustürzte, dann zu Marjorie lief und dann wieder zurück zu Kate. Ich könnte sie jetzt unmöglich mehr auf den Arm nehmen, dachte Kate. Sie kauerte sich auf den Boden und legte ihre Arme um den Hund, der ihr Gesicht leckte. Dann stand Kate auf.

»Der Hund war also auch Teil des Plans«, sagte sie.

»Natürlich.«

Kate betrachtete die Frau, die, wenn auch nicht als Muriel erkennbar – denn Kate konnte kaum jemanden nach dreißig Jahren wiedererkennen, dem sie nur einmal begegnet war –, dennoch zweifellos Muriel war, wenngleich Kate nicht hätte sagen können, warum sie sich dessen so sicher war. Banny legte sich zwischen die beiden Frauen und behielt beide im Auge.

»Sie haben mich also all diese Jahre hindurch gehaßt«, sagte Kate, als klar war, daß sie nicht ins Haus gebeten würde. »Ich war zweiundzwanzig, Muriel – Marjorie, und habe mich wie eine Idiotin benommen, das gebe ich zu. Es war nicht an mir, irgendwelche Pläne für meinen Bruder zu schmieden. Man hätte es ihm überlassen sollen, sein Leben in den Griff zu kriegen. Aber ich würde doch gern darauf hinweisen, daß Sie ihn auch nicht hätten fallenlassen müssen, in dem Moment, da er nicht mehr so reich zu sein schien. Sie hätten doch abwarten und die Dinge auf sich zukommen lassen können.«

»Nein, das hätte ich nicht. Sie waren immer reich. Sie haben nie meine Mutter völlig erschöpft Tag und Nacht arbeiten gesehen, oder meinen Vater, der stolz auf seine ehrliche Armut war. Ehrliche Armut! Er trank nach der Arbeit, und ihre Arbeit hörte nie auf. Ich hatte nicht vor, ein solches Leben zu führen.«

»Wie kam es, daß Ihre Wut fast drei Jahrzehnte anhielt?«

»Sie überschätzen Ihren Einfluß. Ich habe bis vor kurzem kaum an Sie gedacht. Aber Sie lauerten in einem verborgenen Winkel meines Gedächtnisses. Und der Haß, den ich vor drei Jahrzehnten empfand, kehrte mit voller Kraft zurück. Wenn ich hasse, stellte ich fest, dann für immer.«

Kate wollte schon sagen, daß sie einander jetzt nicht in dieser absurden Weise gegenüberstünden, wenn Marjorie auch für immer geliebt hätte, wenn sie liebte. Aber Kate wurde langsam klar, daß die Frau, die ihr da gegenüberstand, wohl nicht ganz bei Sinnen war. Die kaum verhohlene Wut wurde jetzt offenbar. Davon abgesehen, war Muriels Liebe zu William mit dem gegenwärtigen Haß kaum zu vergleichen.

»Marjorie«, sagte Kate und machte einen Schritt auf sie

zu. Banny hob den Kopf. »Könnten wir uns nicht setzen und über alles reden und vielleicht eine Tasse Tee trinken? Ich weiß, es war falsch, was ich damals getan habe. Ich kann sogar Ihren leidenschaftlichen Wunsch, sich zu rächen, verstehen – und die Art, wie es geschah – ich meine, Reed zu entführen und all das. Aber wie konnten Sie Toni umbringen, oder sie so attackieren, daß sie ihren Kopfverletzungen erlag?«

»Das war ich nicht«, sagte Marjorie. »Sie sind noch immer eine Idiotin. Also, ich bin keine. Ich habe keine Lust, den Rest meines Lebens wegen Mordes im Gefängnis zu verbringen, weder wegen Mordes an Toni noch an Ihnen.« Und sie hob leicht die Flinte.

»Wer war es dann?« begann Kate. Aber hatte es irgendeinen Sinn, sie zu fragen? Wenigstens würde man nicht auf sie schießen, oder jedenfalls würde sie nicht ermordet werden. Mit schrecklicher Gewißheit wurde Kate klar, daß Marjorie/Muriel wirklich verrückt war, verrückt im Sinne von wahnsinnig. Würde das Versprechen, sie nicht umzubringen, Kate die Möglichkeit geben, ihr den Rücken zuzukehren, in ihr Auto zu steigen und wegzufahren? Kate hatte gewisse Zweifel, aber sie war trotzdem kurz davor, einen Versuch zu wagen.

»Toni war eine Idiotin«, sagte Marjorie. »Sie hat sich nicht an die Abmachungen gehalten oder an ihre Versprechungen oder an den Job, den sie übernommen hatte.«

»Sie arbeitete für Sie?« fragte Kate. Und langsam, aber sicher dämmerte es ihr. Sie hatte schon vermutet – insbesondere deshalb war sie gekommen, um Marjorie kennenzulernen –, daß Toni eine Doppelagentin war. Aber Kate hatte angenommen, daß Mama und vielleicht Dorothy Hedge sie angeheuert hatten. Hatte Harriet davon gewußt oder zumindest einen Verdacht gehabt? Kate schob die Frage beiseite. »Sie arbeitete für Sie?« fragte Kate noch einmal.

»Für mich und die anderen. Wir haben uns dafür eingesetzt, die geistige Gesundheit in unserem Land und an Ihrer Universität wiederherzustellen. Erst als ich merkte, daß Sie an dieser Universität lehren, kam mir die Möglichkeit in den Sinn, mich an Ihnen zu rächen. Ich bin nicht so schnell, was, wie Sie so richtig bemerkten, sich schon daran zeigte, daß ich nach Ihren schmutzigen Tricks damals nicht blieb und mich daran machte, Ihren Bruder weichzukriegen.«

»Sie bewundern Pat Buchanan und Pat Robertson?« fragte Kate, in der Hoffnung, das Gespräch in einen lautstarken politischen Schlagabtausch zu verwandeln, der vielleicht Aufmerksamkeit erregen würde – die von Judith oder sonst jemandem, der in der Nähe war, ein Besucher oder Kaufinteressent, der die Zwinger besichtigte.

»Natürlich bewundere ich sie, und all die anderen, die ihr Linken mit eurem ewigen Mitleid verabscheut. Unser Land ist durch sogenannte Menschenfreundlichkeit von innen ausgehöhlt. Es ist ekelhaft, was heutzutage an den Colleges gelehrt wird, und wie ich höre, sind Sie eine der Schlimmsten, mit Ihrem feministischen multirassischen Scheiß. So kam Ihr Name überhaupt ins Spiel. Ich muß sagen, als ich ihn hörte, war das wie eine Offenbarung, wie eine religiöse Erleuchtung. Ich habe die anderen überredet, ihre Taktik ein bißchen zu ändern. Es war ihnen egal. Sie waren als Ziel ebensogut wie jeder andere – und Sie waren zu stolz, um den Namen Ihres Mannes anzunehmen. Typisch. Hätten Sie es getan, dann hätte ich gar nicht gemerkt, wer Sie sind. Als ich den Namen Kate Fansler hörte, hab ich mir fast in die Hosen gemacht vor Freude.«

Tausend Fragen stürzten auf Kate ein, und wie der kleine

holländische Knabe mit dem Finger den Wasserlauf, versuchte sie, die Flut zurückzudrängen. Hier herauszukommen schien das Gebot des Augenblicks. Kate entfernte sich einen Schritt von Marjorie, aber Marjorie winkte sie zurück.

»Sitz, Banny«, sagte Marjorie. Der Hund brachte sein Hinterteil in eine sitzende Position. Banny sah Marjorie an, als erwarte sie weitere Befehle oder einen Hinweis darauf, was als nächstes geschehen werde. Marjorie hob ihre Flinte, tat etwas, was Kate als Entsichern deutete, und richtete sie auf den sitzenden Hund. Kate rang nach Luft, Entsetzen überkam sie.

Marjorie sah von dem Hund weg und zu Kate, aber als der Hund sich wieder hinlegen wollte, sagte Marjorie: »Sitz, Banny.« Banny machte Sitz. »Nein«, fuhr Marjorie fort, »ich werde Sie nicht umbringen und im Gefängnis verrotten. Mein anderer kleiner Plan ist nicht ganz geglückt, nicht wahr? Dorothy hat mir erzählt, Sie mögen dieses kleine Vieh. Gut. Dann schauen Sie zu, wie ich es mit dieser Schrotflinte in Stücke schieße. Und rühren Sie sich nicht. Es macht mir überhaupt nichts aus, Ihnen ins Bein zu schießen, obwohl Schrotflinten bekanntermaßen alles andere als zielgenau sind. Zum Zielen braucht man eine Büchse.«

Marjorie kniete sich hin, um die Flinte besser ruhighalten zu können, und zielte sorgsam. In diesem Moment raste Kate das kurze Stück zu Marjorie hinüber und stürzte sich auf sie. Die Flinte ging los und verfehlte Banny, die laut bellte. Kate versuchte, der Frau das Gewehr zu entwinden. Kate war größer, und sie hatte den Überraschungseffekt auf ihrer Seite, aber jetzt begann Marjorie zu kämpfen, sie schleuderte das Gewehr zur Seite und warf sich mit ihrem ganzen Gewicht auf Kate. Sie war bei weitem die Stärkere, und Kate war bald, trotz aller Gegenwehr, fest zu Boden gepreßt. Kate versuchte sie abzuschütteln, aber sie schien unfähig, auch nur ihre eigenen Glieder zu bewegen. Marjories Hände legten sich um ihren Hals, und Kate fühlte, wie die Hände sich spannten. Widerstand schien den Druck des Griffs nur zu verstärken.

»Marjorie?« Kate hörte die Stimme des Mädchens vom Zwinger – oder war es die Stimme von jemand anderem? Sie hörte Banny bellen, und dann hörte sie überhaupt nichts mehr.

Als Kate wieder zu Bewußtsein kam, nahm sie den Kampf erneut auf und schlug um sich. Sie wurde noch immer zu Boden gedrückt.

»Kate, Kate, hör auf zu kämpfen. Ich bin es, Reed. Du bist im Krankenhaus. Es ist alles in Ordnung, Kate.«

»Banny?«

»Banny ist auch in Ordnung. Allen geht es gut. Aber Herrgott noch mal, man hätte dich umbringen können. Kannst du nicht wenigstens ab und zu daran denken, wie schwer du mir das Leben machst? Kommst du nie auf die Idee, jemandem zu sagen, wo du hingehst? Ich habe mir entsetzliche Sorgen gemacht.«

»Oh. *Das Walroß sprach: Du dauerst mich.*« Es gelang Kate zu lächeln, aber selbst durch diese kleine Bewegung und das Sprechen schmerzte ihre Kehle, und sie zuckte zusammen.

»Außerdem hast du ein blaues Auge und eine böse Wunde am Kopf. Ich hoffe, du bist zufrieden. Und keine weiteren Zitate. Ruh dich jetzt aus. Wenn hier geredet werden muß, dann tue ich das.«

»Hast du mich gerettet?« flüsterte Kate.

»Ich wünschte, es wäre so. Nein, meine Liebe. Du wurdest von einer wundervollen jungen Frau namens Judith gerettet, die für Marjorie arbeitet. Sie hat die Lage offenbar erkannt und gehandelt, ohne herumzustehen und Fragen zu stellen, wie du es zweifellos gemacht hättest. Soweit ich es verstanden habe, hat sie die Schrotflinte am Lauf genommen und sie so heftig wie möglich geschwungen. Sie hat Marjorie am Kopf getroffen, und Marjorie hat jetzt einen wunderschönen Bluterguß. Scheint, daß das Mädchen in ihrer Freizeit Golf spielt.«

»Marj –« Kate krächzte.

»Nicht sprechen. Ich weiß, ich könnte genausogut einer Robbe sagen, sie soll nicht schwimmen, aber versuch es. Nachdem sie den Golfschlag plaziert hatte, rief die reaktionsschnelle Judith einen Krankenwagen, und hier seid ihr nun beide, in demselben Kleinstadt-Krankenhaus, aber in weit von einander entfernten Zimmern. Wenn du dich erholt hast, wird man dich fragen, ob du Anklage erheben willst. Marjorie wird sich natürlich im Zweifel entschließen, dich wegen Hausfriedensbruchs und versuchten Diebstahls eines Bernhardiners zu belangen, aber glücklicherweise haben wir in der guten, niemals-hoch-genug-zu-lobenden Judith eine Zeugin. Die sich im übrigen um die Hunde kümmert, bis Marjorie wieder auf den Beinen ist.«

»Marjorie stirbt nicht wie Toni?«

»Nein. Keine Sorge. Es war erstaunlicherweise kein derartig heftiger Schlag. Und offensichtlich hängt alles davon ab, wo man jemanden trifft. Unserem Golf-As gelang es, Marjorie von dir wegzubekommen, aber ohne ihr Leben ernsthaft zu gefährden. Ich glaube, sie hat sie nicht mal bewußtlos geschlagen.«

»Es tut mir leid.«

»Das will ich aber auch meinen. Jetzt hör zu. Leslie und Harriet sind draußen und wollen dich sehen und dir kurz hallo sagen. Man läßt sie nur zu dir, wenn du versprichst, dich weder zu rühren noch ein Wort von dir zu geben. Einverstanden? Und schüttle nicht deinen Kopf, du Dummy, das verschlimmert nur die Schmerzen. Heb einen Finger für ja und zwei Finger für nein.«

Kate hob einen Finger, und Reed öffnete zwei sehr besorgten Frauen die Tür. »Du siehst entsetzlich aus«, sagte Harriet. »Ich dachte, *ich* sei Privatdetektivin. Antworte nicht. Du sollst nicht sprechen.«

»Ich bin froh, daß sie Reed entführt haben und nicht dich«, sagte Leslie. »Du hättest sie vermutlich gezwungen, dich schon in der ersten Stunde zu töten. Sich vorzustellen, daß du in einen langwierigen K.o.-Kampf gerätst. Und da glaubt man, man würde seine besten Freunde kennen!«

16

Eine Woche später fuhr Reed Kate vom Krankenhaus nach Hause. Kate hatte noch immer das Gefühl, daß sich ihr Hals nicht so bewegen ließ, wie es sein sollte, und daß sie jeden Augenblick Kopfschmerzen bekommen könnte, aber sie hatte vor, ihren Unterricht wieder aufzunehmen.

Auf dem Weg vom Krankenhaus hatten sie bei Marjories Zwinger Halt gemacht. Marjorie war nicht da, oder wenn sie es war, zog sie es vor, sich nicht zu zeigen. Aber Judith war da und begrüßte sie freundlich. Nachdem sie ihnen von den Zwingern aus zugewinkt hatte, erschien sie mit Banny neben sich. Banny war noch nicht so groß, wie sie einmal werden würde, aber sie war jetzt ein großer Hund mit der Würde eines großen Hundes. Und da sie außerdem ein Bernhardiner war, ging sie gemächlich, gemessenen Schrittes, wie man es in anderem Zusammenhang vielleicht ausdrücken würde, ihr großer Schweif bewegte sich leicht hin und her wie eine Straußenfeder.

»Einsteigen, Banny?« hatte Reed gesagt und die hintere Tür des Autos aufgehalten. Banny, die offensichtlich ohne große Mühe beides begriffen hatte – daß diese beiden jetzt ihre Menschen waren, und daß sie ein zu großer Hund war, um mit ihnen vorne zu sitzen –, ließ sich, mit noch immer sacht schwingenden Schwanz, auf dem Rücksitz nieder.

»Auf Wiedersehen, Banny, meine Gute«, hatte Judith gerufen. »Du kommst mich besuchen, wenn du eine Mama bist, hörst du?«

Kate drehte ihren Kopf so abrupt zu Reed, als dieser den Wagen zurücksetzte, daß sie zusammenzuckte, ob aus Schmerz oder wegen des Gedankens an Bannys Mutterschaft, war selbst für sie schwer zu unterscheiden.

»Noch irgendwas, was du mir nicht erzählt hast?« fragte Kate. »Wir bekommen Welpen?«

»Nicht sofort. Die Vertragsverhandlungen waren etwas kompliziert und schienen, von dem astronomischen Preis einmal abgesehen, von der Zustimmung abzuhängen, Banny für die Zucht zur Verfügung zu stellen. Anscheinend ist sie ein seltenes Exemplar, das, gepaart mit einem anderen seltenen Exemplar, zweifellos künftige Champions hervorbringen wird. Ich mußte einwilligen. Wir können keinen der Welpen behalten, was ich akzeptieren mußte, um den Preis auf eine Größenordnung finanzieller Vertretbarkeit zu senken, aber ich glaubte sowieso nicht, daß du sie hättest behalten wollen. Was Banny angeht, so habe ich mir von maßgeblicher Stelle versichern lassen, daß eine Hundemutter ihre Jungen, kaum sind sie entwöhnt, nur allzu gerne los wird und sie auch dann nicht mehr erkennt, wenn sie mit ihren Abstammungspapieren um den Hals vor ihr stehen. Banny wird sich nicht wie eine reuevolle Frau fühlen, die ihr Baby zur Adoption geben mußte. Das scheint also vertretbar.«

Kate verspürte eine enorme Müdigkeit, nicht direkt die Art Erschöpfung, die man nach großen Anstrengungen empfindet, sondern die Müdigkeit, die zu große Anspannung und zu wenig Schlaf über eine zu lange Zeit mit sich bringen. »Ich nehme an, du hast alles mögliche ohne mich geregelt«, sagte sie mit einer Gereiztheit, von der sie wußte, daß sie völlig unberechtigt war. Sie konnte offenbar nicht anders, sie mußte sich beklagen.

Reed sagte, das sei die Nachwirkung des Schocks, sie solle sich keine Gedanken machen.

»Du wolltest Banny«, sagte er. »Und ich auch. Die ganze Zeit über im Krankenhaus hast du immer wieder von Banny gesprochen.«

»Na ja, diese verdammte Frau hätte sie fast erschossen. Kaltblütig. Und jetzt verlangt sie offenbar genausoviel Geld für sie, als hätte sie nicht versucht, das arme Tier vor meinen Augen zu töten.«

»Es ist kompliziert«, sagte Reed. »Judith versorgt den Zwinger für sie, und sie handelt sehr professionell, was nur recht und billig ist. Banny ist ein wertvoller Hund.«

»Bist du ein wertvoller Hund, Banny?« sagte Kate und streckte ihre Hand nach hinten, ohne dabei den Kopf zu drehen. Bannys Straußenfeder wedelte zustimmend. »Hast du dir überlegt, wie wir das alles hinkriegen sollen?« fragte Kate Reed. »Erstens arbeiten wir beide an den meisten Tagen ganztags ...«

»Du wirst staunen, Kate, was es alles für Hundedienste gibt. Hundesitter und so, jede Menge Leute im Hundegeschäft. Wir werden zurechtkommen.«

»Gibt es noch irgendwelche anderen Neuigkeiten, die du mir beibringen willst, bevor wir nach Hause kommen? Ich wäre gern gewarnt, falls du noch weitere grundlegende Veränderungen in unserem Leben vorgenommen hast.«

»Ach, nun komm schon, Kate. Nicht, daß ich dir das erlesene Vergnügen mißgönne, Banny aufgedrängt bekommen zu haben, wo du sie so gern möchtest und es nur nicht zu sagen wagst. Schließlich hast du ihr das Leben gerettet, du hast also das Recht zu murren.«

»Findest du, wir sollten sie weiterhin Banny nennen? Jeder Name, den diese bekloppte Frau ihr gegeben hat, könnte schlechte Schwingungen aussenden.«

»An Anne Bancroft gibt es doch nichts auszusetzen, oder? Es ist ja nicht so, daß der Hund Marilyn Monroe oder Joan Crawford hieße. Das ginge natürlich nicht.«

»Ich verstehe, was du meinst.«

»Gut. Die einzige andere Neuigkeit ist, daß Harriet als Willkommenskomitee dasein wird, und Archie ebenfalls, um uns die diversen rechtlichen Aspekte zu erläutern. Er hat sich mit dem, was ich *den Fall* nennen möchte, befaßt, während ich mich mit dir befaßt habe. Aber wenn du zu müde bist, können wir das alles abblasen.«

»Klingt nach genau der Abwechslung, die ich brauche. Haben sie aus Marjorie viel rausholen können?«

»Ein bißchen. Jetzt hör auf zu sprechen, mach die Augen zu, und denk nur an lange Spaziergänge mit Banny, bis wir zu Hause sind.«

»Lange Spaziergänge?«

»Du mußt wieder in Form kommen, Kate. Deine Muskeln in Form bekommen, meine ich. Du bist aus der Übung, und diese Frau hätte dich umbringen können. Hast du nie mit irgend jemandem gekämpft? Nie mit deinen Brüdern gerungen und etwas über Selbstverteidigung gelernt? Wofür hat man drei Brüder, wenn sie einem nicht beibringen, wie man kämpft?«

»Sie waren schon zu groß, um noch mit mir zu kämpfen. Ich glaube, sie haben mir überhaupt nichts beigebracht, außer wie beängstigend dumm und aufgeblasen Männer sein können. Nachdem ich das begriffen hatte, suchte ich nach dem Gegenteil und fand dich.«

»Ich weiß nicht, ob das ein Kompliment ist, ich weiß jedoch, daß das keineswegs wahr ist, aber dank dir trotzdem. Was die Spaziergänge angeht, ich gehe morgens, du abends, und einer von uns oder jemand anders zwischendrin. Du wirst deinem Leben eine ganz neue Bedeutung abgewinnen.«

»In meinem Leben war genug Bedeutung, bevor das alles geschah, Reed. Auch wenn ich vielleicht nicht wußte, wieviel es mir ausmachen würde, wenn jemand dich mir entreißt. Und ich wußte nicht, daß ich Banny unmöglich wieder aus meinem Leben lassen konnte, nachdem ich sie nur so kurz hatte. Aber es ist einfach nicht zu leugnen, wie vollständig glücklich ich war, bevor diese ganze erbärmliche Geschichte begann.«

»Schließ die Augen und versuch dich zu entspannen«, sagte Reed.

»E. M. Forster bemerkte, daß in Amerika immer alle allen sagen, sie sollten sich entspannen. Aber ich werd's versuchen.«

Die vier ließen sich, wie Reed angekündigt hatte, zum Zweck einer ausgedehnten Beratung im Wohnzimmer nieder. Kate lag unter einer leichten Decke und mit einem Kissen im Nacken auf der Couch. »Ich fühle mich genau wie Elizabeth Barrett-noch-nicht-Browning«, sagte Kate. »Obwohl Banny nicht mit Flush zu vergleichen ist.« Banny lag neben der Couch, und Kates Hand ruhte von Zeit zu Zeit auf dem großen Kopf des Hundes, was ein leichtes Wedeln hervorrief. Harriet, Reed und Archie saßen in Sesseln, die um die Couch herum gruppiert waren. »Wir sehen aus wie eine dieser häuslichen Szenen auf einem viktorianischen Gemälde«, stellte Archie fest.

»Zweifellos *Die Abrechnung* betitelt«, fügte Reed hinzu. »Du fängst an, Kate. Gib doch bitte, wenn dir das irgend möglich ist, eine kurze, aber stringente Erklärung dafür, warum du losgerast bist, um dich in dieser schlecht durchdachten Weise mit Marjorie auseinanderzusetzen.«

»Ich schlage vor, wir verzichten in dieser Diskussion auf persönliche Angriffe«, sagte Kate und nahm die Hand von Bannys Kopf; Banny seufzte tief. »Aber ich gebe zu, nachdem du es so vornehm ausdrückst, daß ich womöglich nicht besonders klug gehandelt habe. Es war so: Nachdem ich mit Harriet über die Annonce für Banny und über dies und jenes gesprochen hatte, wurde mir langsam klar, daß Toni für die andere Seite gearbeitet haben mußte, zumindest am Anfang. Das schien zu erklären, warum sie Harriet angestellt hat, als Möglichkeit nämlich, an mich ranzukommen. Nicht«, setzte Kate emphatisch hinzu, »daß sich Harriet nicht als verdammt gute Privatdetektivin erwiesen hätte. Ich bin sicher, daß Toni weiterhin mit ihr als Partnerin zusammengearbeitet hätte, wenn nicht Überfall, versuchter Mord und schließlich Mord dazwischen gekommen wären. Könnte ich etwas Wasser haben?«

Reed ging, um einen Krug mit Wasser zu holen, und brachte Gläser und eine Flasche Single Malt Whisky mit. »Ich dachte, wir könnten vielleicht eine Stärkung brauchen«, erklärte er und schenkte Kate das Wasser ein.

»Ich habe tatsächlich Wasserdurst«, bekannte Kate und stürzte das Zeug in großen Schlucken hinunter. »Ich werde hier liegen, rein und klar, während ihr drei euch dem Trunk ergebt. Alkohol eignet sich nicht zur Mischung mit was immer ich da einnehme, und um euch die Wahrheit zu sagen, so seltsam es scheint, ich will gar nichts von dem harten Zeug. Ich bekäme garantiert die rasendsten Kopfschmerzen. Nun, sieht das nicht ganz so aus, als hätte man mich wirklich abgewürgt?« Und sie berührte ihren Hals.

»Um also ohne die Hilfe von Hochprozentigem fortzufahren, ich überlegte mir folgendes: die einzige Person, die möglicherweise Muriel sein konnte, war Marjorie, und je mehr ich darüber nachdachte, um so wahrscheinlicher schien es. Sie hatte Toni angeheuert, um den Plan auszuarbeiten, wahrscheinlich hat sie ihr irgendeine wilde Geschichte erzählt, und Toni kümmerte sich um die Entführung und alles weitere, mit Hilfe von Bad Boy und seiner Mutter. Anfangs wollte ich Marjorie oder Muriel wirklich in der Absicht gegenübertreten, ihr zu sagen, daß dieser Groll etwas außer Kontrolle geraten sei und wir die Sache vielleicht durch ein Gespräch bereinigen könnten. Unterbrecht mich nicht«, setzte sie hinzu, als sowohl Reed als auch Harriet im Begriff schienen, mit ärgerlichem Protest loszuplatzen. »Ich weiß, es war nicht die klügste Idee der Welt, aber ihr habt gefragt, was ich gemacht habe, und ich erzähle es euch.« Sie trank noch etwas Wasser, und Reed schenkte ihr nach.

»Während ich jedoch mit Marjorie redete, sie stand da mit diesem Gewehr, und Banny war zwischen uns« – jetzt legte sich ihre Hand wieder auf den Kopf des Hundes –, »da sagte sie so etwas wie, sie habe meinen Namen wiedererkannt, als sie ihn hörte, und dann auch mitspielen wollen. Na ja, so in etwa. Daraus habe ich also geschlossen, daß sie nicht die Urheberin dieses Plans war, sondern erst später dazugekommen war. Ich war kurz davor, die weiße Fahne zu schwenken, als sie drohte, Banny zu erschießen. Was dann passierte, wißt ihr alle.

Zu welchem Schluß bin ich also gekommen? Ich weiß« – sie machte mit der anderen Hand eine Bewegung zu Reed –, »ich sollte nur erzählen, was ich gemacht habe, aber meine Schlüsse sind Teil dessen, was ich gemacht habe. Ich erzähle es euch jedenfalls. Es dauert nicht lange, vor allem, wenn ihr mich nicht ständig unterbrecht.«

Reed stürzte den Whisky in einem dramatischen Schluck hinunter, wie man es in Western macht, und setzte einen Ausdruck entschlossenen Schweigens auf.

»Schon besser«, sagte Kate. »Viel mehr gibt es eigentlich nicht. Ich war mehr oder weniger sicher, daß Mama und diese rechtsextremen Typen hinter dem Entführungsplan steckten, bevor Marjorie davon Wind bekam – vielleicht durch Dorothy Hedge, die sie schließlich kannte – und beschloß, bei dem Spaß mitzumachen. Jetzt seid ihr dran«, sagte sie. Harriet und Reed sahen Archie an.

»Es ist seltsam, wie sich alles entwickelt hat«, sagte Archie. »Als Reed mir diese ziemlich merkwürdige Angelegenheit darlegte, erklärte er, Sie hätten zunächst angenommen, es handle sich um einen rechtsextremen Coup, und dann, nachdem Sie mit Emma Wentworth gesprochen hatten – die ich übrigens kenne und schätze –, seien Sie zu der Ansicht gelangt, daß eine Einzelperson dahinterstecke. Emma irrte sich hinsichtlich des Kollegen, den sie hinter all dem vermutete, aber sie hat Sie zumindest dazu gebracht, einen einzelnen wütenden Menschen als Initiator in Betracht zu ziehen. Also haben Sie zunächst Kates irregeleitete Kollegen verdächtigt und dann, auf den Vorschlag von Kates Freundin Leslie hin – und es war ein verdammt pfiffiger Vorschlag –, fingen Sie an, nach jemandem mit Rachegelüsten aus Kates Vergangenheit zu suchen, jemand, den Kate womöglich vergessen, der aber umgekehrt sie nicht vergessen hatte. Das Faszinierende, jedenfalls aus meinem Blickwinkel als Außenstehender, der dazu überredet wurde, sich der Sache anzunehmen« – hier warf er Reed einen finsteren Blick zu –, »indem man ihn unbekümmert moralisch unter Druck setzte, ist, daß alle Vermutungen zumindest partiell richtig waren.« Er hielt inne, um an seinem Scotch zu nippen, wobei er aber Reeds dramatische Gesten vermied.

»Wie Kate, aber aus anderen Gründen, entschied ich, daß Muriel, falls es sie gab und sofern sie nicht in irgendeiner engen Beziehung zur Universität stand, das Ganze kaum initiiert haben konnte. Damals wußte ich natürlich noch nicht, daß sie der Anti-Kate-Fansler-Offensive später beitrat. Die zentrale Frage wurde für mich, wie fing das alles an?

Ich hatte euch allen gegenüber einen Vorteil. Ich kannte keinen der Akteure und konnte ganz unbefangen an die Situation herangehen. Ich sollte Harriet im Falle einer Anklage verteidigen, aber die Polizei hatte keine Handhabe, um sie festzusetzen, und so wurde sie nur verhört. Ihr alle zeigtet großes Vertrauen in Harriets Unschuld sowohl, was die Entführung als auch, was den Überfall auf Toni betraf, aber mir schien sie zunächst verdächtig. Ich habe das Harriet bereits erklärt«, ergänzte er mit einem Blick in ihre Richtung. Harriet hob ihr Glas und prostete ihm süffisant zu.

»Verschiedenes hat mich schließlich von ihrer Unschuld überzeugt«, fuhr er fort. »Zunächst stellte ich Nachforschungen betreffs ihrer Vorgeschichte mit Toni an, und es schien zweifelsfrei, daß sie nicht bei Toni eingestiegen war, um diese Aktion gegen Kate in Gang zu setzen. Inzwischen ging ich auch davon aus, daß die Frau, die Harriet auf der Toilette getroffen hatte, wahrscheinlich die war, die Toni überfallen hatte. Und dann tat ich etwas, worauf Sie – wenn Sie mir verzeihen wollen – sehr viel früher hätten kommen müssen. Mir ist klar, daß man unter den gegebenen Umständen, in denen Sie sich alle befanden, kaum logisches Denken erwarten konnte, aber ich muß ein bißchen aufschneiden, um zu rechtfertigen, daß ich mir so viel von diesem köstlichen Zeug hier zu Gemüte führe.«

»Was haben wir übersehen?« fragte Kate. »Bringen Sie es mir schonend bei.«

»Ich habe mir die Akte der Universität über Rechtsstreitigkeiten zwischen der Uni und Frauen besorgt, deren Bewerbung um eine Professur man abgelehnt hatte. Ich wollte jemanden finden, der einen besonderen Haß auf Kate hatte. Nein«, sagte er, als Kate sich selbstanklagend gegen die Stirn schlug und dann vor Schmerz das Gesicht verzog, »wie sehr es mir auch gelungen sein mag, mich in schmeichelhaftes Licht zu rücken, denken Sie daran, Reed wurde entführt, Kate wurde mit der Möglichkeit bedroht, öffentlich ihre tiefsten feministischen Überzeugungen widerrufen zu müssen, und Reed räumte nach seiner Befreiung ein, den sexuellen Verführungsversuchen irgendwelcher Nymphchen ausgesetzt gewesen zu sein. Keiner dieser Umstände ist dazu angetan, den Verstand zu erhellen. Aber um fortzufahren: Es dauerte nicht lange, die Anstellungsstreitigkeiten durchzusehen, vor allem, weil die Akten nur Fälle enthielten, die vor Gericht gegangen waren. Die überwiegende Mehrzahl der Frauen, deren Bewerbung man ungerechterweise ablehnt, klagen nicht, und deshalb fanden sie sich nicht in den Vorgängen, die ich durchsah. Ich hoffte natürlich auf eine Klage gegen den Anglistischen Fachbereich, die Kate offenkundig mit einbezogen hätte, aber es gab keine. Nicht daß ich es, obwohl ich es hoffte, erwartet hätte, denn die Wahrscheinlichkeit, daß Kate sich an eine Klage in ihrem eigenen Fachbereich nicht erinnern würde, war gering. Tut mir leid, mir scheint, ich bin wohl ziemlich weitschweifig – eine Berufsgewohnheit, die aus der Notwendigkeit resultiert, sämtliche notwendigen Details abzudecken, wenn man sich an die Geschworenen wendet. Also, ich fand den Anstellungsstreitfall, und mehr noch, Kate war involviert, wenn auch erst in einem sehr späten Stadium. Man berief ein festes Komitee aus ordentlichen Professoren und Professorinnen, Fakultätsmitgliedern, das all die strittigen Anstellungsdebatten überprüfen sollte, und jemand, der nicht dem Fachbereich des Klägers angehörte, wurde zum Vorsitzenden des Komitees bestimmt und hatte den Schlußbericht zu schreiben. Es wird Sie kaum überraschen, zu erfahren, daß in diesem Fall Kate die Vorsitzende des Komitees war. Die Frau, die Klage erhob, war im Fachbereich für Sportwissenschaften, und der Fall war einer dieser schwierigen und irritierenden Fälle.«

»Kann ich das Ganze einfach vergessen haben? Es gab so viele Klageandrohungen vor ein paar Jahren«, sagte Kate. »Obwohl oft die, die augenscheinlich die besten Chancen gehabt hätten, sich entschlossen, nicht zu klagen. Ich glaube, ich war dafür teilweise verantwortlich. Ich kannte Frauen, die in den siebziger Jahren gegen eine Universität geklagt haben, und ich wußte sehr gut, welchen persönlichen Preis sie dafür bezahlten, was ihre Gesundheit, ihre Beziehungen und ihr seelisches Gleichgewicht anging. Ich wurde oft nach meiner persönlichen Meinung gefragt, und ich habe die Gefahren, die mit einer Klage verbunden waren, immer hervorgehoben, genau wie die Gepflogenheiten der Universität, diese Fälle mit harten Bandagen durchzukämpfen. Nichts aus der Vergangenheit einer Klägerin war für sie tabu. Um gerecht zu sein, das mag auf alle Universitäten zutreffen, aber ich kenne nur meine und ein paar Fälle woanders, von denen ich gehört habe.«

»Genau«, sagte Archie in tröstendem Tonfall. »Dieser Fall war nicht untypisch. Diese eine Frau, die niemand leiden oder unterstützen konnte, weder ihr eigener Fachbereich noch ihre Studenten, bestand gleichwohl darauf, das Ganze durchzuziehen. Dieser spezielle Fall war eine große Belastung für all die ordentlichen Professorinnen, die für jemanden eingetreten wären, den sie respektiert hätten, oder für den es irgendeine Unterstützung aus dem Umfeld gegeben hätte. Am Schluß schrieb Kate den Bericht und erklärte, daß die Mitglieder der Professorinnen-Vereinigung sich außerstande sähen, diese Klägerin zu unterstützen. Ihr Name war, beziehungsweise wurde, natürlich Dorothy Hedge. Sie sann auf Rache, plante sie, heuerte Toni an, nützte die rechtsextremen Verbindungen ihrer Mutter und ihres Bruders, und sie mußte nicht so lange warten wie Muriel. Nur sechs Jahre, um genau zu sein.«

»Ich werde mir die Kehle durchschneiden«, sagte Kate. »Ganz still und ohne Sauerei, aber präzise. Mein Gott, mein ganzes Leben scheint eine Abfolge trostlosen Scheiterns. Versucht nicht, mich zu trösten«, sagte sie, als die anderen begannen, beschwichtigende Laute zu murmeln. »Ich war offenbar eine ganz wunderbare Feministin, kein Zweifel. Wenigstens zwei Frauen wollten mich umbringen oder mich zerstören und hätten dabei auch meinem Mann schweren Schaden zugefügt. Sieht nicht gerade aus wie die Krönung von erfolgreichem Feminismus, nicht mal von Menschlichkeit. Nein«, fügte sie hinzu, als Reed ihr, in der Hoffnung, das werde sie beruhigen, einen Drink anbot. »Ich werde einfach sterben oder ein Ausreißer werden wie Lord Jim, der sich in heißen Gegenden herumtreibt. Ich hasse heiße Gegenden. Oh, Gott!« Es war ein Aufschrei, würdig eines Gläubigen, der wirklich eine hohe Gottheit anrief.

Reed stand auf, wurde aber von Harriet wieder auf seinen Sessel geschoben, die auch Archie mit einem gebieterischen Blick zum Schweigen mahnte.

»Jetzt hörst du mir mal zu, Kate Fansler! Ich will kein Wort mehr hören von diesem Mist. Emerson sagte, ein Mensch, der sich nie Feinde gemacht habe, habe auch sonst nichts gemacht, und jemand anderer sagte, man erkenne einen Menschen an seinen Feinden. Stimmt, du hast zwei Frauen stocksauer gemacht, und ich muß sagen, daß du das zweifellos gründlich besorgt hast, sie blieben es und sind seither und bis zum heutigen Tag stocksauer. Willst du, daß ich in der Radio City Music Hall eine Feier für dich abhalten und all die Frauen einlade, denen du geholfen hast, die du ermutigt, überzeugt und dazu gebracht hast, gute Dinge und mutige Taten zu vollbringen? Es werden nämlich weit mehr als zwei sein, darauf kannst du wetten. Unterbrich mich nicht!

Wenn sich hier irgend jemand eine Orgie der Selbstopferung gönnen sollte, dann bin ich das. *Ich*. Ich habe mich von Toni dazu überreden lassen, mit ihr zu arbeiten; und die ganze Zeit manipulierte sie mich auf raffinierteste Weise, mich, die ich das *savoir faire* eines Anthony Blunt und die Chuzpe von Kim Philby zu haben meinte. Und während du dich selbst des Versagens bezichtigst, der Frauenheit nicht entsprechend gedient zu haben, meine liebe Kate, laß mich betonen, daß du zu mir gestanden hast, als du einen verdammt guten Grund hattest, zu glauben, ich hätte Toni überfallen. Also, halt den Mund, zum Teufel, und hör auf mit diesen Selbstvorwürfen, um nicht zu sagen Selbstmitleid. Habe ich meine Meinung hinreichend klar gemacht? Ich kann noch weitermachen.«

Und sie stürzte ihren restlichen Scotch, Reed imitierend, mit einem Schluck hinunter, setzte sich und starrte Kate weiterhin strafend an.

»Ich hätte es selbst nicht besser ausdrücken können«, sagte Reed. »Ich möchte nur noch darauf hinweisen, daß Frauen, die Frauen angreifen, zur Zeit das Lieblingsspiel in eingeweihten Kreisen darstellen, besonders feministische Überläuferinnen, die weit mehr Aufmerksamkeit wollen als sie bekommen, von ihren Buchauflagen gar nicht zu reden. Es gibt zwei untrügliche Zeichen für den Erfolg einer Revolution: eine nachhaltige Gegenreaktion und Überläufer. Du, meine Liebe, wurdest zum erwählten Objekt für beide. Das ist ein Kompliment, in gewisser Weise.«

»Ich will versuchen, weder narzißtisch noch selbstmitleidig zu werden«, sagte Kate, »nach all dem werde ich wohl doch einen Drink riskieren. Die Kopfschmerzen, falls ich welche kriege, werden meine sein, und es wäre eine Erleichterung, euch nicht länger dabei zusehen zu müssen, wie ihr das Zeug runterkippt, als wäre es Fusel.«

Reed reichte ihr ein Glas, und sie nippte daran. »Sie sind weiß wie ein Laken«, sagte Archie. »Wir gehen vielleicht besser.«

»Heutzutage sind Laken knallbunt mit Designer-Muster«, sagte Kate. »Einem von denen werde ich bald ähneln, wenn ich nicht ein paar Dinge für mich klären kann. Also, Marjorie hat von dem ganzen Plan durch Dorothy erfahren, und, als sie meinen Namen erkannte, mitgemacht. So ist zweifellos Toni an ihren Namen gekommen und hat sie zu der Annonce überredet, die du gesehen hast.« Dies galt Harriet.

»Vermutlich«, sagte Harriet. »Aber Toni hat schon früher einen Hund und Ovido – den Typ beim Tierarzt und der

Hundeschule – benutzt, um Nachrichten zu übermitteln. Der Trick ist ziemlich gut. Und ich würde gern darauf hinweisen, während du dich in Selbstanklagen ergehst, daß, wenn du nicht so schnell deine ungewohnte Passivität überwunden und Toni das Heft aus der Hand genommen hättest, der ganze Plan womöglich viel besser funktioniert hätte. Ich glaube, als ich diese Mädchen in der Universitätswohnung aushob, fing Toni an, ihre Meinung, für wen sie arbeiten wollte, zu ändern. Aber das ist nur eine Vermutung.«

»Also war es Dorothy Hedge, die Toni mit dem Baseballschläger ihres Bruders niederschlug. Oder war es Bad Boy selbst?«

»Wir werden es womöglich nie erfahren«, sagte Archie. »Aber ich bin mir ziemlich sicher, daß es diese Hedge war.«

»Ich auch«, stimmte Harriet zu. »Man darf nicht vergessen, daß Dorothy Hedge jahrelang Groll in sich aufgestaut hat. Als Toni sie im Stich ließ und zur anderen Seite überlief, muß sie sich wirklich absolut bedient gefühlt haben, mörderisch, genaugenommen. Ich glaube, so muß es gewesen sein.«

»Ich bin auch ziemlich sicher, daß sie diejenige war, die mit Harriet in der Toilette war«, sagte Archie. »Wenn Harriet sie erst mal identifiziert hat, werden wir es genau wissen. Eines der Probleme bei der ganzen Sache war von Anfang an, daß so viele der Akteure sich nie begegnet sind. Harriet ist Hedge nie begegnet, und Kate traf Marjorie erst gegen Ende des Spiels.«

»Ich bin Ihnen zu größtem, allerherzlichstem Dank verpflichtet«, versicherte Kate Archie. »Sie mußten Harriet am Ende nicht verteidigen, aber Sie haben Ihren Kopf weit besser gebraucht als wir übrigen – na ja, jedenfalls besser als ich.«

Kate sah zu Harriet hinüber. Nachdem sie sich über ihre eigenen Schuldgefühle und ihr Bedauern ausgelassen hatte, Gefühle, die – das wußte sie – niemals wirklich verschwinden oder aufhören würden, sie zu beschäftigen, wandte sie jetzt ihre Aufmerksamkeit Harriet zu, die man in einen Job getrickst und in einem Coup gegen ihre Freunde mißbraucht hatte. »Ich hoffe«, sagte sie zu Harriet, »du hast nicht beschlossen, das Detektivgewerbe an den Nagel zu hängen. Du trittst vielleicht nicht – dem Himmel sei Dank – in ernsthafte Konkurrenz zu Sam Spade oder Philip Marlowe, aber ich finde, du hast ein Gespür für diesen Beruf. Und ich habe im übrigen keinen Zweifel, daß du und deine Haltung während dieser ganzen erbärmlichen Angelegenheit die arme Toni schließlich umgekrempelt haben.«

»Keine Sorge«, sagte Harriet. »Ich bleibe in der Detektiv-Branche, und ich habe bereits einen neuen Partner. So jung wie Toni, aber diesmal männlich. Wir trafen uns im Verlauf eines Falles, der eurem voranging, und er fand, die Idee, eine alte Dame wie mich einzusetzen, sei ein Knüller. Er will seine eigene Firma gründen. Da ich Toni nicht verlassen wollte, die mich, so dachte ich jedenfalls, äußerst freundlich behandelt hatte, habe ich erst jetzt wieder Verbindung mit ihm aufgenommen, nachdem Archie all das herausgefunden hatte. Ich fragte ihn, ob das Angebot noch stehe. Ich erzählte ihm alles, wie ich benutzt worden war, aber natürlich auch, wie pfiffig ich gewesen war. Wir sind also im Geschäft. Ich werde jedem von euch eine Karte geben, in der inbrünstigen Hoffnung, daß ihr keinen Gebrauch davon machen müßt, außer Archie natürlich. Archie hat versprochen, uns ein paar Aufträge zukommen zu lassen.«

Kate sah Harriet anerkennend an. Alle außer Kate standen auf, das Treffen war beendet. Auch Banny erhob sich.

»Ich glaube, sie will raus«, sagte Reed.

»Das will ich auch«, sagte Kate. »Nein, widersprich mir nicht, Banny und ich werden einen kleinen Spaziergang im Park machen.«

»Vergiß nicht, eine Tüte und eine Leine mitzunehmen«, sagte Harriet.

»Ich nehme die Tüte, aber keine Leine. Banny wird mir nicht von der Seite weichen, stimmt's, Banny?« sagte Kate.

»Nimm die Leine, nur für alle Fälle«, sagte Harriet und überreichte Kate eine elegante Lederleine mit Halsband. An dem Halsband war ein Anhänger befestigt (Banny Fansler/Amhearst), auf dem Adresse und Telephonnummer standen. »Von mir und Archie«, sagte Harriet.

»Ihr beide habt wohl an alles gedacht, was?« sagte Kate. »Komm, Banny.« Und nachdem sie Banny das Halsband umgelegt hatte, ging Kate mit dem Hund hinaus.

Einen Augenblick herrschte Schweigen.

»Sie nimmt es schwer«, sagte Harriet.

»Ja«, antwortete Reed. »Ich fürchte, sie sieht es als totales persönliches Scheitern, von Anfang bis Ende. Sie hätte das alles vielleicht auch allein herausgefunden, mit genügend Zeit und ohne diesen Würgegriff. Wir werden es nie wissen.«

»Kopf hoch«, sagte Harriet. »Schließlich sind diese schauerlichen Gestalten noch immer da draußen zu Gange, voller Groll gegen Menschen wie Kate. Wir dürfen jetzt nicht aufgeben.«

»Wer redet von Aufgeben?« sagte Reed, als sie zur Tür gingen. »Übrigens, es gibt Neuigkeiten. Banny wird eine kleine Affäre mit einem prämiierten Bernhardiner haben dürfen, nur wenn sie ihn mag, natürlich. Ich halte euch auf dem laufenden.«

Nachdem die anderen gegangen waren, beobachtete Reed vom Wohnzimmerfenster aus, wie Kate und Banny den Park betraten. Kates Gefühle konnte er nur vermuten. Bannys Gefühle jedoch waren einfach und offenkundig, als sie mit schwingendem Straußenfedernschweif gemächlich neben Kate dahingondelte.

Amanda Cross im dtv

»Amanda Cross ist und bleibt die Königin des amerikanischen literarischen Krimis.«
Publishers Weekly

Verschwörung der Frauen
Roman · dtv 8453

Süßer Tod
Roman · dtv 11812

Der Sturz aus dem Fenster
Roman · dtv 11913

Die Tote von Harvard
Roman · dtv 11984

In besten Kreisen
Roman · dtv 20190

Spionin in eigener Sache
Roman · dtv 20191

Gefährliche Praxis
Roman · dtv 20233
dtv großdruck 25175

Albertas Schatten
Roman · dtv 20332

Tödliches Erbe
Roman · dtv 20373

Das zitternde Herz
Roman · dtv 24169

»Für diejenigen, die noch nicht die Bekanntschaft von Kate Fansler, Englischprofessorin und Detektivin, die schon viele spannende akademische Kriminalfälle gelöst hat, gemacht haben: Es ist höchste Zeit, damit anzufangen!«
Cosmopolitan